Franzobel

Böselkraut und Ferdinand

Ein Bestseller von
Karol Alois

Paul Zsolnay Verlag

1 2 3 4 5 01 00 99 98

ISBN 3-552-04897-9

Paul Zsolnay Verlag Wien 1998
Satz: Filmsatz Schröter GmbH, München
Druck und Bindung: Friedrich Pustet, Regensburg
Printed in Germany

Vorbemerkung

Der hier gedruckte Text geriet auf so unglaubliche Weise in mein Sein, daß ich es unterlasse, dies zu beschreiben. Man würde mir ja doch nicht glauben. Derart unverschämt. Bloß soviel: Vom Verfasser dieses Manuskripts fehlt jede Spur. Sofern er lebt, wird er sich bestimmt wegen der ihm zustehenden Tantiemen beim Verlag melden. So hoffe ich jedenfalls. Außer den von ihm selbst gemachten Angaben ist von Karol Alois nur wenig bekannt. Zwar gelang mir, in den Personalakten einer österreichischen Strafanstalt seine Identität zu prüfen und die Eckdaten seines Curriculums zu erfahren, die ich aus Gründen der Diskretion aber verschweigen will. Vielleicht kann in einer künftigen Ausgabe eine notwendige Ergänzung zugeschaltet werden, vorläufig ist dies zu riskant.

Zur Textgestalt sei gesagt, daß sich einige orthographische Eingriffe nicht vermeiden ließen. Gleiches gilt für die Interpunktion. Grammatikalische Fehler wurden bewußt beibehalten. Da das Original als Handschrift vorliegt, ergaben sich einige Unsicherheiten, mit denen ich Ihnen aber nicht lästig werden will. Ein grundsätzlicher Bedeutungswandel, soweit kann ich jedenfalls beruhigen, stand nirgendwo auf dem Spiel.

Mit der Widmung und den beiden Photos fanden sich auch die vorangestellten Zitate beim Original. Wie Karol Alois gerade auf Paul Valéry und Günter Schulte gestoßen sein mag, die er beide allerdings auch außerordentlich falsch geschrieben hat, bleibt vorerst ein Rätsel.

Franzobel, *Wien im Sommer 1998*

Die Dummen meinen, scherzen heiße nicht ernst sein,
und ein Wortspiel sei keine Antwort.
Wie kommen sie zu dieser Überzeugung?
Es liegt in ihrem Interesse, [...], es geht um ihre Existenz.

PAUL VALÉRY

Vielleich haben wir nur deshalb Sinn für Witze, weil die letzten Dinge oder die tiefsten Probleme des Lebens auf Paradoxien hinauslaufen und uns damit Anlaß zum Lachen verschaffen.

GÜNTER SCHULTE

Allen Kindsköpfen

I

Die Reise von Böselkraut und Ferdinand kann ich erzählen, wenn ich will, denn ich war die ganze Zeit dabei. So könnte ich dreinhauen, aber es geht auch anders. Ich traf auf eine Absperrung. Das Seil werde um denjenigen Teil der Stadt gespannt, in dem die Ereignisse stattfänden, sagte man mir. Selbstverständlich ließ ich mir nur sagen, was ich schon wußte, weil diese Ereignisse von mir erfunden sein werden und sicher derart, daß sie diese Absperrung verdienen, was wiederum ich jetzt entscheide, und zwar in Anbetracht einer Lage, in der nicht nur ich mich befinde. Oder: einfach einwirken auf andere, auf sich selber einwirken, Sätze einnehmen wie sonst Pillen, sich wohin führen lassen, sich in einen Zustand versetzen, mitteilen wollen; auch wohl sich eine Hypothese zurechtlegen. So ging's. Da wären schon drei Anfänge beisammen, jeder überzeugt von sich, gefall- und eifersüchtig, stolz wie Vorzugschüler. Gleich streiten sie. Sie stritten. Endlich war der Notstand da. Schnell wurden die Hefte aufgeschlagen und die Notstandsverordnungen durchgelesen. In den Schulen wurden die Aufgabenhefte zugeschlagen, die Lehrer legten die Kreide weg und sperrten die Aufgabenhefte in den Konferenzzimmern ein. Kreischend stolperten die Kinder aus dem Schulhaus. Draußen standen schon die ersten Fleischbeschauer und suchten sich die fettesten Brocken aus. Dann wurden an Ort und Stelle die ersten Notschlachtungen veranstaltet.

– Was tust du hier, mein Junge?

– Nichts.

– Warum stehst du dann da?
– So.
– Kannst du schon lesen?
– O ja.
– Wie alt bist du?
– Neun vorüber.
– Was hast du lieber: eine Schokolade oder ein Buch?
– Ein Buch.
– Wirklich? Das ist schön von dir. Deshalb stehst du also da.
– Ja.

Ja, das wären alles Auftakte, da wird gleich hineingehaut, passiert etwas, nur, und das ist blöd dabei, ist kein einziger davon von mir.

Egon Schablonski überflog die Sätze und strich sie alle durch. Er hatte eine Verabredung. So ging er los. Zwei Stunden später war er tot. Am nächsten Morgen sollte der Supermarkt-Filialleiter Blasius Vorzellner die tiefgefrorene Schablonski-Leiche zwischen Spinat und Fischstäbchen im Gefrierregal finden. Gleich darauf muß sich der Angestellte beim Knabbergebäck übergeben, was aufgrund seiner Mikrostamie, einer angeborenen Kleinheit des Mundes, die ihm den Spitzname Salzloch eröffnet hat, mit einer bewundernswerten Gleichmäßigkeit passiert, die an Konditorspritzen denken läßt. Es wurmt heraus. Konditorspritzen, mit denen man Glückwünsche auf Geburtstagstorten schreibt. Aber so beginnt es nicht. Es geht ganz anders los. Nämlich mit Böselkraut.

Böselkraut hatte es satt, soviel stand fest. So konnte es nicht weitergehen. Er brachte ja noch nicht einmal 60 Kilo auf die Waage. Und das, obwohl er nichts verkommen ließ. Böselkraut war von langer, hagerer Statur. Seine Schuhe glänzten wie Eßbesteck, sein Oberlippenbärtchen konnte sich sehen lassen. Er hatte nur mehr 14 Haare auf dem Kopf, die aber waren so gekämmt, daß man denken mußte, es wären mindestens 20.

Wollen wir mal sehen, was sich da machen läßt, dachte Böselkraut und überlegte, wie man das am besten anstellt. Er war nicht mehr der Jüngste, aber zum Alteisen durfte man ihn auch nicht zählen. Er überlegte. Er dachte nach. Wie machen das die anderen? Wie stellen sie es an? Zuerst fielen ihm die Blumen ein. Die haben es gut, stehen mit ihren Halmlippen fest in der Nahrung und saugen sich voll. Warum sollte ihm das nicht auch möglich sein? Früher hatte man ihn doch immer ein zartes Pflänzchen gerufen. Sogleich sprang er auf, schleppte Gießbert, seinen Gummibaum, heran und riß ihn aus dem großen Topf. Erde sprang heraus. Knödel wird keine Freude damit haben, dachte er und brachte gleichzeitig seine weißen Füße ans Tageslicht. Wie Ziegenkäse weiß. Ob die was taugen? Jedenfalls gefiel es ihnen, wie sie von Böselkraut in die gelockerte Erde getaucht wurden. Mit den Händen drückte er die Erde fest. Schon sah die Sache etwas gleich.

Nachdem er etwa zehn Minuten in seinem Blumentopf gestanden hatte, begann sein Magen zu knurren. Das war ein gutes Zeichen. Ob er schon dabei war, Wurzeln zu schlagen? Wie gerne hätte Böselkraut nachgesehen, ob alles beim Rechten war, aber er traute sich nicht. Nach weiteren zehn Minuten klingelte das Telephon. *Rrring rrring*. Es ringelte sich wie ein Schwartenschweinchenschwanzschwengel. Das war kein gutes Zeichen. Böselkraut überlegte. Wer muß das sein? Ausgerechnet jetzt. Vielleicht Theodor, der Wellensittich, dem er letzten

Winter die Freiheit geschenkt hatte? Nein, Theodor war bestimmt schon in Afrika. Und in Afrika hängen keine Apparate an den Palmen, keine Musen. Vielleicht Hans, der Weberknecht? Nein, denn der hatte immer so viel Beschäftigung. Immer war er voll davon. Aber Fräulein Bernadette, die Fleischfliege, die sich einst in Böselkrauts Bonbonglas verklebt hatte? Gewiß, Fräulein Bernadette würde ihm schöne Grüße vom Mistplatz-Rummel schicken, wohin er sie gebracht hatte. Sie hatte es versprochen. Böselkraut riß seine Füße aus der Erde und stürmte zum Telephon.

– Hallo, Bernadette. Wie geht es dem werten Cholesterinspiegel? Wo ist das Befinden?

– Hier Knödel.

– Knödel! Was hast du in meinem Gespräch zu suchen?

– Ich komme jetzt. Meine Geschäfte sind getan. Soll ich etwas bringen?

– Blumenerde, wenn du so nett bist.

– Blu? Blumenerde?

– Blumenerde!

– Also bitte, wenn es sein muß. Bis dann.

– Bis dann.

Dann pflanzte Böselkraut erneut seine Ziegenkäse-Füße in die Blumenerde und wartete, daß sie anfingen, Wurzeln zu schlagen. Er fühlte sich schon wachsen, seine Beine und den Bauch. Seine Arme fühlte er wachsen, die Nase, die Haare, den Kopf und den Geruch. Aber auch Zweifel wuchsen ihm. Blumen waren ja nicht gerade die Dicksten. Vielleicht würde er bloß größer und grüner werden und obendrein zu blühen anfangen? Ein Gärtner würde kommen und ihn gießen. Aber das hatte er ja gar nicht nötig. Böselkraut wollte doch runder werden, nicht höher. Und blühen wollte er auch nicht. Grün werden schon gar nicht, gegossen werden noch weniger. Er überlegte, er dachte nach.

Knödel fiel ihm ein. Der kaut wochenlang an einem Knochen rum und wirkt dabei rundum zufrieden. Aber Knochen waren nichts für Böselkraut. Kauen war ihm zuwider. Und wochenlang wollte er auch nicht warten. Also hat er sich davon wieder abgeraten.

Das ist vielleicht ein Geschäft. Wie soll daraus einer klug werden? Ob etwas in der Zeitung steht? Böselkraut öffnete sein Exemplar, das er sich damals gekauft hatte, als er tapezieren wollte und ein passendes Hütchen brauchte. Er blätterte und blätterte wie eine Laubsägearbeit im Winter und fand sich doch nicht wieder. Diätvorschläge wurden angeboten, Börsenkurse, eine Tierecke und Horoskope, aber das war wohl nicht das richtige. Aber vielleicht ist die Wahrheit ja inkognito?

(In der Zeitung war auch ein Photo des bekannten Schlagerstars Angelo Bicchio, der mit *Klitori, Klitora, die G-Punkterl sind da* gerade einen Ohrwurm in die Hitparaden gepflanzt hatte und sich nun auf Konzerttournee bewies. Während der Zugaben ist es dabei im steirischen Puntigam zu einem Zwischenfall gekommen, der den erfolgsverwöhnten Interpreten derart irritierte, daß er sich noch auf der Bühne entäußern mußte, was aber Gott sei dank außer den Betroffenen niemandem aufgefallen ist. Aus Puntigam kommt das gleichnamige Bier, und die dortige Bevölkerung ist an einiges gewöhnt – so gibt es dort ebenso ein jährliches Treffen der steirischen Nachwuchskabarettisten wie regelmäßige Parteitage der Stampf- und Stumpfpartei, gar nicht zu reden von Orpheus Scheunendrescher, dem despotisch veranlagten, jahrzehntelangen Weltrekordler im Erdäpfelsalatessen.

Als das Bicchio-Publikum Feuerzeugflammen schwenkte und schunkelnd den Refrain *Nimm mi von hint, nimm mi von vorn. Nur nimm mi heit, weil morgn bin i schon gstorben* intonierte, hatte sich ein weiblicher Fan auf die Rampe gestohlen, sich bis auf die mit Zwiebelmuster bestickte Unterhose entkleidet und versucht, den armen, autoerotisch veranlagten Bicchio-Johannes zu vergenotwendigen. Habemus Papam. Die Sau. Die Zeitung schrieb Kopulation, weil man sich darunter weniger vorstellen konnte. Das Schwein. Aber zu Bicchios Ehrenrettung wurde Scholastika Meier von zwei Leibwächtern gefaßt. Sie wollte sich losreißen, was mißlang. Da verlor sie die Beherrschung. Die Ohnmacht blieb. Sie fiel hinein. Frauen fallen immer in Ohnmacht, wenn ihnen nichts Besseres mehr einfällt. Daß die Supermarkt-Angestellte auch noch von den Brüdern Schacherer genötigt worden ist, weiß die Zeitung nicht. Da sich selbst Scholastika Meier an keine Garderobe voller Stöhner mehr erinnern will, wissen nur die beiden Amateur-Leibwächter ihr Glück. Die wollte es ja, oder warum sonst zieht die sich aus. Zwiebelmuster-Unterhose. Das tut man nicht. Und wenn, dann muß man auch mit Konsequenzen leben. Zieht sich einfach aus, die Sau. Was wollte die? Jedenfalls hat sie's gekriegt. Die hat's verdient. Die wollte es.

Aber davon schreibt die Zeitung nichts. Sie schreibt von der Frühjahrs-Philatelistenschau, auf der dem Oberwachtmeister Egon Scharff der Preis für die umfassendste Motiverfassung zugesprochen worden ist – Zwerghasen vor militärischen Landfahrzeugen, weiters berichtet sie von einem gewissen Casanova Deflorian Schweinigl, der einen Vaterschaftsprozeß verloren hat, kolportiert das unerwartete Ableben des 72jährigen Wendelin Butenandt und des 86jährigen Fleischermeisters Gabriel Grammelsohn. Aber sie vermeldet auch wohltuende Dinge, etwa einen Papstbesuch in Gießhübl. Angeblich war der Heilige Vater ganz Feuer und Flamme für die Blunzenknödel und den Nieswurzschnaps, der, wie man behauptet, die Keratinbildung beschleunigt und alle Gießhübler aussehen läßt wie Rübezahl Rasputin, den legendären Behaarungsweltmeister. Live-Sex mit Aphrodite im Annoncenteil, Sonderangebote im Elektrofachgeschäft Scharff, oder daß der Schwammerlsucher Tassilo Feuerzangenbowle ein noch nie gesehenes Exemplar Boletus badinus fand. Und tatsächlich ist der abgebildete Maronenpilz von ungeheurem Wuchs, mächtig wie ein Wiener Guglhupf. Wahrscheinlich genmanipuliert, atomverstrahlt? Jedenfalls war dieses Ausmaß Feuerzangenbowles Glück. Verdeckte doch der Findling die unanständige, geschlitzte Nasenspitze seines Finders. Und das war gut. So eine unanständige, das Götzzitat versinnbildlichende Nasenspitze hätte nämlich einen Zensurbalken verdient – gerade in Zeiten des Papstbesuches. Außerdem. Auch Zeitungslesern durfte nicht alles zugemutet werden. Aber dafür interessierte sich Böselkraut ja nicht, er hatte andere Sorgen.)

Es war zum Verzweifeln. Keine Lösung war in Sicht. Er wollte schon aus der Haut fahren, als es an der Tür klingelte. Das mußte Knödel sein. Der dumme Hund vergißt immer seine Schlüssel. Böselkraut schimpfte zur Tür. Die Tür klingelte zurück. Böselkraut sprang auf, das heißt er wollte aufspringen. Dabei fiel er hin. Er hatte ganz vergessen, daß seine Füße noch in der Blumenerde steckten. Mit Mühe befreite er sich, kehrte mit den Händen die gröbsten Brösel Erde beiseite, ging zur Tür und öffnete.

(So flott geht der natürlich nicht. Und in der Zwischenzeit können wir fragen, was für ein Mensch das ist? Bei dem rappelts, hör ich jemand sagen. Der ist, nach Ihrer Meinung, nicht ganz dicht? Ein Schizophrener? Bitte. Mäßigen Sie sich! Natürlich, ein bisserl vertrottelt ist er schon. Doch was geht Sie das an? Bitte. Bei meinen Romanfiguren kenne ich da nichts. Nichts kommen lasse ich über die. Bei einem Darmlangen würden Sie sich traun. Nichts da. Bitte. Vielleicht ist ja sein Hirn gaga. Wie eine Hopfenstange schaut er aus? 60 Kilo bloß. Mag sein. Trotzdem. Denn erstens ist er ein hochanständiger Held, zweitens hab ich ihn selbst erfunden, mir, und drittens laß ich mir nichts madig machen, nicht von Ihnen, nicht von wem. Haben Sie es jetzt? Die Sache nämlich, die ist die, ganz unter uns, daß wenn wer ein Buch probiert, zu schreiben meine ich, er sich auch Auflagen auferlegen muß, Zensuren. Denn sehen Sie, wenn gleich am Anfang Blut spritzt wie aus einer spanischen Orangen, dann wär Ihnen das ja auch nicht recht. Ist es nicht wahr? Oder stellen Sie sich vor, wir hätten jetzt bereits den großen Zeh von einer Leich, einer verwesenden, einen Gestank, daß man einen Hut daran aufhängen könnte, einen Zipfel Amoklauf, Massenmord am End. Das ist doch nicht in Ihrem Sinn. Wenn die Gedärme vermodern, der kalte Bauer und der Dreck? Na sehen Sie. Von alledem hier nichts, keine Nierentransplantation, kein Einlauf und kein Herzstillstand. Noch nicht einmal ein kleines Magenvorgeschwür oder ein bisserl Krebs. Und so ist es auch recht. Ich mein, den ganzen Dreck, den seh ich hier herinnen, wo ich bin, herunterrinnen jeden Tag. Egal. Mittlerweile ist er also bei der Tür, der Böselkraut, und macht, was man überall mit Türen macht, außer hier bei mir. Er öffnet sie. Alles andere ist Gogolores.)

Da stand ein kleiner, dicklicher Junge, der aussah wie ein zusammengestauchter Bundeskanzler, obwohl er höchstens elf Jahre auf dem Buckel hatte. Dreh dich doch mal um, wollte Böselkraut sagen, aber der Junge kam ihm zuvor. Er möchte eine Tasse Reis, zwei Erdäpfel dazu, seine Mutter bitte ihn darum.

– Das hast du aber schön gesagt, sagte Böselkraut und dann: Moment. Eine Tasse Reis, zwei Erdäpfel dazu? Das kommt mir vor, zwar, aber eigentlich weiß ich nicht, dann doch, was ist das jetzt. Bin ich verrückt?

– Aber das weiß doch jedes Kind, sagte der Junge, der Ferdinand hieß.

– Ja, sehe ich denn aus, als ob ich jedes Kind bin?

– Ja, nein, nicht eigentlich.

– Na also.

– Aber Onkel, meine Mutter hat doch gesagt, und könnten Sie nicht wenigstens mal einen Blick in ihre Küche werfen?

– Hier wird mit nichts geworfen.

Und Küche? Was war denn das? Der Bengel mit dem Milchbart wurde immer frecher. Er beleidigte ihn in einem Immerfort. Böselkraut mußte wohl energisch werden.

– Daß eines für einmal und immer klar ist: Ich bin keine Küche, ich kenne keine Küche, ich habe nie etwas mit einer Küche gehabt. Ich verbiete dir, mir noch einmal hinterrücks so eine Unanständigkeit zu unterstellen!

– Aber Küche ist doch nicht beleidigend, sagte Ferdinand und dachte, der tickt nicht richtig, bei dem rappelts, hat vermutlich nicht alle Tassen im Schrank, sofern er einen hat. Dabei sieht er von außen ganz vernünftig aus. Zwei lebhafte Augen wohnen ihm im Kopf, der wie ein Burgfräulein auf seinem Hals sitzt. Eine überdurchschnittliche Adlernase ragt neugierig heraus und hat ihre Füße in einem kuscheligen Oberlippenbärtchen stecken – als hätte er zwei Eichhörnchen geschnupft. Das Gesicht selbst ist sehnig wie durchzogenes Gulaschfleisch und keineswegs debil mit Wasser aufgeschwemmt. Doch dann sah Ferdinand die ziegenkäseweißen Füße Böselkrauts, an denen Erde hing – wie alter Dreck, der sich unter einem Bett gesammelt hat. (Man sagt dazu auch Lurch.) Er schüttelte den Kopf und dachte sich seinen Teil. (Das kann ein jeder.)

– Und bitte, was soll die besagte Küche sein, Herr Naseweis?

– Na Küche eben. Wie Köche mit ü, Kühe mit c, Psyche mit k. Küche, worin man Kuchen backt.

– Hier werden aber keine Kuchen verpackt, stellte sich Böselkraut ins rechte Licht. Und wenn du glaubst, daß du einen Idioten vor dir hast, dann bist du aber an den Richtigen geraten.

– Aber wer keine Kuchen ißt, bleibt dünn wie Zwirn. Buhäää, Sie Bohnenstange, zeigte Ferdinand, dem jetzt die Geduld riß, seine Zunge. Dann lief er davon mitsamt seinen Locken, seinem Pustekuchengesicht. Bei ihm nennt man so einen Menschen einen Narren, nimmt ihm sein Geld weg, damit er es nicht vertut, und sperrt ihn ein.

Eine seltsame Art, Abschied zu nehmen, wunderte sich Böselkraut. Mehr noch staunte er aber über die vielen sonderbaren Wörter, die dem Kind wie selbstverständlich aus dem Mund sprangen. Kartoffel, Reis, Küche, Köche, Kuchen? Das muß so eine ungemein geheime Geheimsprache sein, dachte Böselkraut und ging zurück zu seinem Blumentopf.

(Und das dauert wieder wie gesagt. Hör'n Sie es? Man hat die Folter abgeschafft, dafür gibt es die Wartezeit. Die Sache nämlich, die ist die, daß mir der Schablonski Egon, der ein durch und durch anständiger Mensch ist, wie ein Socken mit Schweißgeruch ist der durchzogen – mit Anständigkeit, mir dieser Schablonski also, der eine Riesenknubbelnase hat, an Chäromanie leidet, krankhafter Heiterkeit, außerdem noch Egon heißt, was ein höchstanständiger Name ist und, wie gesagt, sittsam obendrein, ein Buch zukommen lassen hat, mit dem ich, wie er meint, meinem mir aufaddierten Talent zur Rechnung helfen kann, und überhaupt, weil so ein menschelndes Stück Hirn halt auf Ideen kommt, hochanständige, und er mir eben dieses *Auch Romanschriftsteller fangen unten an*, Arschfut abgekürzt, geliehen hat, damit ich, wie er sagt, sofern ich fleißig strebe, meine Zeit beschneide – und das meint er nicht symbolisch. Weil draußen, wie er sagt, populäre Literaten leben, nur integere Leut, aus besserer Gesellschaft und drumrum, manche vif, aber die meisten blunzendumm, die auf einen wie mich nur warten würden. Küß die Hand. Wie geht es ihren werten Altersflecken? Protektionen, Petitionen und Stipendien, meint der Schablonski, lägen brach wie seine Nase, ganz legal. Er entfaltete seine Hände zu einer Geste großer Höflichkeit und faltete sie wieder ein.

Und wenn ich erst ein Buch geschrieben hab, mit Anständigkeit durchsetzt, wie gesagt, man auch über eine Haftverkürzung reden könnte, was ich mir nicht zweimal anhören muß. Ballon spielen nämlich laß ich mit mir nicht. Nur ausfällig, meint der Schablonski, darf ich nicht werden, nicht brutal. Am besten, sagt er, genierst dich nicht, schreibst so einen Märchenschas, wo Feen vorkommen, Riesen, Zwerge, Kinder, Bildungsgut, liest ein bisserl was, streichst dir was zusammen, weil merken tut das keiner, setzt dich halt in deinen Bücherschrank und stiehlst dir was. Hauptsache integer. Hauptsache durchsetzt. Und an die Arschfut halten mußt du dich. Das ist alles wie gesagt. Der hat leicht reden, der hat das gelernt. Reden kann ein jeder. Nur ist Ihnen schon einmal ein Romanheld eingebrochen? Haben Sie schon einmal einen sich erträumt? Bei mir stellen sie sich auch nicht an. Warten kann ein jeder. Wie gesagt. Und in der Arschfut steht, daß man seine Charaktere auf keinen Fall der sogenannten Wirklichkeit entnehmen darf. *Die Charaktere müssen mehr sein als aus dem Leben gegriffen.* Die haben ein leichtes Reden, diese obergescheiten Herrn. Reden kann ein jeder. Wie gesagt. Aber Schreiben? Schau ich eben meinem dolichozephalen Fingerhutfakir, dem Böselkraut, noch ein Achterl zu. Jetzt fällt ihm nämlich grad was ein.)

Da fiel ihm wieder ein, daß ihm vorhin etwas eingefallen war. Er überlegte. Er dachte nach. Blumen haben große Köpfe, Blätter und Stengel. Und sie sind unwahrscheinlich dünn. Böselkraut ist zwar ebenfalls unwahrscheinlich dünn. Aber ist er deshalb gleich eine Blume? Mißtrauisch sah er an sich hinab. War er jetzt verrückt?

Da sind diese butterweißen Füße, die aus dem Ende seiner Hose lachen. Darüber dieses milchweiße Hemd, dem sein Kopf vorsteht. Dann Hosenträger, die die Hose festhalten, damit sie nicht davonläuft. Und schließlich noch die sehnigen Arme mit Fingern zum in der Nase Bohren. Wenn er also eine Blume ist, dann bestimmt keine gewöhnliche. Er duftete auch nicht, noch stank er. Aber vielleicht ist er doch etwas anderes, etwas, wofür ihm noch der Name fehlt?

Böselkraut blickte herum, aber nirgendwo schien sein Name hingefallen zu sein. Er wußte nicht einmal, wie sein Name ohne ihn aussehen sollte. Können Namen ausrutschen? Böselkraut überlegte. Böselkraut dachte nach.

In jedem Fall konnte es nicht schaden, erst einmal Wurzeln zu schlagen. Dann würde sich schon herausstellen, um welche Art Blume es sich bei ihm handelte. Gewiß war er keine dahergelaufene Wald- oder Riesenblume. Auch zur Knopflochblüte, Gürtelrose oder Balkonblume fühlte er sich nicht gekreuzt. War er vielleicht ein Sauerampfer? Oder ein Löwenzahn? Ein Enzian? Oder gar ein Kaktus? Böselkraut kratzte seinen Oberlippenbart.

Ein Kaktus ist doch gar keine Blume? Ein Kaktus gehört zur Familie der Kacker und Tussis. Oder gehört er zu den Pflanzen? Bäume, Gräser, Büsche gehören auch in diese Sippschaft. Und natürlich das Gemüse. Ein schöner Verein. Aber vielleicht war Böselkraut so eine Art Runkelrübe? Nein, eine Runkelrübe mochte er nicht sein. Da knurrte sein Magen. War er vielleicht überhaupt keine Pflanze? Was dann? Ein Pflanz? Man müßte im Lexikon nachsehen. Dort waren alle Antworten gesammelt. Also ging Böselkraut zu seinem Bücherschrank. Das heißt, er versuchte, dorthin zu gehen. Er hatte nämlich schon wieder vergessen, wo seine Füße steckten. Vermutlich hätte das nichts gemacht, wenn sie nicht in der Erde gesteckt wären. Vermutlich hätte auch das nichts gemacht, wenn nicht die Erde im Blumentopf zusammengepreßt gewesen wäre. Auch das hatte Böselkraut vergessen. Er fiel hin. Vor Schreck schrie er. Er schrie aber auch vor Glück. Während er vor Schreck schrie, war ihm nämlich eingefallen, daß Pflanzen nie schreien, weder vor Schreck noch vor Glück. Also verwandelte sich Böselkrauts Schreckschrei in einen Glücksschrei. Für seine Ohren klang beides gleich. Schrei bleibt Schrei. Für seinen Kopf war aber klar, daß er keine Pflanze war, daß das Unglück auch ein Glück gewesen ist. Sein Sturz brach nämlich seinen einen Blumentopf in zahlreiche Teile. Das hätte ihn als Pflanze ganz schön entwurzelt. Aber so? Ein Glück, daß er nicht Gießbert war, sein Gummibaum.

Böselkraut betrachtete die Bescherung und mußte furchtbar lachen. Pflanzen, fiel ihm ein, lachen nie. Pflanzen verstehen keinen Spaß. Sein Magen knurrte.

Böselkraut ging zum Bücherschrank, nahm das einzige Buch, das darin wohnte, und blätterte herum. Nein, ein Julius Cäsar war er nicht, auf seinem Kopf wuchs keine Schüssel. Er war auch kein Napoleon, seine Hand kam schließlich nicht aus seinem Bauch. Vielleicht ein Automobil? Ein Dampfschiff oder ein Tapetenkleister? War er eine Fahrradkette oder Bürgermeister? Fußballmannschaft oder Schloßgeister? Füllfederhalter, Gendarmerieposten oder Hühnerleiter? Katzenstreu, Lebewesen oder Dauerregen? Pferdegespann oder … Halt! Da war doch etwas, das er kannte. Natürlich! Ja. Er war ein Lebewesen! Ja richtig, das hätte ihm auch früher einfallen können, dachte sich sein Magen und knurrte.

Aber wie ernährt man sich als Lebewesen? Davon stand natürlich nichts in seinem Buch. Er hätte den kleinen Jungen fragen müssen. Denn zweifellos war auch der ein Lebewesen – auch wenn er aussah wie ein kleiner Bundeskanzler. Böselkraut beschloß, der Sache nachzugehen.

(Wie gesagt. Jetzt bleibt wieder Zeit, weil wie wir wissen geht er nicht sehr schnell, der windverdrehte Mensch. Ich könnte Ihnen ja was anderes erzählen, ganz etwas anderes, nur ist es nunmal so, daß Sie, Leser, anständig und draußen sind, in der sogenannten Welt, wo Leben nicht passiert. Und, wie gesagt, der Schablonski hat gemeint, daß diese Literaturkritiker, hochanständige Leut – nur etwas aufgeschwemmt vom vielen Lesen, die unzähligen Kapitel haben ihnen ein Doppelkinnerl angespült, die Backerl hat es ihnen aufgetrieben, die Augen rausgepreßt wie Schneckenhörndln, Hornhautberge haben sie vom vielen Unterstreichen an den Fingern, dicke Augengläser, einen flachgesetzten Hintern, Bauch. Diese mit einem Stockerlarsch gesegneten, aber integeren Herrschaften wollen etwas Amüsantes, Spannendes, weil selber haben sie noch nichts erlebt, zum Lachen nichts, weil sie ausschauen wie, Pardon, ein hingespienes Apfelkoch, das kommt vom vielen Schiller, wie gesagt, und somit haben sie es schwer. Wer mag schon jemand, der nichts als lesen tut und alles besser weiß? Lesen kann ein jeder. Ich persönlich habe nie gelesen, mir war es zu ordinär. Man gräbt und ackert da Gedanken um, die einem anderen das Hirn zerwühlen. Unappetitlich ist das, widerlich. Aber wegen den Pupperln habe ich dann doch begonnen, weil die gerne zuhören, einem Vorleser näherrücken, gerne seine Worte in ihre Ohren gehen sehen, gestreichelt werden und in Sätzen baden wollen. Aber von den Pupperln, hat der Schablonski gesagt, darf ich nicht, keinem keinesfalls – also auch Ihnen nicht, Sie Schwein. Die Pupperln, sagt er, bleiben streng geheim, tabu. Dabei kenn ich mich gerade bei den Pupperln aus. Auskennen kann nicht jeder, reden schon. Schade, wie gesagt. Da muß ich die mir von der Gefängnispsychologin attestierte Logorrhöe beschneiden. Kein Vorhautlappen, sondern krankhafte Gschwätzigkeit. Aber über Liebe darf ich. Liebe, sagt der Schablonski, kann man ruhig riskieren. Liebe ist ein Aufgewärmtes, lippendick. Aber bei einer Amourschaft blühn sie auf, die Semmelärsche, ein Stamperl Politik, und, hat der anständige Mensch ergänzt, stopf Kindheit rein, das haben sie gern, die Kritiker. Die wissen, wie es ist, wenn man gedroschen, ausgelacht wird. Und eine Moral. Das ist imposant, daß ich, Karol Alois, im Hochsicherheitstrakt in der Strafvollzugsanstalt mir eine Geschichte überleg, keinen roten König, die die Menschen draußen bessert, daß sie toleranter, offenherziger, selbstloser und gerechter werden. Das beeindruckt, haut sie um. *Der Roman soll nicht beispielhafte Tugendbolde und ausgekochte Höllenhunde zeigen*, schreibt die Arschfut, *sondern Menschen, ja Menschentum schlechthin.* Und an so was soll ich mich halten? *Nicht auf das Thema kommt es an, sondern darauf, es künstlerisch zu bewältigen.* Die haben eine Ahnung. Natürlich geht es mir und hier und allen überall immer ständig stetig stets ums Geld. Was man nicht hat, braucht man auch nicht bewältigen. Reden kann ein jeder. Aber haben muß man es einmal, sonst ist man besser kusch. Es geht ja auch nicht um ein paar Zerquetschte, das wäre ja ein Klacks, nein, 70 Millionen Lappen, aber mehr verrat ich nicht, in der Arschfut nämlich steht: *Fallen Sie also nicht gleich beim Beginn mit der Tür ins Haus, indem Sie vernehmlich Ihr Thema ausposaunen. Der Roman als Ganzes erfordert ein langsames Wachsen.* Ausgesteckt werde ich sein, da müssen Sie schon selbst sich mitbemühen. Nehmen Sie sich nur ein Beispiel an diesem Gestell.)

Und Böselkraut ging der Sache nach. Er verabschiedete sich von Mister Heiderich, seinem glupschäugigen Goldfisch, schlüpfte in einen Mantel und verließ die Wohnung. Da er nicht wußte, wo man beginnen mußte, wenn man einer Sache nachzugehen hatte, schlenderte er gemütlich durch die Stadt. Seine Arme schlenkerten. Sein Mund schleuderte. Er hatte das nichtssagende Gefühl, verfolgt zu werden. Aber von wem? Mit einem lauten *Hallo* begrüßte er die Tauben. Auch die Tauben waren Lebewesen. Wenn auch unhöflich. Vielleicht friedlich, aber freundlich? Bis zu den Tauben reichte die Zeit scheinbar nicht heran. Sie schenkten Böselkraut keine Beachtung, sondern waren auf der Hut vor einer schweren Katze. Auch die Katze war ein Lebewesen.

– Guten Tag, Frau Katze, warf ihr Böselkraut zu. Ich wünsche Ihnen einen tüchtigen Appetit.

Doch Moment. Die Katze ernährt sich also von Tauben? Sofern es ihr gelingt, welche zu fangen. Ernähren sich vielleicht alle Lebewesen von Tauben? Nein, denn die Tauben ernähren sich von Körnern. Körner sind aber keine Lebewesen, zumindest keine gesprächigen. Das stimmt natürlich nicht ganz. Die meisten Katzen ernähren sich nämlich von Dosenfutter. Manche fressen aber auch Vögel und Mäuse. Vögel ernähren sich von Würmern. Wovon sich Würmer ernähren, wußte er nicht. Vielleicht von Schlaf? Mäuse dagegen fressen Speck, und Speck kommt vom Schwein. Schweine aber fressen keine Katzen. Oder doch? Puhh, ist das kompliziert. Böselkraut rauchte der Kopf. Es schien so, als würde es verschiedene Lebewesen geben, die jeweils andere aufaßen. Und irgendwie schien sich alles im Kreis zu drehen. Die kleinsten Lebewesen sind, wenn man dem Alphabet glauben darf, die Ameisen. Die größten sind die Zuwiderlinge. Die Zuwiderlinge müssen so groß sein, weil sie den anderen Lebewesen zuwider sind. Den meisten Lebewesen ist es sogar zuwider, sich die Zuwiderlinge zu merken, weshalb die Zuwiderlinge auch nicht sonderlich bekannt werden. Und das, obwohl sie so groß sind. Während Böselkraut überlegte, was er davon halten sollte, hörte er eine Stimme *Hilfe, Hilfe* rufen. Er kannte die Stimme, aber er sah kein Lebewesen, das zu ihr gehörte. Die Tauben begrüßten sich nach wie vor gegenseitig, indem sie ihre Köpfe abwechselnd zum Boden oder zum Himmel bogen. Die Katze campierte hinter ihrem Kastanienbaum, und von den Ameisen und den Zuwiderlingen war nichts zu sehen.

(Caroline Huscher huschte vorbei. Die war aber häßlich. Dennoch war sie froh, weil ihr einer zugezwinkert hat, sich gleich verabreden wollte zu einem Rendezvous. Wie stellte der sich das denn vor? Eine verheiratete Frau, Mutter zweier Söhne. Einer größer als der andere. Nein, das ging doch nicht. Was denkt sich der. Auch wenn er hübsch ist, eine Stimme hat und Augenbrauen. Obendrein Pomade. Aber was? Was denkt sich der?)

Böselkraut überlegte. Und wenn Böselkraut überlegte, dann dachte er auch nach. Mister Heiderich war zu Hause in seinem Aquarium geblieben. Theodor, der Wellensittich, war bestimmt schon in Afrika. Hans, der Weberknecht, hatte immer so viel Beschäftigung. Und Fräulein Bernadette, die Fleischfliege, hatte eine andere Stimme, viel mehr Zucker. Aber Böselkraut kannte die Stimme, die da *Hilfe* rief. Wem gehörte sie? Nachdenken erfordert Mitarbeit. Beim Suchen bekommt das Finden ein Loch. Und fast wäre etwas herausgefallen. Doch da kam ihm eine andere Stimme in die Quere.

– Hallo Onkel, Sie alte Küche.

Das war Ferdinand, der Seifenkistlfahrer. Böselkraut,

der noch nicht wußte, daß Ferdinand Ferdinand hieß, dachte, daß ihm der rundliche, wie aufgeblasen wirkende Junge mit der Brille und den Sommersprossen im Gesicht behilflich sein könnte. Aber er mußte behutsam vorgehen, sonst würde der kleine Kanzler über ihn lachen, und das würde niemand weiterbringen.

– Grüß Gott, Sie junge Schrumpelkartoffel.

Ferdinand war nun völlig sicher. Dieser Erwachsene besitzt die Intelligenz eines Laubfrosches. Wenn überhaupt. Das kann ja lustig werden. Ferdinand überlegte, welchen Spaß er sich erlauben könnte. Sollte er ihn fragen, wovon der Tee süß wird. Vom Zucker oder vom Umrühren? Doch, Halt. Besaß dieser Mensch, der aussah wie ein Grillenfänger, nicht auch Nutzen? Erwachsene dürfen schließlich Dinge tun, die man Kindern nicht erlaubt. Sie dürfen Rasierapparate kaufen, große Autos streicheln, beim Pinkeln stehen bleiben, zählen bis nach acht und noch darüber. Man soll sie zum Freund haben. Sogar, wenn es, wie bei diesem hier, mit ihrer Intelligenz nicht weit her ist. Schaden kann es nicht.

– Was machen Sie denn da? Kann ich helfen?

– Oh, antwortete Böselkraut, weil ihm nichts Gescheiteres einfiel. Ich sehe mich eben um.

– Suchen Sie etwas?

– Ich bin ein Mann, der sich auf Nichts etwas einbildet.

– Da haben Sie ja viel zu tun.

Wie es wohl der Junge machte, daß er so aufgeblasen aussah. Ob er wirklich so rundlich war? Große Staatsmänner wirken äußerlich immer etwas komisch. Aber junge?

– Ich heiße Ferdinand, sagte Ferdinand. Und du? Von seiner Mutter wußte er, daß man zu Erwachsenen nicht *du* sagen durfte. Nur zu Großeltern, Ausländern und Narren.

– Ich heiße nicht Ferdinand, sagte Böselkraut wahrheitsgemäß, sondern Böselkraut.

– Das ist aber ein komischer Name.

– Ferdinand ist aber auch ein komischer Name, der reimt sich nämlich nur auf Helgoland und Hausverstand, und auch das noch nicht einmal besonders gut.

Das hatte sich Ferdinand noch nie überlegt. Er hieß schon immer so. Sein Vater hieß Ferdinand. Sein Onkel. Was sollte daran komisch sein? Er hatte eine Mitschülerin, die Maxi hieß. Das war komisch, aber auch nur, weil sie ein Mädchen war. Aber Ferdinand? Doch vielleicht hatte der komische Erwachsene nicht unrecht? Ferdinand nahm sich vor, später darüber nachzudenken.

– Ist Böselkraut dein Vorname oder dein Nachname?

– Mein Füllname. Mein voller Name lautet Böselkraut Theophrast Böselkraut.

– Sonderbar, wunderte sich Ferdinand. Jetzt muß ich aber. Meine Mutter wartet auf den Einkauf. Später darf ich spielen gehen. Wollen wir uns dann wiedersehen?

– Ja, warum gar nicht, sagte Böselkraut, der nichts mehr zu verlieren hatte.

– Also dann, bis später, Böselkraut.

– Auf Wiedersehen, Sie alte Küche, winkte ihm Böselkraut hinterher.

Kinder gibt es schaufelweise. Ferdinand bog um die Ecke. Ein Mädchen im roten Kleid huschte vorbei, scharlachrot. Schwalben rechneten sich durch den Himmel. Als Böselkraut dem kleinen, rundlichen Lebewesen nachblickte, fiel ihm wieder ein, daß vorhin jemand *Hilfe, Hilfe* gerufen hatte. Jemand, den er kannte, dachte sein

Hirn für sich. Wen kannte er alles? Da war Theodor, der Wellensittich, Hans, der Weberknecht, Fräulein Bernadette, die Fleischfliege, Knödel, sein Hund, Mister Heiderich, sein Goldfisch, und schließlich Ferdinand. Niemand von ihnen kam in Frage. Das heißt, wenn er sein Gehirn genau nachdenken ließ, erinnerte ihn die Stimme irgendwie an Knödel. Und wenn er sein Gehirn noch genauer nachdenken ließ, erinnerte ihn die Stimme sogar sehr an Knödel. Aber Knödel sollte doch Blumenerde besorgen. Nein, nein, Knödel nicht. Da konnte das Gehirn so genau denken, wie es wollte. Knödel garantiert nicht. Oder doch? Dann hätte man sofort etwas unternehmen müssen. Das war sicher. Andererseits muß man das Denken auch vor der Welt schützen. Und solange nichts feststeht, muß auch nichts bewegt werden. Wie ging doch Fräulein Bernadettes Sprichwort? Teile mit Feile und heile mit Weile, Schnecken – oder so ähnlich. Böselkrauts Magen knurrte zustimmend. Zuerst einmal muß man auf Ferdinand warten, vielleicht weiß der einen Rat. Aber warum muß man warten? Was macht Ferdinand in der Zwischenzeit? Richtig, einen Einkauf wollte er besorgen. Was ist das eigentlich? Böselkraut hatte keine Ahnung. Egal. So etwas wie ein Einkauf kann jedenfalls nicht besonders nützlich sein. Das klingt ja bereits so eintönig wie Gehstockknauf, Suppentopf und Wochentag.

(Blumen pflücken kann ein jeder. Blumen sind das Schönste, was es gibt. Blumen beißen nicht. Das war Traudi, die sich über einen Strauß voll Chrysanthemen freute, den ihr Schablonski angetragen hatte. Schenken kann ein jeder. Aber das könnte auch Liebe sein. Sie wußte freilich nicht, daß Schablonski seiner Fleischhauerin *Friedhof* vorgeschwindelt hatte. Am Weg zum Grab seiner Tante Heimita Dodolak wollte er sein. Die arme Frau, so unerwartet. Die Metzgerin hatte ihn bloß gefragt, wie er den schönen Tag wegbringt, ohne Hintergedanke, und er hatte sie angelogen, wollte braver Neffe spielen, die arme Dodolak, sich indirekt entschuldigen, weil er sich mitten in der Fastenzeit eine Wurstsemmel genehmigt. Wer konnte denn schon ahnen, daß ihm die vollbusige Fleischerin für den Seligen gleich Chrysanthemen gibt. Wenn er schon zum Friedhof geht, gleich links, zweite Reihe, viertes Grab, Grammelsohn, Gabriel, nicht zu übersehen. Und da Schablonski immer höflich war, Chäromanie, konnte er das Nein nicht sagen, nicht zugeben, daß er gelogen hatte. Seine Nase war schon groß genug. Es wird ihm ein Vergnügen sein. Zum Friedhof ging er dennoch nicht, die Blumen störten ihn. Nur eine Wurstsemmel gewollt, lügen mußte er dafür, und Blumen tragen. Also war er froh, als ihm Traudi in den Schritt lief. Das war passend. Die hatte für Romantik etwas übrig. Übrighaben kann ein jeder. Wer konnte denn ahnen, daß sie sich gleich was einbildet, Phantasien zum Blühen bringt. Die Ziege. Eingebildete.)

Böselkraut stand also auf der Straße und wartete. Das ist keine aufregende Beschäftigung, aber anstrengend. Er fühlte sich ausgebrannt. Er fühlte Hunger. Wortwörtlich. Plötzlich hörte sein Ohr eine schrille Stimme:

– Hallo du, geh zur Seite, du stehst im Weg. Oder glaubst du, deinetwegen machen sie hier eine Umleitung.

Böselkraut sah niemanden, aber er hörte, wie die Stimme immer heftiger wurde.

– Teufel, Hagel, Schinkensemmel! Du blöder Mensch, geh endlich einen Schritt zur Seite. Mach schon Platz, du personifizierte Voralpenlandschaft. Du Gipfel der Gemeinheit. Trampel.

Böselkraut war verwundert. Die Worte irritierten ihn. Er überlegte. Er dachte nach. Er zählte zwei und zwei zusammen, hatte eine Idee, und plötzlich wußte er Bescheid für fünf. Natürlich. Böselkraut war ein Mensch. Donnerlüttchen! Mensch wie Mayerhofer! Juchheissassa, er machte einen Luftsprung. Ein Mensch, natürlich.

– Du Straßenblockade. Gehst du jetzt endlich zur Seite.

– Danke, liebe Stimme, sagte Böselkraut. Mensch. Jetzt weiß ich endlich, was ich bin. Ein Wer. Nicht Pappdeckel und nicht Tapetenkleister, sondern ein Mensch.

– Eine Behinderung bist du, das größte Übel, und wenn du nicht endlich aus dem Weg gehst, feindlich. Eingebildet obendrein. Du menschelst mich an.

Böselkraut trat einen Schritt zur Seite.

– Danke.

– Wo seid Ihr eigentlich, damit ich Euch die Hand schütteln kann?

– Lassen Sie das, Sie sind viel zu groß für mich, knurrte Willi, der Kleinhäusler. Kleinhäusler sind so klein, daß niemand sie sehen kann – nicht einmal sie selbst. Sie sind sogar kleiner als Ameisen, womit sich wieder einmal zeigt, daß das Alphabet keineswegs immer recht hat.

Böselkraut war es egal, ob das Alphabet immer recht hat. Böselkraut kannte noch nicht einmal das kleine Einmaleins. Was sollte er sich da um das Alphabet scheren. Sogar Willi, dem Kleinhäusler, schenkte er keine weitere Beachtung. Immerhin wußte er nun, daß er ein Mensch war. Das war viel wert. Nun mußte er bloß noch herausfinden, wovon sich Menschen ernährten, und schon würde er seinen Magen zum Schweigen bringen. Aber noch knurrte der.

(*Dem Schreibenden fällt nichts Rechtes ein, und so wird er geschwätzig. Von oder über Stimmungen in einem Erzählwerk zu schreiben ist noch unerträglicher, als wenn uns im täglichen Leben jemand Stimmungen ausmalt oder gar absichtlich uns in Stimmung bringen will.* Handlung wird gefordert. Handlung hat ein jeder. Die Traudi, meine Frau, sagt immer, daß sich etwas ändern muß. Was man schnell begreift, wenn man sie kennt. Das ist mir nicht erspart geblieben. In Gesellschaft ihrer Launen, die wie Gelsen sie umschwirren, ist das viel. Selber, sagt sie, kommen die vom Sodbrennen, das frißt ihr alles Gutgemeinte auf, saugt ihr an der Verträglichkeit. Dauerprämenstruell. Immer will sie Blumen pflücken. Immer in ein Kaufhaus rein, krankt an Oniomanie, will immer kaufen, kaufen, kaufen. Hat strenge Waden, weil wer keine Waden hat, kein Mensch ist, wie sie sagt, und strebt eine Brustvergrößerung an. Wenn sie es sich leisten könnte, sagt sie, wär sie an einer Fettabsaugung interessiert, sie möcht das Meer noch einmal sehen und sich dann zeigen können mit Bikini, auftoupiertem Haar. Sie möcht sich eine Villa kaufen, und mit Geld, sagt sie, würd sie bei den gutgestellten Fürsten, Prinzen leben, segeln, tauchen gehen und jeden Abend eine Dinner-Party geben, wie sie sagt, mit weißlivrierten Dienern, Personal. Man stellt was dar. Bitte, wenn sie das Geld besäße, wär es mir egal. Nur an dem Schablonski seinen Hals muß sie sich darum nicht werfen. Nicht an diese Nase. Schön tun, sage ich, muß sie ihm deshalb nicht. Wurst sein, sagt sie, kann ein jeder. Gestochen sprechen kann nur er. Blumen schenken auch. Gleich Chrysanthemen. Daneben andere Themen, Geld, 70 Millionen. Die er ihr, das ist vorhersehbar, nie und nimmer geben wird, weil er, wie er sagt, etwas anfangen will damit. Die bildet sich da etwas ein. Liebe? Der ist doch nicht an Kaufhausbummel, Brustvergrößerung und Fettabsaugung interessiert.

Das stellen Sie sich vor, da lebt einer zufrieden in den Tag, von Liebe, Poesie und kleinen Gaunereien, und plötzlich dringt durch eine kleine Ritze eine solche Nachricht in ihn ein, vorher war er wie in Schaumstoff eingelullt, ganz mit seiner Welt verspannt, und unerwartet wird das aufgerissen von dem vielen Geld, das sich als Erbschaft in ihn schleicht, lauter laute Kreise um ihn zieht, ihn ausruft, damit ihn niemand mehr als Mensch, jeder bloß als Zielscheibe begreift, als Zwirngerüst, das es nur aufzuschneiden gilt. Da fließt sie raus, die Anständigkeit, die aufgesetzte Lebensart, das Wiegesagt. Wer weiß, was übrigbleibt von dem? Geld bringt Charakter an den Tag. Vielleicht besteht er ja aus nichts, ist bloße Einbildung, mit Sittlichkeit gestopft? Auch seine Krankheiten bildet er sich ein, sogar daß er ein Schriftsteller ist, dabei ist noch keine einzige Zeile von ihm gedruckt, aber immer formuliert er, was er sieht, macht sich Notizen, schreibt Dialoge mit. Unbeschwert leben nämlich kann er nicht, alles ist gleich irgendwie bedeutungsschwer, wird überprüft, könnte ja sein, potentiell, so sagt er, ist alles Literatur, und lacht. Jedenfalls ist anständig, daß er die Erbschaft nicht behalten will. Wer hätte das auch von der Dodolak gedacht. Herzinfarkt. Er will sich aber, sagt er, nicht verändern müssen, weil ihn alles Neue irritiert. Schließlich hat er sich bereits an seine monumentale Nase gewöhnt, das reicht.)

Böselkraut war im Nachmittag gefangen. Er beschloß, dort hinzugehen, wo besonders viele Menschen ausgelebt wurden. Auf die Hauptstraße. Alle Lebewesen, die dort an ihm vorbeihetzten, waren Menschen. Alle wurden existiert. Auf der Straße lebten offensichtlich viele Menschen, aber scheinbar sprachen sie nicht. Wenn einmal einer etwas sagte, war es *Ähem*, *Hmmphmm* oder *Hatschii.* Manche machten auch *Pffft*. Das *Pffft* war sonderbar. Es kam nämlich nicht nur aus dem Mund, sondern aus der Hose. Besaßen einige Menschen einen Reservemund, den sie in ihrer Hose mit sich herumtrugen? Es schien so. Manche Menschen machten auch *Phä*, wenn sie Böselkraut sahen (zum Beispiel Klemens Kletzenklecker). Böselkraut Theophrast Böselkraut dachte, dieses *Phä* muß eine Art Begrüßung sein. Also schenkte auch er den Vorbeigehenden ein *Phä* (zum Beispiel Caroline Huscher). Freundliche Passanten erwiderten Böselkrauts *Phä* (zum Beispiel Cyrano Gickser oder Pipi Höllrigl), unhöfliche ignorierten es (zum Beispiel Eberhard Heizenbichler und Orpheus Scheunendrescher). Gute und böse Menschen gibt es nicht, nur süße und saure. Da es Böselkraut bald langweilig wurde, sich auf diese Art mit den Vorbeigehenden zu unterhalten, begann er sein *Phä* zu variieren. Mal machte er *Phu*, mal *Pho*, mal *Phi*. Das würzte zwar die Luft, aber Früchte brachte es keine. Vielleicht wußten ja diese Menschen selbst noch nicht, wovon sie sich ernähren sollten? Vielleicht wußten es nur die, die in bunten Blechröcken vorbei brausten und das Licht zerrissen? Ob das auch Menschen waren? Manche hatten vier Gesichter, und alle ein Dach über dem Kopf. Vorne und hinten waren ihnen Ausbuchtungen gewachsen, ihr Reservemund rauchte, und statt der Füße besaßen sie Brunnenlöcher. Solche Effekthascher. Nein, das waren bestimmt keine Menschen, sondern speziell getrimmte Lebewesen, um die Erde in Gang zu halten. Vielleicht Laufmaschen? Dieses Wort erschien Böselkraut gerecht.

Und als er sich darüber freute, sprang ihm ein verlorengegangener Satz zu. Er sah nicht, wieweit der Eigentümer damit hüpfen konnte, verstand aber eindeutig:

– Ja, die beiden Bücher habe ich gestern verschlungen. (Eberhard Heizenbichler hatte ihn gesagt.)

Das war es also. Menschen verschlingen Bücher! Auf diese Idee wäre Böselkraut nicht gekommen. Dabei schien es logisch zu sein – vom Nacken bis zu den Zehen. Warum sonst sollte Dichtung Dichtung heißen? Gewiß um das Loch im Magen abzudichten. Aber warum hieß ein Märchen Märchen, eine Geschichte Geschichte? Bestimmt würde sich auch dafür eine Antwort finden. Jetzt galt es aber erst einmal, den ärgsten Hunger mit Dichtung zu stopfen. Nur, wo bekommt man Dichtung? Wer wußte das? Ferdinand bestimmt nicht, der war ja erst ein Kind. Und Kinder ernährten sich von Kinderbüchern. Das war klar.

Böselkraut bezweifelte, daß man Dichtungen geschenkt bekäme. Also beschloß er, selbst welche zu machen. Sicher dichten alle nur, um selbst satt zu werden. So ging er in einen nahe gelegenen Park, zog Notizblock samt angekauten Bleistift aus seiner Tasche und begann:

Brimbramborium, dünn bin ich
gesät, jedoch nicht dumm.
Böselkraut, das ist mein Name,
von Beruf bin ich erlaubt.
Knödel heißt mein Hund,
eine Limonadenmischung,
aber rund,
pomadig ist sein Haar, jedoch,
er fehlt mir, ist nicht da.
Falls ihm etwas zugestoßen ist,

vielleicht entführt, mit Schmalz und List,
oder auf die Schaufel genommen,
gefangen, gekitzelt oder gar
als Windhund eingeteilt
bei einem König, einem Zar?
Er hat sich nicht zu fürchten,
bin ich schon unterwegs, beeilt,
ihn zu retten aus dem Grausen,
daß wir feiern können, Wörter schmausen.

Das muß reichen, dachte sich Böselkraut Theophrast Böselkraut. Er hielt sich das bedichtete Papier vor die Augen, bis sich diese daran satt gesehen hatten. Genug. So ein geschraubter Stil. Aber wie sollte man das zu sich nehmen, wie verzehren? Böselkraut überlegte. Böselkraut dachte nach. Wenn sich die Augen daran satt sehen konnten, mußte das auch den anderen Sinnen möglich sein. Das war logisch, machte Sinn. Also ließ Böselkraut seine Nase über die Schrift spazieren, bis sich die Nase daran satt gerochen hatte. Er sprach das Gedicht wieder und wieder, bis sich seine Ohren daran satt gehört hatten, bis sein Mund es satt war, die Wörter wieder und wieder zu wiederholen und nur noch stammelte. Die Wörter waren plötzlich nackt, hatten ihre Bedeutung abgelegt. Der Mund brachte sie komplett durcheinander, verdrehte ihren Sinn:

Krematorium, kühn spinn ich,
Gerät, jedoch Wicht und krumm.
Schnöselbraut, das ist meine Dame,
von Geruch bin ich verstaubt.
Blödel heißt mein Mund,
eine Stimulanzerfrischung,

aber und,
tomatig ist sein Paar, jedoch,
es bellt mir, ist voll Haar.
Falls ihm etwas zugewachsen ist,
vielleicht berührt, von Malz und Mist,
oder in die Schlaufe genommen,
verhangen, zerfitzelt oder gar,
als Lachmund eingeweilt,
bei einem Honig, einem Würstelpaar?
Er kommt nicht zu den Dürrsten,
bin ich schon hundert, stets geteilt,
ihn zu treten aus dem Schmausen,
daß wir leiern können, Wörter zausen.

So ein Kompott!

Dann packte Böselkraut fest mit beiden Händen das Papier, bis seine Finger sich daran satt gegriffen hatten. Böselkraut war zufrieden, kam sich vor wie Fürst Pamsti, seinen ärgsten Hunger fühlte er gestillt. Was war es doch für ein schönes Gefühl, sich endlich satt gesehen, satt gerochen, satt gehört, satt gesprochen und satt gegriffen zu haben. Die Sonne machte Turnübungen und kam dabei ins Schwitzen. Auf den Parallelen der Stromleitungen hockten Spatzen und sangen Tonleitern rauf und runter, der Schluckauf jagte seine Beute, junger Atem tummelte sich in der Luft, und Böselkraut war guter Laune. Außerordentlich! Er fühlte sich schon dicker werden, als jemand das freie Wort ergriff. Es war sein Magen. Er knurrte. Knurren ist keine schickliche Art, sich auszudrücken. Er aber knurrte so taktlos, wie nur ein beleidigter Magen knurren kann. Schauderhaft. Er klang verstimmt. Da wurde Böselkraut furchtbar traurig. Er hatte alles Menschenmögliche getan, seinen Verstand bis an die Decke gestreckt, doch nichts hatte geholfen. Noch immer war er dünn wie zu Beginn der Geschichte. Vielleicht sogar dünner. Da begann Böselkraut Theophrast Böselkraut schrecklich zu weinen. Er weinte, daß sich die Balken bogen. Er weinte, daß kein Stein auf dem anderen blieb. Er weinte wie ein Rebenstock.

Plötzlich streichelte eine weibliche Stimme sein Ohr.

– Böselkraut, wieso weinst du wie ein Rebenstock? Wieso weinst du, daß kein Stein auf dem anderen bleibt? Wieso weinst du, daß sich die Falken verfliegen?

Doch Böselkraut tat, als achte er nicht darauf und weinte weiter.

Wieder tropfte die honigsüße Stimme in sein Gehör:

– Böselkraut, wieso weinst du wie ein Nebelblock? Wieso weinst du, daß kein Bein auf dem anderen bleibt? Wieso weinst du, daß die Kelten Schweißausbrüche kriegen?

Da mußte Böselkraut furchtbar lachen. Er lachte wie ein Ziegenbock. Wie Zwieback, wenn man ihn bricht. Aber es war ein Lachen, das weder fröhlich noch traurig war – sondern beides zugleich.

– Ich weine, weil ich zu dumm bin, sagte Böselkraut. Zu dumm, um meinen Magen zu beruhigen. Dabei habe ich alles Pflanzen- und Menschenmögliche getan. Ich habe sogar meinen Verstand gestreckt. Ich habe sogar Umstände gemacht.

– Du bist ein Einfaltspinsel, ein Luftikus und Schlendrian, war die Stimme noch immer weiblich und noch immer süßlich. Aber wenn du mir drei Fragen beantwortest, überschütte ich dich mit Reichtümern aller Art. Davon wirst du dein ganzes Leben lang satt.

– Aber ich bin doch zu dumm, um deine schwierigen Fragen zu beantworten.

– Du darfst es zumindest versuchen, sagte die Stimme. Normalerweise wird ja eine falsche Antwort sofort mit dem Tod bestraft, aber dir werde ich gnädig sein. Also paß gut auf: In welchem Land wohnt der König in keinem Schloß, bedeutet Knödel nicht Kloß, werden die Bäume niemals grün, sind alle Menschen schön, haben die Bewohner einen roten Kopf, die Frauen keinen Zopf?

– Ich habe den Eindruck, sinnierte Böselkraut, ich kenne es. Moment. Wie heißen diese Pflanzen, die am Boden kriechen? Ich komme schon darauf. Drehmöhren? Nein, Erdbeeren. Genau. Im Erdbeerland.

– Bravo, sagte die Stimme. Du hast die Lösung erraten, gemeint oder gewußt. Sie stimmt. Jetzt beantworte mir aber auch die zweite Frage: Welches Tier kann viele Farben haben und sieht sich dennoch immer gleich? Es tut keiner Fliege etwas zuleide, obwohl es einen gefährlichen Namen trägt?

– Hmm, brummte Böselkraut. Alle Fäden in seinem Leib waren gespannt. Vielleicht der? Wie heißt dieser blondgelockte Bursche? Gummibär!

– Bravo. Du hast die Lösung schon wieder erritten, gekeimt oder gemußt. Jetzt nur noch eine einzige richtige Antwort, und ich überschütte dich mit Reichtümern aller Art. Also, paß gut auf: Was kann der Schneemann nicht vertragen, obwohl es kein Kitzeln und kein Husten ist? Die Pflanzen freuen sich darüber, die Schlittenhunde aber nicht?

– Das ist aber leicht, grinste Böselkraut Butterklöße, und freute sich bereits auf seine Reichtümer.

– Also, was ist gemeint?

– Selbstverständlich Blumendünger, strahlte Böselkraut.

– Blumendünger?

– Ja!

– Nein! Das ist leider falsch. Richtig wäre *Der Sonnenschein* gewesen.

– Was, wollte Böselkraut das Urteil nicht einsehen. Das verbog doch alle Ordnung. Kann denn ein Schneemann Blumendünger vertragen? Freuen sich Schlittenhunde darüber? Ist die Wahrheit eine Frau? Nein, Hunger.

Aber die Stimme blieb in ihrer Meinung sitzen wie ein Kuchenteig. Böselkraut hatte seine Chance vertan. Und wenn er verhungert, dachte sich die gute Fee, ich kann ihm nicht mehr helfen. Auch gute Feen haben ihre Vorschriften. Sie füllte ihr Formular aus und verschwand.

(Ihr nächster Kunde hieß Rudolf Scharff.)

Am Himmel verdichteten sich Wolken. Wo haben sich die den ganzen Tag herumgetrieben? Ein Specht klopfte an einen Baum und wurde nicht hineingelassen, das Mädchen im roten Kleid huschte vorbei, und Böselkraut begann wieder zu weinen. Er weinte, daß kein Stein auf dem anderen blieb, er weinte, daß sich die Balken bogen. Er weinte wie ein Rebenstock.

(*Hier ist grundsätzlich zu sagen, daß eine Kunst, die uns in Verzweiflung läßt, sinnlos ist. Sie hebt sich selbst auf,* schreibt das Romanlehrbuch.)

Es begann zu regnen. Nein, es waren bloß Speicheltropfen, die ihm aus einem Mund entgegenspritzten.

– Wieso weinst du wie ein Bürgermeister? Das war Ferdinand, der beim Sprechen spuckte.

– Du? Dich hatte ich ja ganz vergessen.

– Und deshalb weinst du?

– Ich weine, weil ich nicht satt zu bekommen bin, schluchzte Böselkraut. Ich habe meine Füße in Erde getaucht, bin auf die Straße gegangen, habe Gedichte geschrieben, aber es hat alles nichts geholfen. Ist das nicht entsetzlich?

War dieser Mensch verrückt, dann war er es ausgiebig. Stellte er sich nur so, dann war er der raffinierteste Schwindler der Welt. Vielleicht war er faul und bezog Behindertenpension? Arbeitslosengeld? Er glaubte doch selbst nicht, daß ihm jemand den Knödel abkauft. Ferdinand war neugierig. Er beschloß, der Sache auf den Grund zu gehen. Wollen doch mal sehen.

– Du hast also deine Füße in Erde getaucht, Gedichte geschrieben?

– Ja, etwa so etwas wie:

Ich bin, wie ich bin,
also bleibe ich auch so.
Die Zähne beißt sich aus,
wer mich dividieren will,
durch mich oder Maus.
So bin ich nun einmal.
Keine Ziffer, keine Zahl.
Nein, auch kein Strich,
noch nicht einmal ein Fisch,
ich bin überhaupt kein Tier,
weder Leonhard noch Känguruh,
nicht Pinguin und kein Emu,
auch kein Hase und kein Stier.
Ich bin ein Mensch,
mit Händen und Haxen
zum Gehen und Kraxeln,
mit Augen und Ohren,
zum Schließen und Bohren,
einer Nase, einem Mund,

ist nichts an mir Hund,
Katze oder Elefant,
ich bin ein Mensch,
eine Krönung der Natur,
mehr weiß ich nicht,
nur:
Ich bin, wie ich bin,
also bleibe ich auch so.

– Und davon wolltest du satt werden? Der hat sie doch nicht alle.

– Aber natürlich.

Da mußte Ferdinand herzlich lachen, seine Jugend juckte ihm hinterm Ohr. Das konnte er einfach nicht glauben, zu komisch. Da wurde Böselkraut Theophrast Böselkraut traurig. Jetzt lachte auch noch sein funkelnagelneuer Freund über ihn. Man sollte ihn umtauschen. Aber als Ferdinand merkte, daß Böselkraut wie ein altes Eselsohr geknickt war, sagte er aufrichtig:

– Du mußt nicht traurig sein, Böselkraut. Ich erkläre dir jetzt alles.

Und Ferdinand setzte sich hin und erklärte Böselkraut die menschliche Ernährung. Als er damit fertig war, hatten beide einen Mordshunger und beschlossen, in das erstbeste Gasthaus zu gehen und ein Riesenschnitzel zu essen. Das war nicht strafbar.

(Wie gehabt, bis die etwas finden, bleibt uns eine Spange Zeit. Obwohl, wenn man sich an die Arschfut hält, Vorsicht zu Gebote steht. *Überraschungen sind nur gut, solange sie nicht reihenweise auftreten. Spannung gehört zwar zum Roman als wünschenswerte Beigabe, aber wehe, wehe, wenn sie bloß zum Selbstzweck wird.* Aber ums Geld geht es diesmal nicht. Von Schablonski war auch nichts zu hören, egal, ich hab mein eigenes Gesicht. Ein Mensch hat ein Gesicht. Und was sich darin abspielt, muß Ihnen leider, Küß die Hand, verschlossen bleiben, weil sonst alles Lehrreiche angefüllt wäre mit Schund und Trieb. Von den Pupperln darf ich nicht, wie gesagt. Darum geb ich nur Einzelheiten preis. Sie wissen ja, daß es Feen so gut wie nicht mehr gibt, aber warum? Haben auch Feen ihre Tage? Sind sie unfruchtbar? Zwitterwesen? Nein. Keuschen Gelübden zugetan? Und warum dann? Weil vor mehreren Feemestern im Elfenturm ein Gnom die Macht an sich gerissen hat, Regierungswechsel stets fatal sind. Die Geschichte kennt unzählige Beispiele. Die Geschichte ist schäbig. Die Geschichte macht einem angst. Seine, des Gnomen erste kleinliche Handlung setzte gleich der Feenausspeisung einen Cousin aus seiner großkopfigen Verwandtschaft vor, der leider nichts von der sprichwörtlichen Leichtigkeit der Feenmenüs verstand, die armen Wischerlfeen mit Kohlgerichten, Bohnengulasch füllte, was Wirkung zeitigte, entsetzliche. Der Mehrzahl seiner flatterhaften Kundschaft zerriß es das Gedärm. Und auch die davongekommene Minorität leidet seither permanente Flatulenz, wodurch das Feenreich verstunken ist. Erlogen ist es nicht. Der Cousin wurde geschaßt. Der Zwergwüchsige nicht.

Oder nehmen wir uns den anderen Leptosomen vor, den Fetty. Sie glauben eventuell, der Ferdinand ist ein herziger, gar liebenswerter Knabe, der unter der Fuchtel seiner Mutter, die eine Tyrannin ist, zu leiden hat. Dabei ist das verkehrt. Der Fetty hat ja nur Computer, Schokolade, Comics in der Birn, sonst ist bei dem nichts los. Emotional ein Bügelbrett. Wixen weiß er nicht wies geht, also vegetiert er noch in seiner Materialismuswelt.

Rotzgrüne Seele. Existiert total darin, macht jeden Unfug mit, lebt in seiner schnucken Bildschirmwelt, die nebenbei das Gegenteil von sauber ist. Denn was bekommt man da zu sehen? Cindeln, Damenbinden, Ächselhaare, Fässer gegen Hundgeruch, Ickelickelcremen, Jazzerstreu, Kundenfutter, Lulupapier und Unappetitlichkeiten in der Art, daß es einem kommt. Hochwiderlich. Freilich, dem Rudolf Scharff darf man das so nicht sagen. Der Mutter von dem Fetty schon. Die ist mit einem Aussehen ausstaffiert, da schießt der Saft aus der Natur, wenn man sie sieht. Ein Gsichterl wie aus einem Fresko, milchweiße Zähne, Oliventeint die Haut, und alles fest im Fleisch. Das Popscherl wie zwei Kilo Zucker und Kurven ganz Kaffeekanne. Das ganze Mensch hängt wie ein Fiaker an seinen Dingern dran, die Ebbe, Flut wie Rösser vor ihr stehn. Aber was hat die Aphrodite von ihrem zu Gott gemachten Fleisch? Den Specki. Das ist Ungerechtigkeit. Früher? Früher ja. Da war Aphrodite Moser bei einer Begleitagentur als Hostesserl angestellt. In der Ebreichsdorfer Diskothek hat sie einer angesprochen, noch vor der Zeit des legendären Türstehers Eberhard, früher halt, dann hat sie bei einer Mißwahl mitgemacht, war aber nicht mit genügend Juroren vertraut, nicht mit dem Jargon, dann hat sie den Zupfer Ferdinand, früher war das, er war Ansager, später wars zu spät. Dann kam der Ferdinand, war sie Frau Moser-Zupfer. Früher halt.)

2

DER HIMMEL war volljährig und somit aufgeklärt. Also gingen Böselkraut Theophrast Böselkraut und Ferdinand zum erstbesten Gasthaus. Da bemerkte Ferdinand einen alten Fehler an seinem neuen Freund. Die Hosenträger waren viel zu kurz und zogen ihm die Hose bis zum Magen. Doch das war es nicht. Böselkrauts Hemd war voller Falten und sah aus wie das verschlafene Gesicht eines Sorgenmuffels, doch das war es auch nicht. Waren es die 14 Haare, die nicht lagen, wo sie hingehörten, nämlich auf Böselkrauts Glatze, sondern dem Kopf einen Balkon errichteten? Nein! Was dann? Seine Füße waren kreidebleich. Das war es. Derart bloßgestellt, fielen die Füße unangenehm auf. Kleine Härchen lebten auf den bis zu fünf Zentimeter langen Zehen. Die Nägel waren durchwachsen. Außerdem war ihnen kalt. Sie waren ziemlich ziegenkäseweiß.

– Wir müssen Schuhe kaufen, sagte Ferdinand, sonst haben wir im erstbesten Gasthaus keinen Zutritt.

– Wer sind Schuhe, verdrehte Böselkraut die Augen. Er spürte kein Verlangen nach einem Zutritt. Er war kein Pferd. Reichte nicht, daß sie zu zweit waren?

– Gehen wir eben in das zweitbeste Gasthaus.

– Ohne Schuhe, blieb Ferdinand stur, werden wir nirgendwo hineingelassen. So einfach ist das.

– Das ist vielleicht kompliziert, sagte Böselkraut. Sein Magen stimmte zu. Er grollte so unanständig, wie er nur konnte.

– Aber wer sind Schuhe? Die Vorspeise? Mitesser? Halsabschneider?

– Schuhe zieht man an, damit einem die Füße nicht abfrieren, erklärte Ferdinand, und hob zum Beweis die seinen.

– Aha. Behufs zum Treten und Beifuß. Das leuchtet mir ein, kniff Böselkraut die Augenbrauen zusammen und überkreuzte im Rücken seine Finger. Eine glatte Lüge. Schließlich kannte er außer Ferdinand niemand, dem Schuhe gehörten. Weder Theodor, der Wellensittich, Knödel, sein Hund, noch Bernadette, die Fleischfliege besaßen welche. Auch Hans, der Weberknecht nicht, obwohl der so viele Füße hatte, mehr als vier. Mister Heiderich hatte gar keine Füße, noch nicht einmal einen Fuß, und Schuhe schon gar nicht. Auch die Ameisen und die Zuwiderlinge besaßen, soweit sich Böselkraut Theophrast Böselkraut erinnern konnte, keine. Das ist gar nicht einleuchtend. Echte Beine sind doch auch eine feine Sache. Hat sein junger Freund vielleicht Rosinen im Kopf? Blumenkohl? Er schaut ja auch ganz vergeistigt aus, das Licht scheint schon beinahe durch ihn durch.

Ferdinand, der ein Schuhgeschäft kannte, erklärte: Schuhe sind eine ganz unnütze Sache. Erstens muß man lernen, sie zu binden, zweitens drücken sie, drittens wächst man alle naselang aus ihnen raus, braucht daher ständig neue. Fünftens wollen sie dauernd geputzt werden. Sechstens bilden sie sich mordsmäßig viel auf ihr stummes H ein. Siebtens –.

– Schuhe sind also dazu da, um aus ihnen herauszuwachsen. Das ist das Wichtigste. Das klingt vielversprechend.

Die Wolken verzogen sich. Die Sonne ging ihrer Beschäftigung nach. Ein Mädchen im roten Kleid huschte vorbei. In der Ferne waren schwachbrüstige *Hilfe, Hil-*

fe-Rufe zu hören, und in Böselkrauts Pupillen spiegelte sich die ganze Welt. Schaufenster wurden reflektiert, wie eine Perlenkette durchgezählt. Endlich Halt. Sie standen vor dem Schuhgeschäft. Böselkraut traute seinen Augen nicht. Auch seine Augen trauten ihren Augen nicht, die wiederum ihren Augen nicht trauten. Heutzutage kann man sich auf niemand mehr verlassen. Augen sind blöd. Es schien hundertzweiundfünfzigtausendvierhundertdreiunddreißig verschiedene Gattungen zu geben. Schwarze, braune, weiße, rote, blaue und alle anderen Farben, die einen Namen hatten, sogar durchsichtige. Welche mit Verzierungen, andere mit Bändern. Manche waren klein wie Kindernasen. Das mußten die Modelle für Einsteiger sein. Andere wieder waren hoch wie Bohrtürme. Das mußten die für die Weltmeister im Herauswachsen sein. Schuhe? Irgendwie erinnerten sie an Kartoffelkäfer und Nasenbohren.

– Ob wir die richtigen finden, murmelte Böselkraut in seinen Bart. Die richtigen, kam der Bart durcheinander. Gab es welche, die richtiger waren als andere?

(*Mitunter glaubt der Dichter, dem Leser Winke geben zu müssen, will sagen, er nimmt für oder gegen seine Figuren Stellung, oder er gibt ein Urteil über ihre Handlungen ab. Das ist keine glückliche Technik*. Also denken Sie sich den hier fälligen Kommentar gefälligst selbst.)

– Am besten wird sein, erklärte Ferdinand, wenn wir uns einmal umsehen. Böselkraut drehte sich um und sah das rotgekleidete Mädchen. Es hatte einen Lolli im Mund, machte große Glupschaugen und drehte seine Löckchen, als würde es mit einer Telephonschnur spielen. Aber das hatte Ferdinand nicht gemeint. Meinungen sind Kinderspielzeug. Mädchen sind überflüssig.

(Was hab ich gesagt, der Specki ist ein Mönch. Am schlitzigen Fleisch ist der nicht interessiert. Dabei ist die kleine Mayerhofer gar nicht ohne. Weiß nur nicht, was sie bewirkt, träumt von Bicchio und einem Pferd. Noch grün hinter den Ohren, alles andere reif und rot. Doch aufgepaßt: *Ein gefährliches Hindernis für die volle Gestaltung ist die Sentimentalität*, was leider nicht aufs Pupperl, sondern auf den Roman abzielt, wie gehabt.)

Dann betraten das kugelrunde Kind und der schlacksige Erwachsene das Schuhgeschäft. Das heißt, sie stiegen auf einen Teppich, was diesem Schmerzen bereiten mußte. Eine Glasscheibe teilte sich und ging wie ein Kieferknochen auseinander. Aber anstatt eines Schreies stürzte sich eine Verkäuferin auf die beiden Eintretenden. Sie besaß ein kleines Spitznäschen, an dessen Gipfel sich das ganze Gesicht festzuhalten schien. Als stünde sie im Wind, schob sich alles Backenfleisch zurück. Unten floh das Kinn, die Stirn floh oben. Sogar die Haare liefen ihr davon, fingen sich erst zwischen den Schulterblättern, dort in einem Zopf. Nur die Nasenspitze glänzte.

(Wie alle Spitznasen hat auch diese ihre Abstammung in Südtirol. Woher das kommt, bleibt rätselhaft. Ladinisch. Ich vermute allerdings, daß in der Zeit der Völkerwanderung die neugierigsten Langobarden ihre spitzen Nasen durch die Alpen durchgezwängt und in Südtirol gelandet sind. Die spitzen Nasen kommen aus der Sensationslust, die den ganzen Körper bis zum Bersten spannt. Zuzüglich nimmt die Nase einen Ausdruck Scham vorweg. Das bindet. So also sind die spitzen Nasen bis nach Südtirol, während die Klumpen-, Knollen- und Kartoffelnasen nicht durch die Alpen durchgekommen sind, in den Pässen haben sie sich verfangen, ausgesiebt und angesiedelt – als heutige Bewohner Österreichs, Bayerns und der Schweiz. Nunmehr ist Südtirol heute die Hauptstadt deutscher Pensionisten. Man hat dort das verhunzelte Gefühl, man sitzt in einem Altersheim. Ganz Meran ist nichts. Ganz Südtirol ist nichts als Brutstatt geriatrischer Gesinnung. Ganz Südtirol vergreist. Da stammt sie ab, die Schuhverkäuferin. An ihrer spitzen Nase, ihrem Keller, den Rosinen kann man es erkennen. Eine romantische Gesinnung noch zudem. Sie träumt vom Meer.)

– Womit kann ich Ihnen dienen?

– Wieso, ist Sklaverei nicht längst verboten?

– Kann ich Ihnen helfen? Sie haben doch sicher Wünsche?

– Sicher. Ich hätte gerne ein paar Kilos, eine neue Hose, einen Gummibaum und 78 Weihnachtspäckchen, hatte Böselkraut die Frage in seinen Sinn verdreht.

Um das verdunkelte Gesicht der Verkäuferin wieder aufzuheitern, sagte Ferdinand, der die Frage in ihrem Sinn verstanden hatte, daß Böselkrauts Füße eine Begleitung, nein, Bekleidung brauchten.

– Das habe ich mir beinahe gedacht, warf die Verkäuferin einen schiefen Blick auf Böselkrauts Füße. Weiß wie Milchreis.

– Haben Sie etwas Bestimmtes im Auge? Und besitzen Sie auch einen Hund, stellte sie gleich zwei Fragen auf einmal.

– Nichts Greifbares, gestand Ferdinand.

Auch Böselkraut fühlte nichts im Auge. Nein, zur Zeit hatte er keinen Hund.

– Zum Wachsen sollen sie sein und für Einsteiger.

Ohne daß sich die Spitznasige darauf einen Reim machen konnte, schlug sie ein paar Schlüpfer-Modelle vor.

– Wie heißen sie?

– Fräulein Wanda.

– Nicht Sie, die Schuhe.

– Aber Schuhe heißen doch nicht. Das Gesicht der Verkäuferin war in Verachtung eingepackt und mit ärgerroter Farbe angefüllt. Ist der meschugge?

– Das ist aber schade. Sie sehen alle gleich aus und haben keinen Namen. Wie soll man sie da unterscheiden? Doch weil sein Magen schon drängte und unschickliche Geräusche von sich gab, entschloß er sich für eine Standardausführung.

– Die sehen sympathisch aus.

Auch Ferdinand war einverstanden.

– Welche Größe darf ich bringen, wollte die Verkäuferin wissen.

– Wie, welche Größe? Wir wollen Schuhe, keine Verbeugungen.

– Aber wie groß sollen sie sein?

– Natürlich so groß wie möglich.

– Nein, erklärte Ferdinand, du mußt ihr deine Schuhgröße verraten.

So eine Geheimniskrämerei, dachten Böselkrauts Füße für sich. Aber Böselkraut hatte seine Schuhgröße noch nicht kennengelernt. Er zuckte mit den Achseln. Da holte die Verkäuferin ein beißzangenähnliches Gerät. Böselkraut mußte einen Fuß hineinstellen. Der hat aber schmutzige Quadratlatschen, dachte die Verkäuferin. Die waren ja nicht zum Ansehen. Die waren zum Schießen. Auch Ferdinand dachte, daß die Verkäuferin denken würde, daß Böselkraut schmutzige Quadratlatschen hätte. Nur Böselkraut dachte, das sei normal.

– 46, stellte die Verkäuferin fest und rannte los, das entsprechende Paar Schuh zu pflücken. Gottseidank brachte sie auch gleich ein paar Strümpfe mit, worin Böselkrauts milchweiße Füße sofort Platz fanden. Gar nicht so unbequem, dachte sich Böselkraut Theophrast Böselkraut, als er in den Strümpfen und diese in den Schuhen standen. Besser, als sich die große Zehe abzubeißen. Nur schade, daß man so schnell wieder herauswächst. Er war begeistert, schüttelte der Verkäuferin die Hand, daß diese sich vorkam wie eine Fruchtsaftflasche und wollte das Schuhgeschäft verlassen. Da hielt ihn Ferdinand am Mantelzipfel.

– Was hältst du dich denn am Mantelzipfel fest? Kannst du nicht alleine laufen?

– Bezahlen, flüsterte Ferdinand.

– Bezahlen?, fragte Böselkraut. Habe ich das richtig verstanden? Was sollen das für Nummern sein? Sind das die Schwestern der A-Zahlen? Und warum flüsterst du? Du wirst doch nicht in den Stimmbruch gefallen sein?

– Wenn einem etwas nicht gehört, erklärte Ferdinand fest, muß man dafür etwas hergeben. Sonst bekommt man es nicht. So einfach ist das.

Wie, dachte Böselkraut. Um etwas zu bekommen, muß man etwas anderes hergeben? So bringt man es doch nie zu was.

– Was wollen Sie haben?, fragte er die Verkäuferin.

– 79 Taler. Ihre Nasenspitze glänzte.

(Aber das war bloß die Spitze des Theaters. Wie erst braunzte es da im Parkett. Sechzig Billionen Zellen bebten Publikum, zwanzig Milliarden Gehirnzellen waren in Aktion, durch 96 000 Kilometer Blutbahn schoß es Beifall, 300 Millionen Lungenzellen wurden aktiviert, ein Atemzug, er macht *Phhu.* Die Zunge schlug gegen den Gaumen, Zähne rieben aneinander, die Pupillen wurden leicht verstellt, ein Finger kratzte in der Hand Verlegenheit, es scheuerte ein Fuß. Da gurgelte etwas im Darm, 200 Entgiftungsstücke spielten in der Leber, Eleven tanzten durch die Nieren, eine kleine Komödie da in der Milz. Das Böse schläft nicht, rammte Sodbrennen empor, eine kleine Intrige schlich durch die Aorta, Happy End im Arsch. Das war das Theater.)

Böselkraut überlegte, Böselkraut dachte nach. Natürlich hatte er keine Taler. Und er glaubte auch nicht, daß ihm in nächster Zeit welche zufliegen würden. Wo lebten Taler? Konnte man sie fangen? Züchten? Er besaß eine karierte Hose, Hosenträger und ein weißes Hemd. Einen Schnauzbart und 14 Haare. Was noch? Er griff in seine Hosentaschen, stülpte den Inhalt auf den Ladentisch. Da waren eine Schachtel Streichhölzer, eine Glasmurmel, ein Gummiball und eine Uhr, auf der es immer halb vier war. War das alles? Nein, denn er fand noch einen angekauten Bleistift, eine Büroklammer und eine Gummimaus, aber die gehörte Knödel. Und den würde dieses Tauschgeschäft bestimmt nicht freuen. Aus Schuhen wächst man heraus, Schuhe gehen kaputt. Eine Gummimaus dagegen hält ewig. Nein, das geht nicht. Man durfte die Gummimaus nicht mitrechnen. In Summe blieben also die Streichholzschachtel, die Glasmurmel, der Gummiball, der Bleistift und die Büroklammer. War das alles? Nein, er hatte die Uhr vergessen. Aber die schlief und wollte nicht vor vier geweckt werden. Aber da sie immer halb vier anzeigte, konnte es nie vier werden. Egal, Böselkraut hatte halb vier gerne. Um diese Zeit mußte man weder aufstehen noch zu Bett gehen. Nein, die Uhr kam auch nicht in Frage. Auch den Bleistift und die Büroklammer wollte er nicht hergeben. Am Bleistift konnte man schön herumknabbern, die Büroklammer ließ sich wunderbar verbiegen. Es blieben also die Streichholzschachtel, die Glasmurmel und der Gummiball. Dafür hätte man bestenfalls die Socken eintauschen können, aber nie die Schuhe. Das stand fest. Da wurde Böselkraut Theophrast Böselkraut traurig. Auch Ferdinand wurde traurig. Der Magen knurrte, und die Verkäuferin wurde böse. All ihre Mühe schien umsonst gewesen zu sein. Böselkraut wollte seine Schätze schon wieder einpacken und die Schuhe und Strümpfe zurückgeben, als ihm die Streichholzschachtel aus der Hand fiel. Am Boden machte sie *Plopplop.*

(*Möchte man eine solche Sprache nicht Hühnerdeutsch nennen?*)

Komisch, dachte Ferdinand, wieso macht sie denn nicht *Krrllt*, wie es sich gehört?

– Was ist da drinnen?

– Ach, bloß Glaskugeln, die mir ein Onkel vererbt hat.

Ferdinand öffnete die Schachtel und sah tatsächlich nur komische gläserne Klumpen. Vermutlich Nierensteine, dachte er. So etwas kannte er von seinem Großvater.

Auch die Verkäuferin hatte einen spitzen Blick riskiert. Sie vermutete Rohdiamanten und bat mit gezuckerter Stimme, sich den Inhalt ansehen zu dürfen. Böselkraut reichte ihr das Schächtelchen. Und ihre Blicke verjagten alle Zweifel. Das sind garantiert ungeschliffene Edelsteine von ungeheuerlichem Wert, ratterte ihr Gehirnkasten wie eine Registrierkasse. Wie kommen diese beiden Schafsköpfe dazu? Ihre Nasenspitze vibrierte. Da war etwas vom Aroma des Himmelreichs.

– Kein Zweifel, sagte sie. Nierensteine. Völlig wertlos im Prinzip.

– Für mich nicht, entgegnete Böselkraut, aber ich lebe auch nicht im Prinzip, sondern in Österreich, nämlich in der Brausewettergasse, konkret in Nummer 18.

– Hmm. Sie haben ein Mordsglück, säuselte die Verkäuferin. Zufällig kenne ich jemand, der sich dafür interessiert.

– Meine Wohnung wird aber gar nicht frei.

– Wen, fragte Ferdinand.

– Jemand, der Nierensteine sammelt, mehr darf ich nicht sagen.

– Das ist aber eine komische Beschäftigung, fand Böselkraut.

– Finde ich auch, bestätigte Ferdinand.

– Jedenfalls nicht außergewöhnlicher, als barfuß herumzulaufen, entgegnete die Verkäuferin. Womit sie auch recht hatte.

– Sagen wir, ich gebe Ihnen 50 Taler, die Strümpfe und die Schuhe. Dafür bekomme ich die Dia-, die Nierensteine. Wäre Ihnen das recht?

Das ist sogar so recht, daß es schon fast wieder Unrecht ist, freute sich Böselkraut linkisch. Sein Magen knurrte zustimmend.

Auch Ferdinand gefiel das Angebot. Er ergriff schnell das Wort, das noch zwischen Böselkraut und der Verkäuferin herumflatterte und füllte es mit Zustimmung. Also wurde man einig. Alle waren zufrieden. Die Verkäuferin, Böselkraut und auch Ferdinand. Es kam zu einem allgemeinen Händeschütteln. Alle waren sicher, ein gutes Geschäft gemacht zu haben. Seltsam ist nur, daß dieses Papier etwas wert sein soll, grübelte Böselkraut und musterte sein kleines Vermögen. Was für häßliche

Köpfe darauf sind? Richtige Blutsauger. Sollen das die Vorbesitzer sein? Oder kann man die dafür kaufen? Der Mensch macht ein Gesicht. Was für ein Gesicht der macht. Da wurde er von zwei außergewöhnlich schlecht angezogenen Menschen gerempelt. Karierte Mäntel, gestreifte Stutzen, Wasserstandshosen. Und obwohl der eine groß und der andere klein war, sahen sie sich doch ähnlich. Als hätte man an ihrem Körper so lange herumgedrückt, bis sich wie bei Luftballons die schwächste Stelle gefunden und ein durch und durch runder Kopf herausgestemmt hätte, arm und mittellos. Auf einen langen Hals gesetzt, eine Knollennase drangeklebt. Die sehen aus wie menschgewordene Kochlöffel.

– Die sehen aus wie zwei weltberühmte Clowns, machte Ferdinand große Augen. Sind sie es auch?

(*Reiche Phantasie braucht der Schriftsteller: Welche Hilfe können wir dazu geben?*)

– Passen Sie doch auf, sagten die fleischgewordenen Kochhilfen.

– Passen Sie doch auf, sagte Böselkraut. Ich lasse mir nichts gefallen. Hören Sie, nichts. Sein Magen grunzte beipflichtend. Nur nichts gefallen lassen! Ferdinand war sprachlos.

(Da hört sich doch alles auf. Noch nie waren Knie und Krumpöck einem derart frechen Menschen begegnet. Und so ein Gesindel wird vom Staat erhalten. Und wer ist der Staat? Wir. Und wer ist wir? Knie und Krumpöck waren sich wieder einmal einig. Die Gesellschaft braucht Veränderung. Und wer hat eine bessere Ansicht zur Veränderung als die Partei von Knie und Krumpöck? Niemand. Die Partei, in der Fritz Krumpöck und Lutz Knie kleine Ämter in den Bezirksorganisationen besetzen, ist die einzige Perspektive. Das steht fest. Das hat gesessen. Man hat schließlich eine Ansicht. Die Partei verspricht aufzuräumen. Und Knie und Krumpöck sehen genug Mist, der ihnen nicht in ihre Ansicht paßt. Sie haben auch bereits versucht, Schablonski zu überzeugen, ihrer Partei seine Erbschaft zu vererben, weil Veränderung auch Geld kostet – und Überzeugungskraft. Ihrer Ansicht nach. Aber Schablonski war skeptisch. Reden kann ein jeder, war ihm der neue Parteiführer unsympathisch. Wie kann ein Mensch nur Eierlein heißen? Und Justus obendrein? Ein Populist und Schmeichler, der ausschaut wie das Ahörnchen von der Micky Maus. Aber Knie und Krumpöck sind ihm zugetan. Weil er eine Ansicht hat. Endlich einer, der es allen zeigt. Das paßte gut in Knies und Krumpöcks Welt. Auch Heimita Dodolak hätte sich darob gefreut. Die einzige Tante Schablonskis war zeit ihres Lebens Haushälterin bei einer wissenschaftlichen, aber ledig gebliebenen Verschrobenheit, die außer Wissen nichts als Bücher hortete, und die hatte Wendelin Butenandt, Neffe von Adolf Butenandt, dem populären Erforscher der Sexualhormone, seiner treuen Haushälterin vermacht. Das kann ich sowieso nicht alles lesen, trug Heimita die dicken Bände aufs Versatzamt, wo man über wahre Schätze staunte. Eine Lutherfibel zum Papstauslassen, ein vegetarisches Kochbuch von Paracelsus, das Stammbüchlein der Maria Theresia, pornographische Himmlerbriefe, das Reisetagebuch von Nepomuk Schneckenreither, dem verschollenen Erforscher Südostwestafrikas, Potemkins Bastelbögen, Hölderlins Prophezeiungen, Was ist Henna von Friedrich Barbarossa, phönizische Jodler in acht Bänden, 324 bisher unbekannte Shakespeare-Dramen, ein Verzeichnis aller germanischen Hausdrachen, die Enthüllungen der heiligen

Laetitia, Landespatronin von Krain und Austerlitz, und und und. Heimita Dodolak staunte nicht, sondern starb über diesem unerwarteten Reichtum, der nun ihrem ihr kaum bekannten Neffen Egon zufiel. Dabei hätte sie viel lieber der Kirche. Denn was hat ein Schablonski im Jenseits schon zu reden? Reden kann ein jeder. Aber heißen muß es was. Schablonski lachte, als er von der Erbschaft hörte. Wie gesagt. Sein Gesicht zog Kreise um die Nase, die er in seinen Mittelpunkt gestellt. Schablonskis Riechkolben übertraf alle dafür vorgesehenen Ausmaße, ja der ganze Schablonski schien aus nichts als diesem Zinken zu bestehen. Um diese Nase war er herumgewachsen, schon als Embryo muß er zuerst eine große Nase gewesen sein, aus der erst nach und nach alle anderen Körperteile gewachsen sind. Wenn das Tante Heimita jemals gesehen hätte, wäre er auf der Stelle enterbt worden. So ein unanständiger Rüssel. Aber auch Schablonski sollte sein Lachen bald vergehen. Er roch bereits, daß so viel Geld kein Glück bedeuten kann. Erst dachte er an Repudiation, dann nahm er an, die Nase und das Geld.)

– Jetzt gehen wir aber essen! Da knurrte der Magen begeistert. Böselkraut lächelte. Die beiden hölzernen Anrempler waren nicht mehr zu sehen. Nur ein rotes Mädchen. Das roch nach Bisquit.

– Das war freundlich von der Verkäuferin.

– Das kann man wohl sagen, pflichtete Ferdinand bei, obwohl ihm die Sache nun doch etwas spanisch vorkam.

Böselkraut, der kein Spanisch verstand, freute sich über seine neuen Schuhe, aus denen er sicher bald herauswachsen würde. Die Schuhspitzen beruhigten ihn. Da unten war er also zu Ende. Ob man aus den Strümpfen auch hinauswächst? Ich hätte mir eine Garantie geben lassen sollen, überlegte Böselkraut. Denn wer weiß, ob die Dinge wirklich etwas taugen. Aber vorerst mußte man sich um den Magen kümmern, der schon wieder wie wild knurrte.

– Womit wollen wir uns jetzt eigentlich überfressen?

Ferdinand, der Böselkrauts Finanzen nun kannte, rechnete. Eigentlich konnte man für 50 Taler eine ganze Menge verdrücken, und Ferdinand mochte ohnehin alles. Ausgenommen Fleckerlspeise. Fleckerlspeise mochte er nicht. Fleckerlspeise hieß auch Schinkenfleckerl, aber das machte es nicht besser. Es kamen immer die Reste des Sonntagsbratens hinein, Knödel und Wursträder. Jeden Montag gab es bei Ferdinands Fleckerlspeise, weil die Mutter die Überbleibsel verarbeiten mußte. Das war auch der Grund, warum Ferdinand den Montag nicht mochte. Eigentlich mochte er bereits den Sonntag nicht, weil den meisten Sonntagen ein Montag folgt. Alle anderen Tage mochte er. Bis auf einen, das war ein Sonntag mitten unter der Woche, aber den mochte Ferdinand erst recht nicht, weil es am nächsten Tag natürlich auch Fleckerlspeise gab, wodurch aus dem Freitag ein Montag wurde und alles durcheinander kam – wie in der Fleckerlspeise. Heute aber war Mittwoch, und an einem Mittwoch durfte man essen, was man wollte. Und bis auf Fleckerlspeise mochte Ferdinand ohnehin alles. Aber das war keine Antwort.

– Woran wollen wir uns jetzt eigentlich satt essen, wollte Böselkraut wissen.

– Gehen wir erst einmal wohin und sehen dann weiter.

– Wo gehen wir hin?

– In das erstbeste Gasthaus.

Damit gab sich Böselkraut zufrieden.

– Wie spät ist es eigentlich?

– Halb vier, stellte Böselkraut mit einem gewissenhaften Blick auf seine Uhr fest.

– Dann haben wir noch Zeit, war Ferdinand erleichtert. Um sechs mußte er zu Hause sein.

Wenig später standen der kugelrunde Junge und der spindeldürre Erwachsene vor einem bemalten Pappkarton. Dieser lächelte, als ob er gemolken worden wäre. Was soll das? Dem fehlt die Perspektive. Es war ein aufgemalter Koch, der eine Tafel mit diversen Schriftzügen zur Schau stellte. Kreidebleiche Namen, die von dem Dickkopf in einer schwarzen Fläche gefangengehalten wurden. So ein Unmensch. Aber vielleicht hatten die Schriftzüge auch nichts besseres verdient. Sie waren derart schlampig, daß sie weder von Böselkraut noch von Ferdinand entziffert werden konnten. Ihre Blicke wendeten sich hurtig ab und stießen auf ein großes maisgelbes Haus, in dessen Stirn in deutlicher Schrift *Gasthof* geschrieben stand. Während Ferdinand sofort wußte, daß es soviel bedeutete wie hier gibt es etwas zu essen, dachte Böselkraut an einen Bauernhof, der hier gastierte. Er dachte an die vielen Schweine, Hühner und Kühe, die hier Kunststücke vorführten, und daran, daß ihnen gleich der aufdringliche Stallgeruch in die Nase kraxeln würde. Um so überraschter war er, als ihnen mit der geöffneten Tür ein schwarzweißgekleideter Mann mit strohgelbem Haar entgegenkam, der weder ein Schwein, ein Huhn, noch eine Kuh war. Der sieht ja aus wie ein Schwan, dem Senf auf dem Kopf wächst. Sein ganzes Gesicht ist von einer riesigen Kinnlade beherrscht, die alles zu umfassen scheint. Eine riesige Furche hat es sich darin bequem gemacht und dieses Monsterkinn geteilt, so daß es aussieht wie ein Hinterteil. Aber damit nicht genug, wird dieser kleine Po von der Nasenspitze bis ins Detail hinein kopiert, so daß das ganze Gesicht nichts als eine einzige, popopschige Unappetitlichkeit darstellt.

– Einen Tisch für zwei Personen, fragte der Schwarzweißgekleidete mit den zwei Ärschen im Gesicht.

Vielleicht ein Stallbursche, dachte Böselkraut. Das kommt dabei heraus, wenn man sich nur von Schwarzbrot und Milch ernährt.

Der Oberkellner wies ihnen einen Tisch zu, auf dem bereits diverse Gegenstände lagen. Messer, Gabeln, Teller und Servietten.

– Wem gehört denn der Krempel?

– Das ist das Besteck für die Gäste, flüsterte Ferdinand.

– Die sollen, flüsterte Böselkraut zurück, ihr Spielzeug gefälligst woanders herumliegen lassen.

– Aber die Gäste sind doch wir.

– So? Seit wann bin ich eine halbe Geste? Das wäre ja noch schöner!

– Jeder, der ein Restaurant betritt, ist ein Gast.

Böselkraut überlegte, Böselkraut dachte nach. Dann sind auch die Tische und Stühle Gäste. Die Bilder, Wände und Fußböden. Ja sogar die Messer, Gabeln, Teller, Gläser und Servietten selbst sind so gesehen Gäste. Da können sie sich Besteck nennen, soviel sie wollen. In diesem Augenblick trat ein weiterer Gast in Böselkrauts Gedanken und fragte, was sie zu trinken wünschten. Es war der strohblonde, dreipopschige Tischzuweiser, der ihnen nun auch noch Speisekarten überreichte. Der ist aber großzügig, der kann es sich leisten.

– Wo brennts denn?

– Ich hätte gerne eine Cola, sagte Ferdinand.

Böselkraut, der nicht wußte, was eine Cola war, hätte auch gerne eine gehabt.

Der Kellner bedankte sich. Wofür eigentlich? Er wird es schon wissen, gähnte Böselkraut und rieb sich den Bauch.

(*Das Wörtchen »sich« darf man nie zu weit nach hinten setzen.*)

– Aber was wollen wir eigentlich essen, fragte sein Magen und grollte. Ja was? Ferdinand warf einen Blick in die Speisekarte. Böselkraut tat es ihm nach. Die Speisekarte ließ es sich gefallen, sagte nichts. War sie beleidigt?

– Was soll dieses schweigsame Heft überhaupt, das nur den Mund wäßrig machen will, fragte Böselkraut halblaut sich selbst. Nur weil sie in Schweinsleder gebunden ist, hält sie sich wohl für was Besonderes?

Nein. Ferdinand erklärte, daß Speisekarten dazu gut sind, etwas auszusuchen, was man später bestellen will.

– Das ist aber gar nicht gut, murrte Böselkraut. Ich bin doch kein Postpferd. Und was hat man von ausgesuchten Dingen, wenn man nichts zu bestellen hat?

– Man sagt sie dem Kellner. Der bringt sie einem dann.

Das ist aber sehr gut und obendrein verdächtig freundlich von diesem Menschen, besserte sich Böselkrauts Laune. Auch Launen haben ein Gesetz, an das sie sich halten bei ihrem Blühen. Endlich bringt man dem alten Griesgram Manieren bei, dachte sich der Magen und knurrte.

(Sein Roman, war Schablonski eskapistisch überzeugt, sollte auch im Wachtelstelzer spielen. Mit wenigen Sätzen würde er das Kolorit ausleuchten, den ziegelroten Klinkerboden, die ausgedunkelte, furnierte Theke, in die eine Glasvitrine eingelassen war. Darin Magenbitter, Mannerschnitten, Marzipanfiguren von Silvester, wie tote Fische ausgestellt. Ein Kellner las Zeitung, Betrunkene. Darüber eine Flaschengalerie diverser Schnäpse. Und Stimmen gaben sich die Hand. Guten Abend. Auf Wiedersehen. Ja, sonst geht's dir gut, das wird schnell Routine, hörst du, du mußt aufpassen, wenn es erst Routine ist, paßt man nicht mehr auf, also paß auf auf dich. Hörst du mir zu, so paß doch auf, wenn ich etwas sag zu dir, hör zu, paß auf. Laß es dir gut gehen. Paß auf dabei. Das war eine Kellnerin, die telephonierte. Am Tisch ein Aschenbecher mit der Aufschrift *Fernsehgeräte günstig, gut und scharf – bei Rudolf Scharff*, Bierdeckeln, ein Zuckerstreuer, ordinäre Plastikblumen, eine Karte eingeklebter Eisdesserts, aus der ein Pfirsich Melba hing, ein Gewürzgestell, in dem die Schraubverschlüsse der Pfeffer- und Salzgläser so standen, daß sie sich beim geringsten Schütteln übergaben. Eine Freizeitbeschäftigung des elfjährigen Schweinigl-Bastards Klemens Kletzenklecker, der sich so für seine Pubertät bedankte, abgegangene Natur. Daneben derbe Sessel, Sitzbänke mit erbärmlichem Muster, das am ehesten, wenn man gutgesinnt war, an die germanische Mythologie gemahnte. An die Stelle, wo sich die Walküren versehentlich auf Geiserich, den assimilierten Vandalenfürsten, setzen, der unter ihrer Last erregt krepiert. Von Schmerzen gedrückt, deklamierte der Zerquetschte noch inbrünstig den ostgotischen Vorläufer von Heileheilegänschen. Oder sollte man die Metaphorik hier zu Eberhard Heizenbichlers Stimmritzenkrampf bei gewissen Gebetsstellen lenken? Schablonski war unsicher. So oder so. Oder so oder so. Die einzelnen Tische standen durch schwere Schmiedeeisengitter getrennt, darüber hingen jeweils charakterlose Bauernlümmel-Lampen. An den Wänden signierte Photos berühmter, hier verkehrender Volksschauspieler.

So war zum Beispiel Schlecki Zuckerpupp, die unsterbliche Ophelia, ebenso zu bewundern wie der unvergeßliche Rappelkopf Eike Eiter Eitelritt, daneben war, wenn auch verkehrt, Engelbert Bicchio zu sehen. Dann stand da noch ein Bierglas stemmender Mönch im dunklen Holz, zu dem man am ehesten den kaiserliche Hofneger Lorenzo Leberknödel Soliman assoziierte, der durch ein schlampiges Testament der Kaiserin Maria Theresia dazu verurteilt war, nach seinem Ableben ausgestopft zu werden. Wie der lebende Hofneger Petitionen einreichen konnte, soviel er wollte, aber, einmal gestorben, mit Holzwolle gefüllt werden mußte, weil es die beleibte Kaiserin so wollte, hatte auch der hölzerne Mönch keine Möglichkeit, aus seiner Position und an sein Bier zu kommen. Da konnte er beten, was er wollte. Genau, war Schablonski mit diesem hingedachten Romanabschnitt zufrieden und bestellte noch ein Bier, ein Puntigamer.)

– Also ich, verkündete Ferdinand, ich hätte gerne ein Paar Würstel mit Ketchup, einen Hamburger mit Pommes und einen Kaffee mit acht Stück Zucker.

– Und ich, schloß sich Böselkraut an, hätte gerne acht Stück Bürsten mit Schnee, einen Pommes mit Rucker, ein paar Schlammburger mit Zisch-ab und den ganzen Zinnober. Außerdem möchte ich eine reife, flohhaxige Feldmaus, eine Prise Fliegenpfeffer und Wespenmarmelade.

– Ich sehe schon, sagte Ferdinand, du nimmst dasselbe wie ich.

– Nie und nimmer, schrie Böselkraut so laut, daß sich alle anderen Gäste nach ihm umdrehten. Bin ich vielleicht ein Vorhautesser? Wie kann ich denn etwas speichern, was gleichzeitig von dir gespeichelt wird? Entweder esse ich es oder du, aber gemeinsam geht es nicht. Das wäre ja so, wie wenn meine 14 Haare auch gleichzeitig von dir benützt werden würden. Das geht wirklich nicht. Ich bin doch keine Schinkenscheibe. Saftladen.

– Na schön, gab Ferdinand zu, daß er etwas Ähnliches bereits in der Schule gehört hatte. Du nimmst also nicht dasselbe, sondern das gleiche?

– Das gleiche, staunte Böselkraut Theophrast Böselkraut. Was ist denn das gleiche? Ist das nicht dasselbe?

– Nein, wunderte sich Ferdinand, das gleiche ist etwas Ähnliches, das denselben Namen trägt.

– Aha, überlegte Böselkraut und spitzte seine Lippen. So ist das also. Das ist etwas Ähnliches, heißen aber tut es gleich. Aber kann denn etwas einem anderen gleichsehen und doch nicht dasselbe sein? Ist nicht alles von allem verschieden, ich und du, und verdient daher auch einen eigenen Namen? Daher heißt es ja auch *alles* und *allem*. Wo kommen wir da hin? Böselkraut überlegte, Böselkraut dachte nach. Da brachte der Kellner mit den unappetitlichen Schlitzen im Gesicht zwei Glas Cola und stellte sie zusammen mit einem freundlichen Lächeln, das man allerdings nicht trinken konnte, vor seine beiden Gäste. War er das schuldig? Böselkraut dachte nach, und Ferdinand bestellte Würstel, Hamburger, Pommes und Kaffee für beide.

– Ja, was ist jetzt das, sah Böselkraut entsetzt in sein Getränk.

– Na, eine Cola, was denn sonst.

– Das Wasser ist ja schwarz wie ein Fingernagel, wenn man zwei Tage zuvor einen Hammer darauf geschlagen hat. Ob man das aus solchen geschwollenen Fingernägeln gewinnt? Dann muß es gut schmecken, wenn man sich die vielen Schmerzen mitdenkt. Oder wird es aus

Nachtfaltern gedrückt? Oder aus Kindern, die nur deshalb nicht schwarz wie die Neger werden, weil man diesen Saft aus ihnen preßt? Es sah jedenfalls sehr unappetitlich aus und mußte daher besonders gesund sein. Außerdem stiegen unentwegt kleine Luftblasen heraus, wie sie Böselkraut von seiner Badewanne kannte. Wenn er den Mund unter das Wasser tauchte und hineinblies, machte es auch *Brrlt Brrlt*. Bestimmt leben in der Cola die Dunkelmänner, die man nur im dunkeln sehen kann, wo man sie aber, weil es dunkel ist, nie zu Gesicht bekommt. Während sie sofort verschwinden, sobald man sie ans Licht zerrt, denn freiwillig kommen Dunkelmänner nie ans Licht. Als Böselkraut aber den pausbackigen Ferdinand voller Genuß seine Cola trinken sah, vergaß er die Dunkelmänner und trank ebenfalls. Der Geschmack schmeckte wie ein Kitzeln im Mund, wie Luftschnappen und gleichzeitig Schnupfen-Haben, aber keineswegs wie Schlafengehen-Müssen oder Sich-den-Kopf-Anhauen. Irgendwie schmeckte es auch nach Majoran. Aber wie schmeckt Majoran? Komisch war nur, daß mit jedem Schluck das Rufen nach Mehr im Bauch immer lauter wurde. Böselkraut hatte mit einem kleinen Nippen begonnen, dem zwei Schlückchen folgten, worauf vier Schlucke an der Reihe gewesen wären. Aber schon nach dem zweiten Schlückchen waren weder Flüssigkeit, Dunkelmänner, noch Luftbläschen im Glas. Im Glas war nur noch Nichts, was man zwar auch trinken konnte, aber einen großen Genuß bereitete es nicht, weil es nach nichts aussah und auch nach nichts schmeckte.

(*Kein Prunkgewand eleganten Stils kann die Blößen geistiger Nacktheit verhüllen.*)

Der trinkt ja wie ein ausgewachsener Wasserbüffel, dachte sich Ferdinand, als er den verstört in sein Glas rülpsenden Böselkraut sah. Ein sonderbarer Kerl, einerseits scheint er keine Ahnung von Trinken und Gasen zu haben, andererseits sieht er aber auch nicht aus wie ein Außerirdischer, die, abgesehen davon, Ferdinand auch nicht für so dumm gehalten hätte. Ein Simulant jedenfalls ist er eher nicht. Auch gefährlich scheint er nicht zu sein. Aber wie der durchs Leben kommen will? Vielleicht ist dieser Böselkraut Theophrast Böselkraut einfach bloß noch ein Kind, das mit dem Aussehen eines Erwachsenen auf die Welt gekommen ist? Unter Umständen kann man sich ja entscheiden, mit wieviel Jahren man auf die Welt kommt. Vielleicht mit so vielen, wie man gerade tragen kann? Ich zum Beispiel, dachte Ferdinand, bin als Fünfjähriger auf die Welt gekommen, an die Zeit davor kann ich mich nämlich sowieso nicht erinnern. Meine Mutter ist bestimmt auch gleich als Erwachsene auf die Welt gekommen. Viele kommen als Erwachsene auf die Welt, aber es gibt natürlich auch die, die gleich als Alte auf die Welt kommen, was viele Pluspunkte zu haben scheint. Man muß sein Lebtag lang weder zur Schule oder zur Arbeit gehen, noch zum Zahnarzt, sondern lebt gleich von der Rente und hat ein drittes Gebiß. Dafür ist es nicht schicklich, Spielsachen zu besitzen, weshalb die Alten immer einen Vorwand brauchen. Meistens tun sie so, als ob sie das Spielzeug für ihre Enkel aufheben würden. Aber Ferdinand war sich sicher: Im geheimen spielen sie damit. Baukästen, Puppen, Plastikindianer. Nichts ist vor ihnen sicher. Greise lieben Kreisel, Senioren Werkzeuge zum Bohren, Pensionisten haben volle Puppenkisten.

Böselkraut runzelte die Stirn, machte plötzlich einen Sängermund und gab einen tiefen Ton von sich.

– Mir ist, als steckte ich in mir. Als hätte ich mich an

mir selber verschluckt. Er rülpste, aber mit Verlaub so stark, daß sogar der Kellner zu ihm sah.

– Komme sofort.

(Den Kellner kenn ich mittlerweile, Johann heißt er, so wie alle Kellner. Das heißt, in Wirklichkeit heißt er natürlich anders, nämlich Tassilo Feuerzangenbowle, und ist das einzige Kind des letzten vazierenden Sauschneiders und einer Scheibbser Kräutlerin, die sich mit dem kleinen Tassilo in Wimsbach-Neydharting niederließen. Später haben die Feuerzangenbowlen von einem Onkel Ernst in Ernsthofen einen kleinen Hof geerbt, sind übersiedelt. Für Tassilo war das angestammte Gewerbe der Sauschneiderei bestimmt, doch hat sich seine Vorsehung mit dem Trieb zusammengetan und ihn nach Wien verschlagen, wo er sich so lange als Stricher auf den öffentlichen Toiletten verdingte, bis ihm einer seiner Kunden, der Rundfunkgerätehändler Rudolf Scharff, der übrigens einen Bruder bei der Polizei hat, den freiwerdenden Posten in der Beidlmelkerei antrug.

In dem durch seine arschwarme Klientel stadtbekannten Wirtshaus mußte unser Tassilo nichts tun, als hinterwäldlerisch, nämlich mit dem Hintern wedelnd durch die Kundschaft flanieren und sich bei Bedarf in selbigen zwicken lassen. Leichtverdientes Geld. Doch hat ihm die ständige Zwickerei bald einen Talgdibbel wachsen lassen, der bereits ein furünkterliches Ausmaß hatte, als ihm der zur Stammkundschaft gehörende Dermatologe Dr. Eidam-Exenschläger, selbst ein leidenschaftlicher Gesäßzwicker, die Berufsunfähigkeit attestierte. Den Hintern voller Köttel. Zur gleichen Zeit zog es zum Glück den Kellner vom Gasthof Wachtelstelzer, einen gewissen Eberhard Heizenbichler, in Richtung Zirkus, konnte

Tassilo an seine Stelle treten. Eberhard hatte sich immer an dem Bier trinkenden Mönch gestoßen, Tassilo war der egal. Der Grundgehalt war lausig, und außer den Leuten vom Zirkus, die hier regelmäßig verkehrten, hat auch kaum wer Trinkgeld hergegeben. So lebte Tassilo vor allem von den beiden Hinterzimmern, die er auf eigene Rechnung an die diversen Gesellschaften vermietete. Da gab es die Philatelisten, Voyeuristen, die nicht genehmigten Christen, die neuen Surrealisten, Burgtheaterstatisten, Latex-Fetischisten, die freischaffenden Pensionisten, die radikalen Traditionalisten, die konservativen Anarchisten, Defätisten, Herbalisten, Klarinettisten, Nihilisten, und und und. Und obwohl es häufig vorgekommen ist, daß sich ein Gesellschafter in der Zeit oder im Zimmer vertan hat und also an eine Versammlung geriet, die ungünstigstenfalls das genaue Gegenteil von seiner angestammten Weltanschauung verkündete, gab es weder Schlägereien noch Streit. Woraus Tassilo lernte, wie egal es ist, in was für Weltanschauungen man Leute steckt. Die Hauptsache ist nur, daß sie was zu saufen haben und in Gesellschaft sind. Das muß man alles wissen, wenn man liest:)

Da brachte der senffarbene Kellner das Essen und wünschte *Guten Appetit*. Auch Böselkraut wünschte dem Kellner *Guten Appetit*, worauf ihn dieser ansah wie eine alte Jungfer, wenn sie sich erstmals photographieren läßt. Ferdinand sagte *Mahlzeit* und begann auf seinem Teller herumzuschlichten. Die Art, wie er seine Pommes ins Ketchup tauchte, verriet den erfahrenen Schlemmer. Donnerwetter! Böselkraut sagte ebenfalls *Mahlzeit.* Komisch, nun muß man sich erst noch alles ausmalen. Wozu ist dann dieses Essen gut? Böselkraut überlegte. Er betrachtete den rundlichen Jungen mit dem Bundeskanzlergesicht, der gleichzeitig kleine gelbbraune Holzfische und glattrasierte Hundeschwänze in sich hineinstopfte, Ecken aus dem entstachelten Igel schnitt und in rote Farbe tunkte. Ferdinand schaufelte in sich hinein, als kriegte er dafür bezahlt. Sonderbar, dachte Böselkraut Theophrast Böselkraut, wozu so ein Mund alles gut ist, wenn er für voll genommen wird. Er entschuldigte sich bei dem Igel und den Holzfischen und begann nun selbst, sie in sich hineinzubaggern. Bei den Hundeschwänzen entschuldigte er sich nicht. Die hatten keine Ohren und verstanden seine Sprache nicht, nur Wedeln.

– Hmmm, schmeckt vorzüglich, war Ferdinand so zufrieden, daß sich seine Backen röteten. Sie wurden röter als Erdbeermarmelade. Sein Gesicht glänzte wie warme Schokolade. Auch Böselkraut war, als er an seine dicke Zukunft dachte, zufrieden. Seine Augen tanzten, die Nase lehnte sich zurück, und der Mund sagte: Hmmm, schmeckt vorzüglich. Tatsächlich wußte er aber nicht, wie Igel, Hundeschwänze, Holzfische und rote Farbe normalerweise schmeckten. Auf seine Zunge wurden irgendwelche Geschmäcker gelegt, wie man ein Bein über das andere legt oder den Himmel in das Wetter. Im Inneren des Mundes wuchsen Geräusche.

– Schmatz nicht so!

Dann rutschte alles in ihn hinein. Holterdipolter. Geschmäcke und Geräusche. Böselkraut Theophrast Böselkraut wußte nicht, ob es gut oder schlecht oder dazwischen war. Hauptsache, man wurde davon dick. Nur, wie sollte aus Nicht-Haar Haar entstehen, aus Nicht-Fleisch Fleisch und aus Nicht-Böselkraut Böselkraut? Außerdem bedauerte er, daß entstachelte Igel, Holzfische, rote Farbe und Hundeschwänze daran glauben mußten. Wie werden sie reagieren, wenn sie wieder zu sich kommen?

– Aber das sind doch Hamburger, Pommes mit Ketchup und Würste, kam es aus Ferdinands vollem Mund. Der kleine Junge streckte seinen Bauch vor und lehnte sich so in den Stuhl, daß das Holz knarrte.

– Würste? Was für ein unanständiges Wort, war Böselkraut entsetzt. Lieber eß ich einen Besen. Er spuckte das verbliebene Ende dieser Garstigkeit aus und schleuderte es, so weit er konnte, von sich. Es landete geräuschlos unter einem vollbesetzten Tisch.

– Sapperlot! Das wird ja immer sympathischer, lachte Ferdinand. Endlich ein Erwachsener, der mit Essen wirft, was sicher großen Spaß macht, sonst wäre es nicht so streng verboten. Trotzdem, erklärte er, ist ein Würstel nichts Unanständiges. Und wenn man es schon nicht selbst ißt, gibt man es zumindest einem Hund. Man könnte es auch in eine Fleckerlspeise schneiden, aber das sagte er ihm lieber nicht.

– Dann habe ich wohl einen Fehler gemacht, gestand Böselkraut Theophrast Böselkraut und dachte dabei an Knödel, seinen Hund. Aber wozu wären Fehler gut, wenn nicht, um sie wieder gutzumachen. Er stand auf und schlich in die Gegend, in die das Würstel gefallen sein mußte. Es war nirgendwo zu sehen. Hatte es vielleicht der Erdboden verschluckt? So etwas soll schon vorgekommen sein. Böselkraut kniete nieder und suchte am Boden. Stimmen über ihm sagten, eine Zahnklinik brauche Patienten, und nachhelfen dürfe man da auch. Mit Böselkrauts Würstel-Angelegenheit hatte das freilich nichts zu tun. Da. Endlich sah er es. Ausgerechnet zwischen mehreren Stuhl- und Menschenbeinen mußte sein Würstel liegen. Konzentriert krabbelte ihm Böselkraut entgegen. Gleich war es erreicht. Gottseidank. Er griff danach. Da. Da stolperte ein mit einem vollen Tablett gehender Kellner über Böselkrauts neue Fußbekleidung, die dieser links hinter sich liegen gelassen hatte. Teufel, Hagel, Naßrasur! Das gab eine Lärmportion für eine ganze Schulklasse. Vor Schreck ob des vielen zerbrechenden Geschirrs hielt sich Böselkraut an zwei Haltegriffen fest, die sich hauptberuflich für etwas Besseres hielten: Damenbeine! Ihre Arbeitgeberin war überrascht. Nebeneinkünfte schienen ihr zuwider. Sie ließ einen schrillen Schrei frei und sprang wie von der Tarantel gestochen auf. Ihre Begleiter waren außer sich. *Wozu sind wir eingekehrt?* Böselkraut, der das Würstel nun endlich zu fassen bekam, vergaß vor Glück den Tisch, der, weil er sich aufrichtete, umfiel. Das gab ein Getöse. Auch die Evolution hat Tücken.

– Ja, was fällt denn Ihnen ein, Sie ungezogener Affe, schrie ihn ein Mann an, der aussah wie ein Zirkusdirektor. Seine Stimme klang, als hätte sie sich den Fuß verstaucht. Seine Augen zwinkerten.

– Das hätte ich auch gerne gewußt, schaltete sich ein anderer dazu, der in seinem silberstichigen Anzug glänzte wie ein Raubtierdompteur. Auf seine Stirn traten Schweißperlen und trippelten wie Tanzkursteilnehmer. Er hatte den Silberblick.

Böselkraut selbst hätte es auch gerne gewußt.

– Unerhört, sagten zwei Herren, die wegen ihrer Kochlöffelgesichter aussahen wie Plimm und Plumm, die berühmten Clowns. Was nehmen Sie sich da heraus.

– Wieso. Ich bin selbst ganz übergerascht. Seis, wies wolle. Böselkraut konnte die Aufregung nicht verstehen. Ein Kellner und ein Tisch sind umgefallen. Sonst ist nichts passiert. Also fast nichts, wenn man bedachte, was alles hätte passieren können. Hauptsache, er hatte sein Würstchen wieder. Darum gings.

– Sie machen auf der Stelle, daß Sie hier rauskommen, wurde Böselkraut von zwei brüllenden Kellnerstimmen gepackt und ins Freie getragen. Ferdinand hatte das kommen sehen, sich lieber von seinen eigenen Beinen hinaustragen lassen als von unhöflichem Personal. Beine sind eine feine Sache. Man ist ihnen verbunden.

– Dabei wollte ich doch bloß etwas Gutes tun, sagte Böselkraut zu seinem jungen Freund.

– Das Gute dabei ist, tröstete ihn Ferdinand, daß wir gratis satt geworden sind. Womit er auch recht hatte.

(Im Hintergrund lief der bekannte Schlager *Klitori, Klitora, die G-Punkterl sind da* von Angelo Bicchio. Aber außer einem schmelzenden Fräulein Meier hat kaum jemand hingehört. Der Schablonski hat an seiner Nase gezogen und eine Flasche Rioja kommandiert. Wie gesagt. Von Tassilo hat er eine Liste aller Hinterzimmergesellschaften bekommen. Seine Knubbelnase hat gestrahlt. Teilen aber wollte er es nicht. Das viele Geld, hat er gesagt, das muß alles in irgendeine Einrichtung, wo was passiert damit. Man kann, hat er gesagt, das Geld ja nicht vertun, es ist zuviel, und wenn man es wem falschen gibt, macht man sich lächerlich. Heutzutage fehlt die Ehrlichkeit, Journalisten überall. Man kann so etwas ja nicht annoncieren, sonst wird man ausgeraubt, zusätzlich umgebracht. Da wär doch um die Nase schad, hab ich gesagt. Ich wills wem geben, der was macht damit, der Künstlern hilft, der Not der Welt, hat er gesagt, das macht es schwer, das rieche ich. Weil wenn ich es verspenden würd, hat er gesagt, wird jeder schwach, bereichert sich privat, und davon hab ich schon die Nase voll. 70 Millionen. Die Traudi möchte eine Fettabsaugung, mit einer romantischen Figur ans Meer. Aber was geht mich das an? Kann sie nicht bleiben, wo sie ist? Aber psst, weil sie da drüben neben Casanova Deflorian Schweinigl sitzt, der mit dem Geld seine Dutzenden Alimente bezahlen will. Lachhaft.

So eine Art von Stiftung sollte man gründen, die jährlich ein Stipendium und einen Preis vergibt. Das wär's. Gestern war so ein verrückter Erfinder da, der einen vollautomatischen Supermarkt erfunden hat, den hättest du sehen müssen. Lächerlich. Ein Fernsehhändler will, daß ich die Gewerbetreibenden unterstütze. Und ein fetter Gewichtheber meint, ich sollte alles an die Kirche spenden. Fürchterlich. Knie und Krumpöck säuseln mir ihren Eierlein ins Ohr. Ja, bin ich blöd? Blöd bin ich nicht. Ich habe einen Riecher. Geschmack. Schablonski fühlte sich zur Dichtkunst hingezogen, wollte Romane schreiben, kam nur nie dazu. Er brachte seine Nase nicht aus den Recherchen raus, hat sich extra eine Bibliothek gekauft, gemeint, daß er das alles lesen muß, sich derart unter Druck gesetzt. So konnte es nichts werden, kam er nicht und nicht über den ersten Satz hinaus. *Die Reise von Böselkraut und Ferdinand kann ich erzählen, wenn ich will, denn ich war die ganze Zeit dabei.*

Ferner war sein Hypochondertum im Weg, hat er sich unentwegt eine Krankheit eingeredet. Ist auseinandgegangen wie eine Schulklasse nach der Matura, weil er nur gefressen und gesoffen hat, einzig die Nase ragte raus, Schreibvorbereitung hat er gesagt. Reden kann ein jeder. Aber wenn er endlich bei einem Gedanken angekommen ist, war gleich Kopfweh da, ein Hämmern, Stechen und ein Anzeichen. Krank sein kann ein jeder, wollte er die Erbschaft nicht, weil ihn die noch saturierter macht, und ihn am Dichten hindert, wie er sagt. Sie hat ja schon der Heimita Dodolak kein Glück gebracht. Das war das

Vermächtnis dieses Wendelin Butenandt. Davon wollte Schablonski nichts. Was ging denn ihn das an? Und wenn seine Tante zehnmal an irgendwelche Romanschriftsteller vermietet worden wäre, um sich auspeitschen zu lassen, und wenn sie täglich in den Alsergrund gefahren wäre, um den wüsten Ausschweifungen eines Nobelpreiskandidaten gefügig zu sein? Was ging es ihn an? In diesen Gerüchtenischen war kein Platz für seinen Zinken. Er wollte Dichter werden, weil er an diese Form des Weiterlebens glaubte. Was sonst bleibt einem Atheist? Er kann ja nicht jedes Jahr nach Rom und eine Ehrenrunde um das Denkmal des Giordano Bruno drehen. Bitte, mir solls recht sein, wenn er daran glaubt. Ich sag immer, hin ist hin und aus ist aus. Schlußmaus. Da kann einer geschrieben haben, was er will, Punktum. Mir wollte er das Geld natürlich auch nicht geben, weil ich, wie er meinte, zu sehr aufs Pupperlschauen versessen bin. Da sollten sie wirklich mal was erfinden, daß das ein Ende nimmt.

In den Olymp wollte er sich schreiben, aber die Erbschaft nicht. Später, was ich weiß, sind wir bei den Zirkusmenschen gesessen, und ich hab die Traudi zum ersten Mal gesehen. Die hat super Spitzbrüstln gehabt, eine weiße Bluse darüber, Nylon, weil die Leute heutzutage auf etwas Pflegeleichtes stehen, obwohl Baumwolle schöner wär. Eine Zigarette in den Mund gesteckt, und ihre Augen sind mit jedem Zug größer und größer geworden, damit zurückgelehnt, ist sie mit einem Lächeln eingesunken, in den Dunst eines Gesprächs, und hat sich mehr und mehr darin verloren, bis sie etwas rausgerissen hat, ein Riesenexemplar von Hand, sie hat gezuckt, scheinbar gehört die wem, mir ist gleich alles Blut ins Hirn gefahren, dort gefroren, hat es dann vibriert, ganz schwindlig ist es mir geworden, hab ich schnell, weil es ja meine war, die Hand zurückgezogen, sie war ja schon in ihrem Lächeln drin, in ihren Mahagoniaugen, eingewickelt in dem Stimmgewirr, das langsam aufgebrochen ist, wohin gehen, hab ich mir gedacht, wir müssen noch wohin gehen, sonst verlieren wir uns, so sind wir noch in das Fatal auf ein paar Fluchtachterln, bis ich das Rotweinglas mit ihrem Gesicht verwechselt hab, und dann war sie mit einemmal ganz groß, ganz spitz, ganz Fleisch, in das sie mich gewickelt hat, dann wieder klein und zart zum in die Hand nehmen, feucht war sie die ganze Zeit, so sind wir ab zu ihr, und ich hab dann gleich daran gezogen, Südtirol, sie heraus aus der Montur, wie einen Erdapfel geschält, ihr ein Stofftuch um die Augen und ihre Fesseln dem Namen zugeführt, sie auf das Bett gebunden, weil ich gewußt hab, daß ihr das gefällt, ein Pupperl war sie nicht, ein paar Kleinigkeiten hätte ich schon mitgehen lassen, später, aber am Ende war ich doch zu müd, ganz voll von ihr. Proportioniert.)

3

Ist der Tag schon aufgebraucht? Wo ist denn die Sonne hin?

– Wie spät ist es überhaupt, erkundigte sich Ferdinand.

– Es ist überhaupt, antwortete Böselkraut, halb vier. Zur Bestätigung holte er seine Uhr hervor, die zeitlos glänzte.

– Aber halb vier war es doch schon im Schuhgeschäft, kam Ferdinand ins Grübeln. Irgend etwas konnte hier nicht stimmen. (*Heute bauscht man Belanglosigkeiten zu dichterischen Erlebnissen auf.*)

– Was soll hier nicht stimmen, gähnte Böselkraut. Meine Uhr schwindelt nicht. Und warum soll die Zeit nicht halb vier sein können, solange sie halb vier sein will? Warum soll es nicht immer halb vier sein? Wer will das entscheiden? Herr Überhaupt? Aus Ferdinand wird ja auch nicht plötzlich Böselkraut. Und ist es nicht tatsächlich halb vier, wenn man sich nur darauf einigt?

Aber Ferdinand wußte, daß er mit seiner Mutter nicht darüber einig würde. Die hatte ihm nämlich deutlich befohlen, um sechs zu Hause zu sein. Und weil der Abend schon dämmerte, dämmerte auch ihm, daß es mindestens sieben Uhr vorbei sein mußte. Sogar der Mond war schon an seinem Platz. Wo hat er sich den ganzen Tag herumgetrieben? Und was? Sicher Unfug! Ferdinand hatte zwar gelernt, daß es immer irgendwo auf der Welt gerade halb vier war und ist, wie es auch jede andere Zeit immer irgendwo war und ist, aber das würde ihm als Ausrede nur wenig nützen. Seine Mutter hatte wenig Sinn für Spitzfindigkeiten und den Hattewar. Sie interessierte sich für Tischdeckchen, Schulnoten, Königshäuser, Pünktlichkeit und Politik. Sicher würde sie ihm den Hintern versohlen. Seine Mutter war für harte Maßnahmen. Für Strafsanktionen war sie immer zu haben. Aber ist denn ein Hintern eine Fisole? Nein.

(Seine Mutter ist Alleinerzieherin. Und um den Fetty durchzubringern, muß Aphrodite Moser-Zupfer ihre Stimme einer Gesellschaft leihen, die Telephonsex live verspricht. Was sie da alles zu hören bekommt. Widerlich. *Aber, wir dürfen*, wie die Arschfut schreibt, *darum nicht mit einem Lächeln an Schmutz und Schund vorübergehen. Die Miasmen, die aus diesem Müllhaufen aufsteigen, verbreiten tödliche Epidemien. Zu seiner Abwehr ist der Staatsanwalt da. Er hat dafür zu sorgen, daß erotische Literatur nicht den Unmündigen in die Hände fällt.* Die Mutter selbst, so hübsch sie ist, lebt aber, damit kein falscher Schluß entleibt, ziemlich keusch, man könnte auch sagen, sie ist frigid. Das wär gemein. Sagen kann man viel. Leidet sie doch fortwährendes Knirschen mit den Zähnen, Bruxomanie, die sich schwer mit ihrem Beruf in Einklang bringen läßt. Nicht selten wundern sich die Freier, warum es ständig in der Leitung knackst.)

In Böselkraut gerann etwas. Er fühlte sich schon dicker. Also war er einverstanden, auf dem schnellsten Weg nach Hause zu gehen. Trotzdem ließ er sich nicht nehmen, die Tauben und die Katze zu begrüßen. Sogar zu den Häusern sagte er *Grüß Gott*. Auch den Hilferufen schenkte er einen *Guten Tag*. Wenn alle diese Wünsche in Erfüllung gingen, wie viele *Gute Tage* gäbe es da?

– Hast du, fragte Ferdinand, auch einen Beruf und eine Ehefrau?

Was ist denn ein Beruf, und was ist eine Ehefrau, überlegte Böselkraut und legte seine Stirn in Falten. Er hatte einen Hund und einen Goldfisch, ein Ölbild, das ihn so darstellte, wie er niemals aussah, ein Buch und Krimskrams in den Hosentaschen, Heckmeck im Kopf. Aber ein Beruf und eine Ehefrau?

– Wozu soll das gut sein, Fureb und Uarfehe, noch dazu verkehrt?

– Na, einen Beruf, erklärte Ferdinand, braucht man, um Geld zu verdienen. Und Geld braucht man, um die Ehefrau zu ernähren. Wozu man Ehefrauen eigentlich braucht, wußte Ferdinand auch nicht recht, vermutlich, um die Kinder großzuziehen.

– Was für Kinder, kratzte sich Böselkraut Theophrast Böselkraut am Ohr.

– Na, die Erwachsenen bekommen Kinder zugeteilt.

– So ein Unsinn, dachte Böselkrut so fest, daß ihm ein a aus dem Namen sprang. Das eine ist bloß für das andere gut, und alles dreht sich im Kreis und scheint nur den Sinn zu haben, Kinder großzuziehen. Dabei wußte doch jedes Kind, daß Kinder von ganz alleine groß wurden. Auch ohne daß an ihnen rumgezogen wurde. Sie wußten ja selbst am besten, daß sie als Kinder für nichts zu gebrauchen waren. Aber wenn man von vornherein keine Kinder hatte, waren auch diese Kinder, die man nicht hatte, bereits Nicht-Kinder, also brauchte man sich mit diesem Großziehen nicht die Hände schmutzig machen.

– Hast du jetzt, ließ Ferdinand nicht locker, einen Beruf und eine Ehefrau? Alle Erwachsenen haben einen Beruf. Und die meisten Männer haben eine Ehefrau. Oder bist du nur ein Simulant?

Aber Böselkraut wollte von diesem Unsinn erst gar

nichts wissen. Dieser Lausejunge setzte ihm bloß einen maushaxigen Floh ins Ohr, den er dann wochenlang nicht losbekommen würde. Doppelt unangenehm, wenn Böselkraut daran dachte, wie lästig es ist, sich die Ohren zu waschen.

– Ich werde dir das morgen erzählen, kam es Böselkraut gerade recht, daß eben das Haus bei ihnen angekommen war und er sich von Ferdinand verabschieden konnte. Er zeigte dem stämmigen Jungen die Zunge, die *Bäh* machte, und sagte: Also dann.

Ferdinand war über dieses *Bäh* dermaßen erschrokken, daß ihm sein *Auf Wiedersehen* wie ein Korkstoppel im Hals steckenblieb. Er schlich geknickt in seine Wohnung, wo er bereits erwartet wurde. Es roch nach Kohlsprossen und Erbsenpüree. Böselkraut dagegen war sich keiner Schuld bewußt, im Gegenteil, er war voller Ungeduld, was Knödel zu seinen Erlebnissen sagen würde. Sicher wird er sich auch über das Würstchen freuen. Aber wo ist Knödel? Jedenfalls nicht in Böselkrauts Wohnung, soviel stand fest. Da war das Buch, der zerbrochene Blumentopf, die verstreute Blumenerde, das leere Bücherregal, das Telephon und Mister Heiderich. An der Decke klebten Postkarten, die ihm Freunde von weit entfernten Postämtern geschickt hatten. Am Boden standen leere Büchsen, falls ihm Ideen oder Meinungen hinunter fallen sollten, und in der Ecke waren noch einige Arbeiten von Hans, dem Weberknecht, am Leben. An der Wand hing das Porträt, das Böselkraut so zeigte, wie er niemals aussah. Daneben eine Ehrenurkunde und der eingerahmte Spruch *Je größer der Geist, desto seltener wird er geboren.* Aber von Knödel fehlte jede Spur. Nicht einmal sein Schatten war anwesend. Nicht einmal sein Geruch. Bloß das angeknabberte Tischbein und die mit Knödelbrot gefüllte Speisekammer erinnerten an ihn. Ob er auf Geschäftsreise gegangen war, Hundschaft traf oder an einer Hundetagung teilnahm? Böselkraut legte sich in seine Hängematte. Aus seinem Bauch hörte er glucksende Geräusche kommen. Vielleicht hätte er nicht so viele Dunkelmänner trinken dürfen? Jetzt turnten sie in ihm herum. Jedenfalls war es äußerst ungezogen von seinem Hund, sich ohne Abschied zu verabschieden. Nicht? Oder war ihm etwas zugestoßen? Nein, er war alt genug, auf sich alleine aufzupassen. Und wenn ihn nun doch jemand über seinen eigenen Haufen geschossen hat? Was sagt man da?

Dann war ein Schlüssel im Türschloß zu hören, und Böselkraut dachte, daß sein Knödel nun doch noch kommen würde. Dabei kam nur ein Mann herein, der aussah wie Böselkraut persönlich, aber selbstverständlich nicht Böselkraut sein konnte, weil dieser ja bereits in seiner Hängematte lag.

– Guten Tag, sagte der hereingekommene falsche Böselkraut zu dem in der Hängematte liegenden richtigen Böselkraut.

– Guten Tag, erwiderte der in der Hängematte.

– Was machen Sie in meiner Wohnung, fragte der neue.

– Was machen Sie in meiner Wohnung, fragte der alte zurück.

– Ich bin Böselkraut, ich lebe hier, antwortete der stehende Böselkraut.

– Ich bin auch Böselkraut, ich lebe auch hier, sagte darauf der liegende.

– Ich wußte nicht, daß es mich zweimal gibt. Wir sind uns doch noch nie begegnet, staunte der neue und rollte mit den Augen.

– Ich wußte das auch nicht, sagte der alte, ich habe Sie hier noch nie gesehen.

– Ich wollte mich gerade in meine Hängematte legen, um entstachelte Igel, Holzfische in roter Farbe und rasierte Hundeschwänze zu verdauen, die ich gemeinsam mit einem dicklichen Jungen eingenommen habe, sagte der zuletzt Hereingekommene. Und jetzt muß ich feststellen, daß meine Hängematte bereits mit Ihnen belegt ist.

Als beiden klar wurde, daß sie sich die Hängematte würden teilen müssen, war erneut ein Schlüssel in der Tür zu hören.

– Das muß mein Hund Knödel sein, riefen beide Böselkrauts gleichzeitig. Jetzt wird sich ja zeigen, wer von uns beiden der echte und wer der falsche Böselkraut ist.

Aber nicht Knödel kam herein, sondern ein weiterer Böselkraut, der allerdings um einiges dicker war als die beiden schon anwesenden und bloß noch zehn Haare auf dem Kopf hatte, die er sich so kämmen ließ, daß sie aussahen, als wären es 14.

– Einbrecher! Was machen Sie in meiner Wohnung, brüllte der Dicke.

– Einbrecher! Was machen Sie in meiner Wohnung, fragte jeder der beiden anderen den Dicken.

– Natürlich wohne ich hier, sagte der Dicke mürrisch. Er war nicht gewillt, seine Wohnung mit diesen beiden Käuzen zu teilen. Auch die beiden anderen waren nicht begeistert, daß sie ihre Hängematte nun auch noch mit diesem Monstrum würden teilen müssen. Ob sie das aushält?

– Meine Frau wird gar nicht begeistert sein, wenn sie sieht, daß sie für drei wird kochen müssen. Wo ich doch schon alleine für drei esse, was insgesamt fünf ergibt, und da ist sie selbst noch gar nicht mitgezählt.

– Der hat den Größenwahn.

Und als schon wieder ein Schlüssel in der Tür rumorte, sagte der Dicke: Da haben wir es, das wird meine Frau sein. Jetzt können Sie sich auf etwas gefaßt machen.

Die anderen beiden Böselkrauts waren bereits auf alles gefaßt und sagten: Da haben Sie es, das wird mein Hund Knödel sein, der Sie vertreiben wird. Doch durch die Tür kam lediglich ein weiterer Böselkraut, der sich von den bereits vorhandenen dadurch unterschied, daß er um einiges dünner war und keine Schuhe trug.

– Ja, was ist denn hier los, ein Familientreffen? reagierte der Neuankömmling überrascht. Servus Onkel Schnöselkraus, Hallo Onkel Krösusklaus, Grüß dich Cousin Bröselschmaus.

– Ich, erwiderte jeder, indem er mit dem Zeigefinger auf seine Brust tippte, als wäre sie eine Schreibmaschinentaste, ich bin Böselkraut Theophrast Böselkraut. Ich mich, meiner mir. Ich allein.

– Ich bin Böselkraut Theophrast Böselkraut, entgegnete der frisch Hereingekommene. Ich wußte nicht, daß ich zu viert bin. Vielleicht heißt ihr nur zufällig so, aber das heißt gar nichts. Schon gar nicht heißt es, daß ihr auch Böselkraut Theophrast Böselkraut seid, suchte er sich aus seiner Zwickmühle herauszuwinden. *Das Mühlen ist des Zwickers Wind.* Und als sich alle vier Böselkrauts noch verdutzt ansahen, kam bereits ein fünfter durch die Tür, der, wie man sich denken kann, die Geschichte eher verkomplizierte als vereinfachte. Ihm folgte ein nächster Böselkraut, dem, kaum bei der Tür herinnen, schon wieder einer folgte. Und als die bereits anwesenden Böselkrauts noch zählten, waren schon wieder zwei hereingekommen, die noch nicht einmal die Tür zu hatten, als schon der nächste ankam. Ihm folgte noch einer und noch einer. Und noch einer und noch einer. So ging es ununterbrochen weiter, bis die ganze Wohnung voller Böselkrauts war, alte und junge, dicke und dünne. Selbst als die Wohnung bereits völlig mit Böselkrauts überfüllt war, kamen immer noch welche, die versuchten, irgendwo und irgendwie hineinzukommen. Das ganze Haus schien völlig überzuquellen, ja die ganze Stadt, und überhaupt alles schien in Böselkrauts zu ersticken. Die ganze Welt, ja das gesamte Universum war plötzlich bloß noch Böselkraut. Die ganze Unendlichkeit war voll davon. Alles Böselkraut. Da sagte ein einziger: Jetzt reichts mir aber, ich habe euch restlos satt, ihr Ebenbilder. Man kennt sich ja nicht mehr aus. Und *Schhht* verschwanden mit einemmal alle überflüssigen Böselkrauts, blieb nur ein einziger in seiner Hängematte, der Huha gähnte und Puha dachte, hoffentlich kommen die so schnell nicht wieder. Er sah auf seine Uhr und stellte erleichtert fest, daß es halb vier war, zu früh, um aufzustehen, und doch zu spät, noch extra in einen Schlafanzug zu schlüpfen. Da klopfte ihm jemand Unsichtbarer auf die Schulter und sagte: Schäm dich.

– Ist da wer? Oder ist das nur die Begleitmusik?

– Schäm dich, Böselkraut, ohne Zähneputzen und in Schuhen, Straßenkleidung ins Bett zu gehen.

– Wer bist denn du, daß du mir solche Gebrauchsanweisungen gibst? Schon wieder ein Böselkraut? Ein Schinkenkäse-Toaster? Ein Pimpermäuschen?

– Mach doch die Augen auf, Blindgänger, sagte die unsichtbare Stimme. Und Böselkraut Theophrast Böselkraut öffnete die Augen und sah eine hübsche Frauengestalt in einem weißen Küchenrollenkleid und Schuhen aus Putzschwämmen. Böselkraut sah an ihr hoch und bemerkte, daß die Hände wie Zahnbürsten waren, und das Gesicht, auf dem eine geflochtene Krone aus Wischlappen saß, sah aus wie ein Staubwedel. Es roch nach Salmiak, Chlor.

– Guten Tag, Böselkraut, flötete die hygienische Person in fleckenlosem Deutsch. Ich bin Fräulein Adrett Wedel, Prinzessin von Reinland.

– So? wasserte Böselkraut. Primzahl vom Reinland? Wo soll denn das sein? Unter Garantie? Bei Sicherheit? Reinland? Das gibt es nicht, denn ich kenne alle Länder. Ich weiß Bescheid. Schlankreich kenne ich, ein Reich voller Tanzlehrer, und Bengelland, wo die bösen Buben wohnen, Ungern und Geiz, Wichtelstein und Muxenburg, wo man sich nicht rühren kann, Keuschland, Pommesfritzland, Vonwegen, Spitalien und Gähnemark, wo man sich ausschlafen kann. Aber Reinland kenne ich nicht, also existiert es auch nicht, denn ich weiß Bescheid.

– Reinland ist nicht so bekannt. Es kann auch nur der bei uns Bürger werden, der wirklich, wirklich sauber ist, also niemals du, sagte die Prinzessin, während sie den Staub von Böselkrauts Bücherregal wischte.

– Ich glaube, daß du mir einen Waschbären aufbinden willst.

– Wenn du mir nicht glaubst, kannst du mein Land ja besuchen kommen, eröffnete die Prinzessin, während sie die Buchstaben aus Böselkrauts Buch kehrte.

– Also gut, beschloß Böselkrat, dem die Ordnungsmacherei so sehr an die Nerven ging, daß ihm ein u aus dem Namen sprang, ich komme bei Gelegenheit.

– Nicht bei Gelegenheit. Du gleich mit mir kommen, belehrte ihn Fräulein Adrett Wedel, indem sie vor Aufregung ein Muß vergaß. Es ist nämlich nur Prinzessinnen und Apfelköchen erlaubt, ein Muß zu vergessen und

Besucher mitzubringen. Ein spezielles Gesetz erlaubte das. Nebenbei begann sie, die Füße aus dem Boden zu wischen.

– Dann komme ich eben gleich mit, dachte Böselkraut, bevor sie noch Hansens Meisterwerke aus den Ecken fegt oder gar Mister Heiderichs Aquarium von innen reinigt. Der ist alles zuzutrauen, die hat sie nämlich nicht mehr alle.

– Und wie kommen wir in dieses Reinland?

– Ganz einfach, strahlte die Prinzessin, wir stellen uns zum Waschbecken, heben die Nasenflügel, drehen das Wasser auf, wackeln mit der Zungenspitze, halten unser linkes Auge darunter, öffnen es und sprechen gleichzeitig das Zauberwort. Und dabei denken wir uns etwas. Was? Na, wenn es weiter nichts ist, dachte Böselkraut, der nur eine Sache mehr haßte als Wasser in den Ohren, nämlich Wasser in den Augen, ausgerechnet. Trotzdem ließ er sich überreden und folgte den Anweisungen der Adrett Wedel. Gerade fiel ihm ein, daß dies eine sehr sonderbare Fortbewegungsart war, beinahe unglaublich, als sich bereits das Zauberwort breit machte. Jetzt dachte er sich seinen Teil. Alles beschleunigte sich, wurde verfinstert, entfernt und ungreifbar. Die Formen wurden ausgetragen, die Töne und Farben waren nicht mehr zu verstehen. Was so ein Wort alles ausrichten kann? Unglaublich. Das Zauberwort wurde deshalb so genannt, weil es beinahe unmöglich war, es auszusprechen. Und sich dieses Wort zu merken grenzte geradewegs an Zauberei.

Als Böselkraut wieder zu sich kam, saß er gemeinsam mit der Prinzessin auf einer ordentlich gekämmten Wiese, die so sauber und rein roch, daß sie eigentlich nach gar nichts roch. Kein Wunder. In Reinland waren nämlich nur Düfte erwünscht. Gerüche wurden eingesperrt. Ähnlich erging es Klängen und Gestalten. Ihre Angehörigen waren verboten, Geräusche und Erscheinungen waren nicht erlaubt. Anstatt der Käfer krochen Schwämme über den Boden und das Gras, um alles aufzuwischen. Mit lautem Gekläff und Miaue stürzten sich Bürstenhunde und Schaufelkater auf Böselkraut, um den ärgsten Schmutz von ihm zu kehren. Dann kam eine Herde Schafszungen, die ihn von oben bis unten ablutschten, weshalb Böselkraut furchtbar lachen mußte. Das ist aber ein geschlecktes Land.

– Gefällt es dir hier, fragte die Prinzessin.

– Hmm, brummte Böselkraut, der nicht unfreundlich sein wollte. Überall sprangen Möpse und Handfeger herum, die wie wild sauber machten. Kleine Uhren tickten wie Heuhupfer durchs Gras.

– Rentiert sich das? wollte Böselkraut wissen.

– Oh, das sind die Punktgenaus, damit wir alle ständig wissen, wieviel es geschlagen hat.

– Und warum ist hier jeder damit beschäftigt, Ordnung zu machen, fragte Böselkraut, dem das alles etwas übertrieben vorkam.

– Weil wir stolz darauf sind, das sauberste und pünktlichste Land zu sein. Wir sind nicht nur stolz darauf, wir bilden uns auch noch was ein. Sauberer und pünktlicher, als es sich die meisten überhaupt vorstellen können. Und weil wir außerdem das exakte Gegenteil von Elschaas sind.

– Von wem, war Böselkraut neugierig. Aber da zogen ihn bereits zwei uniformierte Besen hoch und fixierten ihn mit einem abschätzigen Blick. Wollten sie ihn aufziehen? Was war hier los? Wer war Elschaas? Böselkraut konnte sich weder rühren noch fragen.

– Was haben Sie denn da für ein schmutziges Subjekt aufgestöbert, wollten die uniformierten Besen von der Prinzessin wissen. Doch bevor Fräulein Adrett Wedel mit ihrem Plüschmündchen eine Antwort geben konnte, fingen sie schon an zu singen:

So ein Subjekt voll Dreck und Speck,
nicht gut gekämmt, schlecht angezogen,
im Kopf nur Flausen und Heckmeck,
krumm im Gang, im Kopf verbogen,
gehört nicht her, kommt auf der Stelle weg.

Wir putzen und marschieren, wir kehren alles auf.
Wir wischen und polieren, so sind wir sehr
gut drauf.

– Das Subjekt wird auf der Stelle extrapoliert, brüllte ein hochdekorierter Uniformierter. Seine Orden und Epauletten zitterten. Ein anderer hatte bereits ein Stück Seife aus seiner Patronentasche gezogen, um Böselkraut ordentlich einzuseifen. Ist das eine Art?

– Moment, ihr Schaumschläger, kreischte die Prinzessin, das ist gar keine Verunreinigung und auch kein Elschaas-Spion, sondern im Gegenteil ein geheimer Reinland-Agent, so keimfrei geheim, daß nur kleinste, intimste Kreise davon wissen.

– So ein Pech, knirschten die uniformierten Besen, lösten enttäuscht ihren fixierenden Blick und machten sich singend aus dem Glanz:

Wir putzen und marschieren, wir kehren alles auf.
Wir wischen und polieren, so sind wir sehr
gut drauf.

– Was geht hier vor, wollte Böselkraut wissen. Und seit wann bin ich ein so geheimer Spion, daß nicht einmal ich selber davon etwas weiß?

– Das werde ich dir erklären, holte die Prinzessin von der sauberen Erde tief Luft. Doch bevor sich die eingesogene Luft mit einer Erklärung füllen konnte, setzte ein abenteuerliches Geschrei ein: Ein Schmutzfink, ein garstiger, dreckiger Schmutzfink. Nein, ein Schmierfink, ein schmieriger, stinkiger Schmierfink. Zu Hülf. Ein Schmier- und Schmutzfink.

Böselkraut und die Prinzessin sahen nach, was da los war.

– Die werden immer dreister, diese Elschaaser, war die Prinzessin angeekelt. Sie rümpfte ihre herrschaftliche Nase und kniff die Augen zu. Jetzt trauen sich sogar schon Schmierfinken ins Reinland. Widerlich.

Böselkraut konnte nichts weiter sehen als einen kleinen Vogel, dessen Federkleid aus borstigen Pinselhaaren bestand.

– Die sind alle in Schmutzfarbe getunkt, erläuterte die Prinzessin. Und wenn der Schmierfink wo anstreift oder sich gar hinsetzt, hinterläßt er furchtbare, ekelhafte Schmu-, Schmutzflecken. Fürchterlich. Wie lange müssen wir solche Sachen noch hinnehmen?

Schwämme und Möpse schossen mit Seife und Deodorantbomben nach dem Eindringling. Die Bürstenhunde und Schaufelkater bellten und miauten nach ihren besten Kräften. Die Punktgenaus tickten so laut sie konnten, und die uniformierten Besen zielten mit großen Scheuermilchkanonen auf den kleinen Eindringling, der schließlich zur Freude aller Reißaus nahm.

– Was ist denn hier schon wieder los, kam ein dicker, glänzender Blechkübel angekeucht. Das war König Aufsaug, der sich vor Erschöpfung mit einem in Fleckenlöser getauchten Tuch die Stirn tupfte.

– Ein widerlicher Schmierfink, schrie einer der Bürstenhunde.

– Dich hat hier keiner gefragt, knurrte der König und richtete einen seiner Saugarme auf ihn – und *Schwupp* war der Bürstenhund eingesaugt.

– Wo soll denn das hinführen, wenn alle durcheinanderreden? Man versteht ja sein eigenes Gebläse nicht mehr, murrte König Aufsaug und rückte sich seine Stahlwollkrone zurecht.

– Was für eine Unordnung hier herrscht, suchte er seine Fassung wieder zu finden, während er einen seiner zahlreichen Saugarme in den herbeigeeilten Müllschlukker steckte und sich des eingesaugten Bürstenhundes (oder was von ihm noch übrig war) wieder entledigte, woraufhin der Müllschlucker unappetitliche Verdauungsgeräusche ausstieß. *Bruäh*, was in der Sprache der Müllschlucker so gut wie alles heißen kann.

– Ein Schmierfink, setzte ein uniformierter Besen an, doch *Schwupp* war auch der von König Aufsaug eingesogen. Der Müllschlucker rülpste.

– Ja, ja, das weiß ich bereits, keuchte der Monarch, und warf dem Müllschlucker böse Blicke zu. Und wie geht es meiner königlichen Tochter, wandte er sich nun Fräulein Adrett Wedel zu, während er nebenbei ein paar Schwämme und Möpse einsog, deren Gesichter ihm nicht in die Landschaft paßten. Wann gedenkt sie endlich, sich mit Herzog von Spüle zu vermählen?

– Der? Dieses x-beinige Muttersöhnchen mit dem Magenvorgeschwür? Du weißt genau, daß ich von dieser bescheuerten Trommel nichts wissen will.

– Was? Du sollst nichts wissen und nichts wollen,

sondern dich vermählen, du unreine Göre, geriet König Aufsaug in Rage und sog mit *Schwupp Schwupp Schwupp* mehrere Umstehende ein. Und was ist das für ein Wurstgesicht, bemerkte er endlich auch Böselkraut, den er sogleich, ohne eine Antwort abzuwarten, aufsaugen wollte.

– Das ist eine Geheimwaffe, quietschte die Prinzessin.

– Eine bitteschön was? Macht er noch ins Bett? Doch noch bevor der König eine Antwort bekam, war ein schweinisches Getrampel und ein schmutzstarrender Lärm zu hören. Trompetenmuskel. Klumpmusik und Ingwer. Die Elschaaser greifen an, waren unzählige Stimmen gleichzeitig außer sich. Und tatsächlich trampelte bereits eine Herde kleiner Ferkel und ausgewachsener Drecksäue über die geschniegelten Wiesen des Reinlands.

– Schweinerei, schrie der entsetzte König.

Schmutzfinken und Dreckspatzen verunklarten die vormals postkartenklare Luft. Eine ganze Staubarmee wirbelte auf die um König Aufsaug versammelten Reinländer zu. Woraufhin alle bis auf den König und seinen treuen Müllschlucker Reißaus nahmen. Auch Böselkraut blieb sitzen. Schlimmer als diese Reinländer, dachte er, konnten die anderen, diese Elschaaser, auch nicht sein.

(Kurz schloß er die Augen und fiel in einen teigigen Sekundenschlaf. Er sah sich Schablonski gegenüber, mit ihm sprechen, nein, sie stritten, feuerten sich Beschuldigungen zu, beschossen sich, dann etwas Dumpfes, drehte alles sich, das Gesicht Schablonskis schien nun zu entgleiten. Hatte ihm wer auf den Kopf gehaut? Ein Felsbrocken? Er mußte sich wo anhalten, es drehte sich ja alles, das ganze Zimmer fuhr im Kreis, so blutleer war der

Kopf, es pochte, taumelte, und seine Arme ruderten, da tauchte endlich wieder etwas auf, der Kopf Schablonskis wars, verschwommen, er griff danach und hielt sich an, hielt sich an, so fest er konnte, der Kopf sagte ja etwas, was sagte er, er schrie, man konnte nichts, nichts nicht mehr verstehen, er hielt sich fester, der Kopf versuchte wegzugleiten, nein, das ging jetzt nicht, man brauchte einen Halt, das viele Blut war anderswo, es war im Kopf des Gegenübers, festhalten, es röchelte, die Augen kamen vor, die dicke Nase glänzte, endlich kam das Blut zurück, das Pochen wurde langsamer, der andere war bleich geworden, weiß und still.)

Verzweifelt versuchte König Aufsaug, den ärgsten Dreck in den Griff und in seine Saugarme zu bekommen. Schweinerei. Er fuchtelte wie wild herum. Schließlich mußte aber auch er einsehen, daß er gegen diese Übermacht machtlos blieb. Beschämt machte er sich aus dem Staub. Einzig Böselkraut Theophrast Böselkraut beobachtete, wie sich die große schäbige Staubwolke über alles hermachte, was vormals sauber gewesen war. Kleine Ferkel warfen mit Eiern und faulem Gemüse. Korntreter, die riesengroßen Gummistiefeln gleichsahen, trampelten über die geschniegelten Wiesen und Getreidefelder. Schlamphänse verzierten die Landschaft mit Blechbüchsen und Plastikabfällen. Kleine Ungustln, deren Gesichter völlig von ungewaschenem Haar bedeckt waren, rissen Blätter von den Sträuchern, Köpfe von Blumen und Nadeln aus den Tannenbäumen. Nachdem diese ärgste Schmutzlawine an Böselkraut vorbeigezogen war, kamen grölende Schweine, die große Dreckschleudern vor sich herschoben, mit denen sie schmutzige Schimpfwörter in die peinlich berührte Luft schossen: *Alte Sau,*

Schafskopf, Hosenbrunzer und dergleichen mehr flogen Böselkraut nur so um die Ohren. Schlechte Witze wie *Was ist männlich, klingt wie eine Glocke?* Kleine Schmuddlinge rollten einen Schmutzteppich aus, der so besudelt war, daß seine Farbe einem umgekehrten, in alten Kaffee eingeweichten Regenbogen glich. Darauf stolzierten eine große löchrige Kaffeekanne und ein französisches Weißbrot einher. Aus den Leibesöffnungen der bauchigen Kanne floß unentwegt Milchkaffee. So sah sie aus wie ein löchriger, mit Flüssigkeit gefüllter Autoreifen. Sie hinterließ jede Menge garstiger Lachen, in welche die Krümel plumpsten, die das Weißbrot mit jeder Bewegung verlor. Mit jedem Atemzug. Obendrein hatte das Weißbrot eine schmelzende Butter-Krone auf dem Kopf, aus der ein schmieriger Fettschwanz tropfte. Das waren die garstige Fleckenkönigin und Prinz Krümel, Despoten von Elschaas. In ihrer Begleitung marschierten Lurchsoldaten, die alle Hände voll Ruß hatten, den sie in die ohnehin stickige Atmosphäre bliesen, so daß eine schwere dunkle Wolke die Monarchen von Elschaas umhüllte.

– Wir haben triumphiert, setzte die Königin ihr garstigstes Lächeln auf.

– Ja, ja, nuschelte Prinz Krümel.

– Endlich haben wir die widerlichen Reinländer wie den letzten Dreck behandelt, schwelgte die Fleckenkönigin im regalen Siegestaumel.

– Ja, ja, brummte der Prinz.

– Hast du gesehen, wie unsere schmutzigen Methoden die sauberen Herrschaften verscheucht haben, war die Königin begeistert. Und wie der glänzende König sein lächerliches Gesicht verloren hat? Haha. Wie er verzweifelt versucht hat, uns aufzusaugen, bis es seinem

Müllschlucker hochgekommen ist. Haha. Da hat es ihm den Chrom beschlagen.

– Ja, ja, murmelte Prinz Krümel, unser Angriff hat sich wirklich sauber gewaschen.

– Nimm nicht so unanständige Wörter in dein Schandmaul, befahl die Königin. Denk an deine dreckige Erziehung.

– Ja, ja, stöhnte der Prinz.

Als sich der gröbste Schmutz gelegt hatte und man wieder etwas sehen konnte, tauchte zum Erstaunen der Elschaaser etwas auf, das aussah wie Böselkrauts Silhouette. Tatsächlich verbarg sich die Person Böselkraut persönlich darin. Die Elschaaser stutzten. Als Böselkraut hustete, schreckten sie zusammen.

– Was ist denn das für ein Reinländer, der unsere kräftigsten Dreckattacken übersteht, staunte die Königin. Der ist wohl mit allen Salben geschmiert?

– In den Tümpel mit ihm, riefen die kleinen vorlauten Lurche.

– Nein, in die Jauchegrube, kreischten die kleinen Schmuddlinge.

Was für schmutzige Sitten hier herrschen, dachte Böselkraut Theophrast Böselkraut und hustete. Seine Bronchien waren geladen. Die Königin überlegte noch, was sie mit diesem Subjekt machen sollte, als sich bereits die Drecksäue über ihn hermachten und ihn von oben bis unten besudelten.

– Was denkst du, fragte die Königin ihren Sohn. Ich mag ja eckig erscheinen, aber im Grunde ist mein Herz ein Loch. In den Tümpel oder in die Jauchegrube?

– Ja, ja, gab der zerstreut wirkende Prinz zur Antwort und ließ zur Bestätigung mehrere Brösel fallen. Plötzlich rief eine Drecksau, die Böselkraut Morast und Ruß in die

Taschen füllte: Der hat eine stehengebliebene Uhr! Der hat eine stehengebliebene Uhr!

Das paßt aber gar nicht zu den Reinländern, überlegte die Königin. Bestimmt ein Elitespion, der auf die Lebensbedingungen der Elschaaser trainiert ist. Ein Drecksagent.

– Am besten, sinnierte sie, wir stecken ihn mit dem Kopf voran in einen Misthaufen, streichen ihm Hühnerkacke auf die Fußsohlen und übergießen ihn mit Hundekotze. Basta!

– Ja, brüllte das ganze Volk von Elschaas in freudiger Erwartung.

– Nein, brüllte Prinz Krümel, der nun aus seiner Schläfrigkeit erwacht war. Nicht bevor ich ihn privat etwas beschmutzt habe.

– Oh, was für ein Egoist, waren die Lurche, Ferkel und Schweine enttäuscht.

– Oh, was für ein Egoist, war die Königin über diesen unüblichen Verunreinigungseifer ihres Sohnes derart erfreut, daß sie seine Bitte sofort gewährte. So nahm Prinz Krümel den hustenden Böselkraut in den Arm und führte ihn aus dem Trubel.

– Du mußt keine Angst haben, flüsterte der Thronfolger zu Böselkraut, während er ihn heftigst bespuckte. Böselkraut Theophrast Böselkraut dachte, der weiß auch nicht, was er will und hustete. Der Husten zerlegte sie in Teile. Als die beiden weit genug von den anderen entfernt waren, faßte sie der Prinz wieder zusammen und erklärte:

– Ich bin ein Königssohn.

– Und ich ein Börsensaalaufwischerfilius.

– Hnn? Egal. Du mußt wissen, auch Prinzen haben es nicht immer leicht. Wir dürfen an keinen Preisausschreiben teilnehmen, das Finanzamt nicht betrügen, keine Rollen machen und nicht Stempeln gehen. Nur Verpflichtungen und Zeremonien. Außerdem mußt du wissen, daß ich, Prinz Krümel von Elschaas, Herzog von Unziem und Graf von Schimmelpilz, eine saubere Dummheit begangen habe. Ich habe mich nämlich in Fräulein Adrett Wedel, Prinzessin von Reinland, Großherzogin von Glanz und Fürstin von und zu Putz verliebt. Was vor allem blöd ist, weil unsere beiden Reiche seit Generationen von Schmutzmitteln und Staubmilben bis aufs Blut verfeindet sind. Mich in Fräulein Adrett Wedel zu verlieben war eine derartige Dummheit, daß sie im Vorstellungsvermögen fast aller Elschaaser und Reinländer keinen Platz findet. Auch von Königskindern wird erwartet, daß sie schön in der Schablone bleiben. Jedenfalls, um Klarheit zu bekommen, was nirgendwo so schwer ist wie in Elschaas, habe ich einen Boten zu der Prinzessin gesandt, der ihr die Nachricht überbracht hat, daß, wenn sie meine Liebe erwidert, auch sie mir einen Boten schicken solle, der weder aus Reinland noch aus Elschaas stammt, und weder von da noch von dort eine Ahnung hat. Als Zeichen solle er 14 Haare auf dem Kopf so gescheitelt haben, daß sie aussehen wie 20. Also, verstehst du, du bist dieser Bote und somit der Beweis, daß mich die Prinzessin liebt. Der Prinz küßte Böselkraut.

– Buhää, sagte Böselkraut und wischte sich etwas geschmolzene Butter von der Nase. Was bedeutet *verliebt*?

– Ich werde die Prinzessin heiraten, wir werden beide Länder vereinigen, und alle werden, wenn sie nicht gestorben sind, glücklich und zufrieden sein. Die Frage ist bloß, wie erklären wir das unseren Eltern? Und wie erklären es unsere Eltern ihren Völkern?

– Niemals, brüllte eine Stimme, nie, niemals werde ich

das zulassen. Nie und nimmer! Unverschämtheit! Es war König Aufsaug, der sich die ganze Zeit über unter einem großen Staubhaufen verborgen hatte und alles gehört haben mußte. Der König war so in Rage, daß er nicht nur wie am Spieß brüllte, sondern auch wie ein Verrückter alles aufsaugte. Er saugte den Himmel aus dem Horizont, Bäume aus der Landschaft, ja, er saugte die ganze Landschaft aus dem Raum, saugte den Müllschlucker weg, der noch einmal gerülpst hatte, dann saugte er den Prinz, der noch *Halt* schreien wollte, auf, und schließlich saugte er auch Böselkraut weg, dem nun ganz schwarz vor Augen wurde. Alles stockte sich, wurde gerührt, flockte aus, verlor den Tritt. Die Zeit wurde gebremst, dem Ort entglitt die Dimension.

Als Böselkraut Theophrast Böselkraut wieder zu sich kam, blies ihm ein scharfer Wind um die Nase. Er glaubte, sich in einem Saugarm von König Aufsaug zu befinden. Aber als Böselkraut die Augen öffnete, sah er, daß es im Inneren von König Aufsaug aussah wie bei ihm zu Hause. Böselkraut lag in seiner Hängematte. Ein kalter Wind blies durch das offene Fenster. Es war immer noch halb vier, aber er hatte schon wieder Hunger. Böselkraut sah seinen Bauch entlang und stellte fest, daß sich dieser bereits vermehrt hatte. Wunderbar. Er prüfte, ob noch beide Beine und auch beide Arme an ihm dran waren und sprang mit einem Liedchen auf den Lippen aus seiner Hängematte, klopfte sich den Staub aus der Kleidung, mit dem ihn die Elschaaser besudelt hatten, grüßte Mister Heiderich und verließ schnurgerade die Wohnung. Nebenbei bemerkte er einen Muskelkater, der sich in seiner Hand einquartiert hatte. Der muß vom vielen Händeschütteln mit den zahlreichen Böselkrauts kommen, von denen Gottseidank nichts mehr zu sehen ist, dachte Böselkraut Theophrast Böselkraut für sich.

(So hat der schiefe Mensch die Nacht herumgedreht. Eine Nacht, in der ich mit der Traudi schlief, die hat vom Meer gestöhnt, mit ihrer spitzen Nase mir im Hals gewühlt, die Oberarme wundgebissen. Eine Nacht, in der Schablonski schlaflos blieb, weil er an den Zähnen litt. Das schrie und zog sich bis ins Hirn, als ob ein Würmchen Wurzeln kaute. Da trank er vierzehn Fläschchen Magenbitter, geschlafen hat er trotzdem nicht. Knie und Krumpöck ruhten dafür ganz phantastisch, rührten mit ihren Rundgesichtern durch den Tuchent, bis er wie Gelatine stockte und den dicksten Schlaf gefror. Caroline Huscher las einen Krimi an sein Ende, wälzte sich wie Nudelholz, schlief schlecht, aber alleine. Rudolf Scharff war nämlich mit seinen Backensäcken in der Beidlmelkerei, hat seine Wangenrollen in ein Leopardenhemd gesteckt und sich bedienen lassen. Pipi Höllrigl war dort. Scholastika Meier saß im Traum mit Bicchio in einem zitronengelben Cabrio. Schweinigl träumte nicht, er zwinkerte im Schlaf, und Egon Scharff konnte sich wieder einmal an nichts erinnern, dabei war es diesmal interessant.

Eberhard Heizenbichler hat die Nacht mit Beten zugebracht: Hilf mir, lieber Gott, daß ich mich wie ein Heiliger benehm, ich allen Sünden und Reizen widersteh, man meine Heiligkeit bald in die Höhe hebt. Ich bin der Ritter deiner Dogmen, stech, wenn ich wo einen Heiden seh, ihm gleich mein Bibelspruch-Lanzerl in die Brust, auch Heidinnen tät ich gern stechen. Verzeih, bitte vergib mir gleich. Hilf mir, lieber Gott. Laß mich nicht zugrunde und zu den nichtswürdigen Gedanken gehen.

Gib mir Kraft, damit ich dem zu Widerstehenden entgegentrete, gib mir Stärke, daß ich nicht verlaufe, gib mir einen Halt, worin ich mich zu sammeln weiß, gib mir Widerstand, damits mich nicht verbläst, Träume gib mir, von mehr Menschlichkeit, von Toleranz, Verstandeskraft, und gib mir einen Appetit, damit ich Köchen gut gefalle, gib mir ein Organ, damit ich über Witze lachen kann, auch Phantasie will ich, eine Erscheinung sein. Laß mich gedeihen und als dein größter Engel dir zur Rechten sitzen. Und, bitte, halte mir die Fleischerin vom Leib.

Blasius Vorzellner hatte eine Idee geboren und sogleich eine Erfindung großgezogen: den automatischen Traratrara-Apparat. Gleich heute wollte er die kleine Sirene seinem Patentanwalt Rochus Rumpelpumpel, dem er mit seinen irrwitzigen Erfindungen schon seit Wochen auf die Nerven ging, vorstellen. Rumpelpumpel seinerseits träumte bereits davon, bekam in seiner Praxis Hautausschlag, und wollte sich deswegen theoretisch bei seinem Studienkollegen Eidam Exenschläger informieren. Dieser träumte, Eierlein sei schon an der Macht. Dem wiederum war alptraumhaft sein Onkel Cyrano Gickser erschienen, der plötzlich Pfarrer in Hundsburg war.

Anders Klemens Kletzenklecker, der hatte in einem Mistkübel ein Heft gefunden, las es durch und war verdattert. Denn den Angelo, vielversprechender Pop-Star, traf Patricia auf Ibiza und verknallte sich Hals über Kopf in ihn, bereit, alles zu machen, was er von ihr verlangte. Als Angelo von einem wichtigen Mann der Branche Besuch erhielt, zeigte sie sich gleich von ihrer besten Seite. Wohl wissend, daß ein guter Michael Geschäftsverbindungen nicht abträglich ist, holte sie gleich die Fränze heraus. Larry, der Record-Company-Boss, war begeistert. »Deine Freundin kurtelt ja sagenhaft!« stöhnte Larry,

»herzlichen Glückwunsch!« Zu diesem Kompliment konnte sie im Moment gar nichts sagen, denn schließlich steckte ein Hans zwischen ihren heißen Lippen, und guterzogene Menschen reden bekanntlich nicht, wenn sie was im Mund haben. Jetzt bohrte Angelo seinen riesigen Hermann von hinten in ihre Laune und flickte sie mit schnellen und kräftigen Karamelbewegungen. Nachdem Angelo ihr den ersten Höhepunkt verraten hatte, hockte sie sich auf den Karl von Larry. Sie spürte, daß er Reiterersticken spielen wollte. »Unersättlich ist deine Freundin auch noch!« sagte Larry. »Eben!« entgegnete Angelo, »sie will zweimal täglich lorenzeln, und das regelmäßig!« Das mergelt mitunter schon aus. Nach dem vierten Orangenmus freilich tat ihr enger Johann schon etwas weh, und die Männer befanden, daß sie genug Namen bekommen hatte. »Kalman in den Mund, bitte!« flehte Patricia. Und Klemens zog die Konsequenz, nein rieb daran. Pfui Teufel. In nur einer Nacht.)

4

HA. AM HIMMEL hing ein helles Blau. Diskussionslos. Die hatten wieder gute Arbeit getan, dachte Böselkraut, als er in die glattgestrichene Farbe blickte. Seine Augen blinzelten. Sogar die Sonne war an ihren Platz gerückt. Ohne Wenn und Aber und Schnupftabak. Böselkraut mußte niesen. *Tschiiii.* Was aus Menschen alles kommen kann? Die Sonne sticht, ohne wirklich spitz zu sein. Da fiel ihm ein, was Ferdinand gefragt hatte. Ob er einen Beruf und eine Ehefrau besäße. Eine Ehefrau, soviel stand fest, gehörte ihm nicht. Vielleicht wäre sie eine ganz brauchbare Einrichtung, wurde in Böselkraut ein Gedanke ausgebrütet wie ein Ei. Mochte er Einrichtungen? Sie würde eher aufstehen, ein Frühstück kochen, ihm Gesellschaft leisten. Und ihm Fragen stellen, ehe er antworten konnte. Bestimmt. Vielleicht sollte er sich eine leisten? Aber wogegen konnte man Ehefrauen tauschen? Und wofür bekam man dann auch eine Garantie, daß sie etwas taugte? Eine Garantie brauchte man in jedem Fall. Prinzipiell. Böselkraut überlegte. Eine weizenblond überschopfte, hübsch verzopfte sollte es schon sein. Vielleicht gibt es aber auch eine billigere Lösung. Und er überlegte fieberhaft, 40 Grad, sein Hirn war kurz vorm Siedepunkt, wer dafür in Frage kam.

Fräulein Bernadette fiel ihm ein, die Fleischfliege. Aber die würde bestimmt auf dem Mistplatz wohnen und nur Fleisch essen wollen. Das war nicht sein Stil. Die gute Fee? Aber Feen heiraten bekanntlich nicht. Außerdem sind sie die halbe Zeit über dienstlich unterwegs und unsichtbar. Und Ferdinand? Nein, denn erstens war der noch nicht reif und keine Frau, zweitens würde er vermutlich so schnell auch keine werden. Aber Ferdinands Mutter? Nein, die auch nicht. Einerseits kannte er sie nicht, andererseits war nicht geklärt, ob Mütter überhaupt heiraten durften. Dann fiel ihm die Schuhverkäuferin ein, aber der wuchs ein kleiner Schnurrbart auf der Lippe. Ihr Gesicht war angemalt. Wer weiß, wie sie darunter aussieht. Dann die spitze Nase vorneweg, und obendrein hatte sie keinen anständigen Namen. Bei *Schuhverkäuferin* würde sich Böselkraut mindestens zweimal verheddern – und so viel Zeit besaß er nicht. Das waren alle, die er kannte. Wirklich? Er rechnete noch einmal nach. Tatsächlich, er hatte Fräulein Adrett Wedel vergessen. Aber erstens wollte Böselkraut keinen Staubwedel, zweitens würde die Prinz Krümel heiraten, wenn der jemals wieder aus König Aufsaug herauskommen sollte. So sprachen bei jeder Kandidatin mindestens zwei Gründe dagegen. Auch gut, beschloß Böselkrauts Beschließmuskel, daß er vorerst ohne Ehefrau auskommen muß. Aber wie ist es mit einem Ehemann? Gibt es so etwas? Böselkraut hatte keinen blassen Teint. Er war Nichtraucher.

Aber einstweilen könnte man vielleicht einen Beruf ergattern? Und er überlegte, was es an Berufen alles gab. Da sind einmal die Graszieher, die Gras aus der Erde hochziehen, die Färbler, die die Farben auf die Gegenstände legen. Sandbeißer, Lückenbüßer, Blutsauger sowie Erkenntnispflücker, die die reifen Erkenntnisse pflücken, bevor sie im Körper verfaulen. Dann gibt es die Siebenschläfer, Besserwisser, Krachmeier und die Neunmalklugen. Stilleschreier, die die Ruhe in die Luft brüllen, Wettermacher, Teppichdompteure. Windfänger, Traumauswechsler und Hundefänger. Worterfinder, Zeitzüchter, Hilfeschreier und Lichtverteiler. Lauter nützliche Berufe. Das beschleunigte gleich seinen Schritt, er verfiel in leichten Trab, in Schweinsgalopp. Mit hochgeworfenen Ellbogen jagte er dahin. Dabei hatte Böselkraut ganz vergessen, auf den Weg zu achten und stieß *Auweia* mit einer anderen Person zusammen.

– Passen Sie doch auf, knurrte das windschlüpfrige Persönchen, das zugleich die Schuhverkäuferin darstellte. So ein Zufall. Von der Nasenspitze abwärts färbte sie sich rot. Wie zwischen zwei Stühlen kam ihre Laune in der Wut zu sitzen, grollte.

(*Das Verbum ist das Rückgrat des Satzes. Zwingt man die Handlung in ein Hauptwort, so bricht man dem Satz das Rückgrat.*)

– Ich passe nur auf mich auf, wollte Böselkraut nichts einsehen. Was konnte er dafür, wenn seine Schuhe eigene Wege gingen. Er konnte doch nicht auf alles aufpassen. Wo käme er da hin? Das ginge zu weit. Die Schuhverkäuferin lächelte verlegen, gallertartig wie Eiklar war ihr Blick. Sie roch, als hätte ihr jemand den Kopf in einen Korb voller Schnittblumen gesteckt. Eine Mischung aus Parfüm und Schweiß.

Böselkraut, dem der Geruch bekannt vorkam, wollte ebenfalls verlegen lächeln. Aber er hatte sein verlegenstes Lächeln verlegt und mußte daher die erstbeste gute Miene aufsetzen, die er finden konnte. Stielaugen. Er wollte noch fragen, wie dem Bekannten die Nierensteine gefielen, aber da war ihm die Schuhverkäuferin bereits entwischt. Böselkraut hatte nicht aufgepaßt. Er lächelte nach innen, machte ein säuerliches Gesicht. Aber seine Schuhe waren schon wieder unterwegs. Böselkraut Theophrast Böselkraut blieb ihnen auf den Fersen. Ein Schlager fiel ihm ein, und er sang leise vor sich hin:

Phu heißt Pflück bei den Pflaumen Amie,
Du bist schön unelegant, dich nimmt jede
bei der Hand,
Bist auch groß und schnürlsamt, und auch
sonst nur ganz charmant,
Schuh beißt Stück bei denn Clowns Schellmarie.

Mehrere Passanten drehten sich verwundert um, aber er sang lauter als zuvor:

Du bist zart und unversehrt, daß dich jede
gleich verehrt,
Bist nicht blöd und nicht verzehrt, nein,
du bist es wirklich wert,
Du hast Glück bei den Frauen Belamie.

(Schade, daß ich bloß Dermatologe bin, dachte Dr. Eidam Exenschläger, sonst würde ich diese Schizos sofort wegsperren lassen, die da glauben, allen Leuten etwas vorsingen zu müssen. So etwas gehört verboten. Jaktation. Das sind die Pilze menschlicher Erscheinungsform, lästig wie Exzeme. Wird Zeit, daß Justus Eierlein regiert, dann gibt es Arbeitslager und die Todesstrafe. Aber nicht alle waren derart intolerant. Notburga Nothnagl etwa fühlte sich geschmeichelt, ein warmes Gefühl breitete sich aus in ihrer Brust, machte es sich bequem. Gerne hörte sie dem singenden Frauenheld zu. Der singt ja wie ihr Seliger. Ein Stimmgemisch aus Engelbert, Eberhard und diesem Zwinkerer, da schunkelte der Busen, wohltemperiert.)

Bis plötzlich Böselkrauts Augen steckenblieben und in etwas sahen, das ihnen den Mund wäßrig machte. Seine Schuhe hielten an, und der Magen rieb sich den Bauch.

Die Nasenflügel hoben ab, und die Stirn überbot sich selbst. Aber als die Hände nach dem Essen griffen, stießen sie an eine unsichtbare Absperrung. Was war denn das schon wieder für ein Trotz? Böselkraut tastete Länge mal Breite ab und kam nirgendwo hinein. Alles war mit uneinsichtigem Widerstand versperrt. Gemeinheit.

– Sie! Was machen Sie? Sie beschmutzen mir ja die ganze Auslage, wurde gebrüllt. Ein ernster Mann mit gewölbter Stirn! Scheinbar hatte ihm das Schicksal einen Streich gespielt. Er muß aus dem Boden gewachsen sein. Und der Blick, den er ihm hinwarf. Grausam. Böselkraut rutschte gleich das Herz in die Hose. So viel Metaphysik vertrug er nicht. Der Mann war aus riesigen Backen aufgebaut, die ihm über das Kinn und den Hals gewachsen waren, bis in die Brust hingen sie hinein. Vielleicht sogar bis in den Bauch? Nase, Augen und die gewölbte Stirn wirkten bloß wie aufgesetzt, als täten sie sich hinter diesem Massiv aus Backen und Wangenfleisch verstecken. Ängstlich lugten sie hervor. Böselkraut war kurz wie eingewickelt.

– Sie!

– Ich wollte doch nur ein Stück von dem da, deutete ein Finger auf die Mahlzeit. Aber die war weg. Was geht hier vor? Kleine Menschen liefen aufgescheucht herum. Sicher hatten die alles vertilgt. Der Finger hatte sie erschreckt.

– Der kostet 4890,– Taler, Sie, sagte der großbäckige Mann kleinkrämerisch. Fernbedienung, Videotext, Satellitenanschluß und Programmsucher. Na? Der wäre was für Mamas Sohn?

– Woher soll ich das wissen?

– Dann kaufen ihn halt, Sie. Hihi.

– Das muß ich überlegen, wußte Böselkraut genau,

daß es da nichts gab. Soviel besaß er nicht. Was sollte er auch mit einem Kasten, in dem kleine Fresser hausten? Für so viel Geld bekommt man sieben Ehefrauen. Mindestens. Überdies wollten die kleinen Menschen bestimmt auch durchgefüttert werden, wenn sie so viel liefen. Da blieb zum Überlegen nichts mehr übrig. Und Böselkraut dachte nach, in welche Richtung er sein Denken lenken sollte. Grübchen gruben sich in seine Wangen. Seine Nüstern blähten sich.

– Und daß Sie mir nicht noch einmal Ihre Fettfinger auf die Auslage drücken, sagte der Mann mit der buckligen Stirn und dem Bulldoggengesicht, bevor er wieder verschwand.

(Freilich, die Episode Rudolf Scharff, Rundfunkgerätehändler, ist wesentlich fataler. Privat verkehrt er in der Beidlmelkerei und im Fatal, hat ein Leopardenleibchen an, durch das sein Bierbauch glotzt, darunter eine Stretchhose, worin man seine dicken Oberschenkel sieht, die auf Abnormitäten von Spatzenwaden stehen. Auch läßt er in Bedürfnisanstalten sich bedienen – etwa von Bundesländlern, die spinatohrig es nach Wien verschlagen hat, von Pipi Höllrigl zum Beispiel, ist Stammkunde in einem Pissoir, weshalb man richten könnte, homophiler Päderast, ein ganz perverser Reserveberserker. Aber niemand, niemand fragt, warum er so geworden ist, der Rudolf Scharff. Warum?

In seiner Jugend nämlich war er ganz alltäglich Rudi, hat Mädchen auf ein Eis geladen, ist Backfischen hinterhergestelzt, hat sich verliebt, war schnell liiert. Kummernus Konstanze Rabenbratl sollte an seiner Seite im *Warenhaus Scharff – Elektrogeräte aller Art* stehen. Schöne Haselnußaugen hat sie gehabt, und Haare, gelb wie Vanilleeis. Ihr Gesicht war zweimal konisch wie ihr Körper, hat nach oben und nach unten sich verjüngt, genauso die Figur. Von einem monströsen Arsch ausgehend, einem Arsch wie ihn in seiner Pracht die Welt nur dieses eine Mal hervorgebracht, ist es zweimal ins Gemäßigte gestrebt, nach oben in den spitzen Kopf, nach unten in die Zündholzwadeln, das hat den Rudibub entzückt. Sie waren wie ein Herz und eine Seele, ihre Waden deckungsgleich, wollten heiraten, hatten das Aufgebot bereits bestellt. Dann, am Polterabend, bekommt die Rabenbratl einen dicken Finger. Panaritium, bekannt als Umlauf, Fingerwurm. Sie, die niemals krank war, muß wegen einer Nagelbettentzündung zum ersten Mal in ihrem Leben ins Spital, bekommt dort Antibiotika, wird operiert, und sie, die immer lustig war, ist schon eine Woche später wieder munter und gesund – hat man gedacht. Der Finger war noch Mumie, aber weiter haben sie sich nichts gedacht, sind beim Heurigen gesessen, Kümmelbraten war ihr Leibgericht, Krautsalat. Bekommt sie Gliederschmerzen, wird ihr schwindelig, fällt sie in Ohnmacht und – ist tot. Das war entsetzlich, gräßlich, fürchterlich. Zwei Wochen lang hat der Rudi nur geheult, hat versprochen, daß er ihr bald folgt, sein Leben, hat er sich gedacht, hat ohne sie doch keinen Wert. Was soll es noch. Sie war sein Alles, war wie er, sie waren für und zueinander nur gemacht, wie Reiszwecke und Korktapete. Nur sie war plötzlich weg. Davongefallen. Ab. Er aber blieb zurück. Zum Umbringen zu feig, hat er halt blind eine andere geehelicht, damit etwas getan ist; er vergißt.

Wie er die Augen wieder aufmacht, sieht er Caroline Huscher neben sich, verwünscht gleich seinen Tatendrang. Eine gewaltige Nase nämlich blühte der im Gesicht, drumherum war alles mit Pickeln, Warzen und behaarten Leberflecken angestreut. So war sie häßlich, klein, unscheinbar und, um zu kompensieren, mit einer Stimme ausgestattet, die mit Fug und Recht das Wort Organ verdient – zum durch die Wüste schreien. Mit diesem schrillen Stimmorkan könnte man Tote in ihrem Grab erschrecken, sagte man, aber Rudi, dem zum Schutz die Backen wuchsen, hat sie wirklich öfter an das Grab der Kummernus gebracht und spekuliert, daß es unter dem schweren Mühlviertler Granitblock plötzlich pocht, die Kummernus den Stein wegschiebt und damit auch die Huscher. Aber die Rabenbratl hat sich entweder nicht aufwecken lassen oder sich tot gestellt, was einer Toten bekanntlich nicht sehr schwer fällt.

Der Rudolf jedenfalls hat sich bald an Oropax gewöhnt, weshalb man ihn für schwerfällig und derisch hält, doch das berührt ihn nicht, hat er ja Backen, hinter denen er sich dann versteckt. Und obwohl seine Caroline Huscher mehr und mehr zu einem Monster ausgewachsen ist, weil schöner geworden ist sie leider nicht, hat sie ihm doch zwei Kinder in die Welt spendiert, die bloß das Unglück hatten, mehr in die Huscher-Linie zu schlagen als in die der Scharffs. Denn obwohl Rudolfs ganze Kleidung so intensiv nach Mottenkugeln stank, daß man ihn selbst für eine solche halten mußte – weil seine Caroline nichts mehr fürchtete als einen Handstreich der Tineola biselliella, einer höheren Schmetterlingsart, im Volksmund ordinär Kleidermotte genannt, dem alle auf Pfarrflohmärkten zusammengefeilschten Hemden, Blusen, Röcke, Hosen zum Opfer fallen müßten, gelang es ihm, Rudolf, sich über die Jahre einen ganzen Harem von Gespielinnen zu halten, was seinen nach wie vor rudimentär erhaltenen Charme bezeugt. Mit Wangenfleisch verwachsen. Dem wird auch nicht widersprochen, wenn man zugibt, daß jede zweite aus Thailand und per Katalog gekommen ist, während es sich bei den ersten durchwegs um polnischstämmige Klofrauen handelte, die kurioserweise alle Stanka hießen und denen er sein jüngstes Hobby, das, wie er draufgekommen ist, weniger kostet, dankt. Und wer will es ihm verdenken, macht ihm doch seine Familie das Leben zur Geisterbahn. Da das Organ der Frau, das in einen despotischen Kommandoton gefallen ist, dort die hölzerne Dummheit seiner Söhne, von denen der eine lang wie ein Dünndarm und der andere abgebissen wie ein Regenwurmglied ist. Obendrein engagieren sich die beiden Tölpel in einer populistischen Dumm- und Dumpfpartei, weil sie, das ist tragisch, an die dort verkündeten Milchmädchenrechnungen glauben, anstatt sie wie alle anderen Stumpfgesichter als Sprungbrett für die eigene Karriere zu gebrauchen. Wirklich zum Verzweifeln. Und Caroline las, wenn sie nicht brüllte, dauernd schlechte Krimis. Auch das war zum Verzweifeln. Da war der im Backenfleisch verschanzte Rudolf Scharff für jede Fettnase dankbar, die es wagte, seine Auslage zu signieren. Eine Auslage ist schließlich kein Stammbuch. Hier war Platz, sich Frustrationen von der Kehle zu krähen. Und sicher wäre Böselkraut auch schärfer an die Kandare genommen worden, wenn der aufgetriebene Gewerbetreibende nicht gerade eine wichtige Kundschaft erwartet hätte, die er davon überzeugen mußte, daß die kleinen Handelsleute einer großen Subvention bedurften.)

– Ja, ja, war Böselkraut ganz auf die Kisten konzentriert. Seine Augen leuchteten. Da waren ein Mann und eine Frau gefangen, die versuchten sich gegenseitig aufzublasen. Fest preßten sie ihre Lippen aufeinander. Verrückt!

Sicher würden sie bald platzen. In einer anderen Kiste hatte es sich ein Mann bequem gemacht, der in der Blubbersprache etwas verkündete. Aber Böselkraut Theophrast Böselkraut konnte nichts davon verstehen. Ändert sich das Denken mit der Temperatur? Böselkraut tat einen Schritt ins Sonnenlicht. Da hieß es plötzlich Deenkeen. Er verstand noch immer nichts. Dann gab es eingesperrte Tiere und sonderbare, nur aus Linie und Farbe zusammengesetzte Lebewesen. Bestimmt eine vom Aufessen bedrohte Spezies. Vielleicht Plagegeister? Wichtigtuer?

– Hallo, Onkel Böselkraut, rief eine dieser seltsamen Figuren. Woher kannte sie ihn? Das ging nicht in Böselkrauts Kopf hinein. Nichts kam heraus. Höflichkeitshalber sagte er *Bäh* und zeigte ihm seine Zunge.

– Wie gefällt dir der Zeichentrickfilm, fragte das Kisten-Wesen.

– Schnickschnack. Aber wenn man dich essen kann, ganz gut.

– Was wirst du heute unternehmen?

– Das geht dich gar nichts an. Böselkraut gähnte. Außerdem hatte er keine Ahnung. Schließlich darf man sich nicht übernehmen. Das muß auch einmal gesagt sein.

– Du bist aber unfreundlich, klang die Stimme hohl und vorwurfsvoll.

– Na und, wunderte sich Böselkraut, daß die Figur so schnell laufen und gleichzeitig reden konnte, obwohl sie bis obenhin mit Vorwürfen angestopft war. Ich war schon freundlich genug für heute. Aber außer Unerfreulichkeiten hat es mir nichts eingebracht.

– Wieso, wollte der Plagegeist wissen. Er lief und lief und lief und kam doch nicht recht vom Fleck.

– Zuerst haben mich lauter Böselkrauts besucht und

mir einen ausgeschlafenen Muskelkater mitgebracht. Dann habe ich einer Prinzessin Staubwedel helfen wollen, damit sie zu ihrem französischen Weißbrot kommt, einen Romanautor erwürgt. Und zum Dank bin ich in einem großen Staubsauger gelandet, in dem ich genau genommen noch immer bin. Vermutlich bin ich dort gestorben.

– Aber das ist doch ein kompletter Unsinn, sagte die Stimme. Bist du betrunken? Jetzt schon? Erst da bemerkte Böselkraut den Besserwisser Ferdinand.

(*Wenn wir eine Erzählung besonders lebendig gestalten wollen, erzählen wir sie im Präsens. Wir nennen diese Art der Darstellung das historische Präsens.*)

– Wo kommst denn du her? Wachsen hier alle aus dem Boden?

– Du? Dein Stall ist offen.

– Danke. Ich schaue den kleinen Menschen in den Kisten zu.

– Aber das sind doch Fernsehgeräte.

– Das glaube ich nicht. Sieh nur einmal, wie nahe ich stehen muß, um etwas zu erkennen. Von fernsehen kann da keine Rede sein. Zum Beweis drückte Böselkraut seine Nase gegen das Schaufenster. Da war die Nase platt.

– Aber das sind doch Übertragungen. Die kleinen Menschen werden aufgenommen.

– Wo werden sie aufgenommen? In einem Kleingartenverein?

– Mit einer Kamera! Und mit diesen Dingern, den Fernsehgeräten, kann man auf der ganzen Welt sehen, was sie dabei tun.

– Interessant, sagte Böselkraut. Aber er glaubte Ferdinand kein Wort. Kinder haben eine Blumenwiese zur Phantasie, aber daß Menschen in Kisten wohnen, wollen sie nicht einsehen. Warum sollte sich denn die ganze Welt für so etwas interessieren? Tohuwabohu. Dieser Ferdinand reimt sich seine Erklärungen auch so zusammen, wie er sie gerade braucht.

– Warum bist du eigentlich nicht in der Schule, wechselte Böselkraut das Thema. Bist du entlassen? Oder hat man dich ausgewechselt?

– Weil die Schule schon aus ist, sagte Ferdinand, und weil ich jetzt in den Zirkus gehe.

– Weil und weil und weil und weil. Einmal hin und 17 Mal zurückgedacht. Aber die Schule ist doch keine Glühbirne. Und was soll das für ein Zirkus sein? Erstaunlich, welche Worte dieser Ferdinand persönlich kannte. So ein Zirkus.

– Ein Zirkus ist ein buntes Zelt, in dem allerlei lustige Dinge passieren.

– Was für lustige Dinge passieren? Passieren sie oder werden sie gemacht? Geschehen sie oder gehen sie nur vor? Drängeln sie vielleicht sogar?

– Akrobaten machen Kunststücke, Zauberer, Raubtierdompteure, Bauchredner und Rechenkünstler treten auf, Elefanten und Tiger. Ein Feuerfresser ißt Knallfrösche und Raketen. Aber das allerbeste sind die Clowns, die bewerfen sich mit Torten und treiben Unfug. Eine lebende Kanonenkugel wird durch die Luft geschossen. Messerwerfer sind zu sehen, Liliputaner, Tingeltangel, bärtige Frauen und vieles mehr.

– Grundgütiger! Das soll lustig sein, war Böselkraut entsetzt. Da lachen ja die Suppenschüsseln. Lustig wäre ein posauneblasender Salzhering, ein Butterzipfl speiendes Schneckenhorn, ein schnurspringender Wurmfortsatz oder wenn Furzwängler den Freischütz dirigiert. Porgy und Bess. Das ist lustig. Alles andere ist Gogolores. Aber dein Zirkus ist scheinbar so lustig wie Sodbrennen. Das gibt zu denken.

– Du kannst mich gern begleiten, lud ihn Ferdinand in der Hoffnung ein, selbst eingeladen zu werden. Erwachsene haben meistens Geld. Kinder nie. Wir können Knabbergebäck und Würste, äh, Delikatessen essen, eine Limonade trinken und werden bestimmt viel Spaß haben. Da fiel Böselkraut wieder ein, daß ihn der Hunger plagte, und er sagte zu.

Die Vögel schwatzten wie Kaffeetanten, ein rotes Mädchen huschte vorbei, und der Wind pfiff sich ein Liedchen. Häuser rückten eine Straße raus, später sogar einen Platz. Vor dem Zirkus standen welche wie aufgefädelt. Das fehlte noch.

– Oh, stieß Böselkraut hervor. Gehört das auch zu den lustigen Sachen? Er konnte Reptilien nicht ausstehen, nahm seine Finger in die Hand und knackste mit den Knochen.

– Nein, zischte Ferdinand, der Warten, Anstellen und Knochenknacken zu den Gemeinheiten rechnete, die man sich ersparen sollte. Aber wir können uns zuvor noch ein wenig bei den Tierkäfigen umsehen.

– Können wir, brach der Hungrige nicht unbedingt in Begeisterung aus. Aber das ist nur so eine Redensart und weit weniger gefährlich als ein Banküberfall. Sie wechselten den Weg, stiegen über eine Kette und kamen zu den Wägen, wo die Zirkusleute wohnten. Das sind ja Zigeuner. Sie kamen auch zu den Käfigen, wo die Zirkustiere wohnten. Das sind ja auch Zigeuner. Donnerwetter!

– Wieso Zigeuner?

Böselkraut hatte das Gefühl, hier sei jetzt Platz zu sagen: *Ob Napoleon, Hofrat, Spezialist oder Zigeuner, an dummen Sprichwörtern erfreut sich keiner. Alle haben Gicht und Rheuma, aber salbungsvolle Aphorismen streichen sie sich nicht um ihre Beiner* –, aber er war sich des genauen Wortlauts nicht mehr ganz sicher und fürchtete, sich zu verplappern. Seine Zunge war behäbig wie eine Leberwurst, seine Augen hochnäsig. Einem Schild, auf dem *Unbefugten ist der Zutritt nicht gestattet* stand, hatten sie nicht geglaubt. Warum soll man Schildern glauben? Vielleicht lügen sie? Auch Schilder brauchen ihren Spaß.

– Schau, war Ferdinand begeistert, wie groß diese Elefanten sind. Böselkraut staunte über ihre eigenartige Gesichtsform. Irgendwie erinnerte ihn diese Straußenhalsnase an König Aufsaug. Daß jemand so groß und doch so dumm ist?

– Wieso dumm? Elefanten sind sehr gescheit. Die haben ein Gedächtnis, monumental.

– Was du nicht sagst. Und warum sind sie dann eingesperrt? Weit kann es also mit ihrer Intelligenz nicht her sein.

– Tja.

– Und was sind das für größenwahnsinnige Pferde? Wie albern die mit dem Kopf nicken. Die tun ja gräßlich vornehm. Und was für überdimensionale Sommersprossen die aufgezogen haben. Ist das jetzt Mode? Ernst kann das nicht sein, und Spaß versteh ich keinen.

– Aber das sind doch Giraffen, war Ferdinand entzückt.

Scheinbar sind Giraffen Pferde, die Wolkenfleisch essen. Sternenreis und Mondsalat. Bestimmt sind sie auch ausgesprochen neugierig. Warum sonst der lange Hals? Ihr einziger natürlicher Feind ist sicher der Halsabschneider.

(Da drehte sich Kummernus Konstanze Rabenbratl in ihrem Grab um, und niemand bemerkte es. Aphrodite Moser-Zupfer ließ sich ein Vollbad ein. Caroline Huscher genehmigte sich einen Krimi. Klemens Kletzenklecker sah in sein Heft hinein und wurde rot, röter als Eselswurst.)

– Und das da drüben sind die wilden Raubtiere, deutete Ferdinand auf ein Bündel Katzen. Die sind sehr gefährlich.

– So? Seit wann sind Katzen gefährlich? Vielleicht für Tauben, Knödel und Polstergarnituren. Aber für Menschen? Katzen schießen nicht, und hinunterfallen oder sich an ihnen schneiden kann man auch nicht. Sie genießen also einen verdächtig guten Ruf in Sachen Gefährlichkeit. Gefährlich sind Bankräuber. Gefährlich sind einstürzende Hochhäuser. Wenn Katzen also gefährlich sein wollen, müssen sie ebenfalls Hochhäuser, Bankräuber sein – oder zumindest einstürzen. Das ist Logik wie sie leibt und lebt. So kann sie sich sehen lassen. L-O-G-I-K. Für ein Wort ist das doch riesig schick – nur paßt es hier nicht recht. Die Käfige waren verdreckt. Es roch nach Tier und Ausdünstung. Werkzeuge lagen herum, Futtersäcke. Alles sah nach Beschäftigung und Treiben aus. Für feine Worte war hier kein Platz. Das mußte auch die Logik einsehen und verschwand.

– Dir ist auch nicht zufällig ein Hund namens Knödel über den Weg gelaufen, fragte Böselkraut den kleinen Schlauberger.

– Nudel?

– Nein, Knödel.

– Nicht, daß ich mich erinnern könnte, wunderte sich Ferdinand. Hunde werden mir nicht vorgestellt. Er schlußfolgerte, daß sein erwachsener Freund wieder einmal etwas durcheinanderbrachte. Aber auch das ist nur so eine Redensart.

– Schau, brüllte er wie am Spieß, da drüben gehen der Zauberer und die Frau ohne Unterleib.

(Pipi Höllrigl, ebenfalls eine Südtiroler Spitznase und der Einfachheit halber gleich die Schwester von Traudi, warum auch nicht?, hatte sich zuerst als die Lady mit dem Damenbart verdingt, war dann als zusammenklappbare Frau aufgetreten und ist nun als Dame ohne Unterleib zu sehen. Eigentlich ist sie (sic!) jedoch ein er und also Transvestit. Die Eier ins Fleisch geschnürt, die Taille zugebunden und die Brust herausgeschraubt, mit Hormonen zur Gynäkomastie gekeimt, ins derart Attraktive, daß er alle Männer haben kann. Vielen fällt es gar nicht auf. So wird er regelmäßig von einem stark legasthenischen Polizisten konsultiert, der ist Verwechslungen gewöhnt. Auch Justus Eierlein hat sich auf Empfehlung seines Onkels, einem gewissen Cyrano Gickser, mehrmals zu ihm verirrt. Auch er hat nichts bemerkt.)

– Deswegen brauchst du doch nicht so zu schreien. Böselkraut sah bloß einen schwarzgekleideten Herrn und eine wenigbekleidete Dame. Der soll erst einmal beweisen, daß er zaubern kann. Und daß die Dame ohne Unterleib ganz gut zu Fuß ist, steht außer Zweifel. Vielleicht hat sie ja ihren Überrock gegen einen Unterleib getauscht? Und das will eine Dame sein? Ich bin zwar keine Dame, aber ich weiß nicht, was man mir geben müßte, damit ich in einem solchen Aufzug unter die Leute ginge.

– Langsam, mahnte Ferdinand, müssen wir uns aber beeilen, damit wir noch einen Sitzplatz bekommen.

– Langsam beeilen? T.T.T! Wie soll das gehen? Wenn es noch Plätze gibt, wird uns auch einer abgetreten werden. Wenn es keine mehr gibt, gibt es hier sicher Standbeine zu mieten. Die Hauptsache ist ohnehin, daß es zu essen gibt.

(*Klemmen Sie nicht zahlreiche Wörter zwischen Artikel und Hauptwort! Keine Kanzleiausdrücke!*)

– Ich liebe Zirkus, gluckste Ferdinand, und kniff sich vor Begeisterung in die Waden.

– Du hast es gut. Aber wirst du auch zurückgeliebt? Man muß mit seiner Liebe haushalten, sonst ist sie eines Tages aufgebraucht wie Knödelbrot. Andererseits darf man auch nicht ewig darauf sitzen, sonst wird sie ranzig wie ein alter Pyjama. Und während Böselkraut Theophrast Böselkraut das sagte, drängten sich bereits andere Sätze in seine Ohren, die weder aus seinem Gehirn noch aus seinem Mund und auch nicht aus Ferdinand kamen: Wir müssen noch mehr Köter fangen, forderte eine helle, scheppernde Stimme.

– Noch mehr, fragte eine dunkle, eintönige Stimme zurück.

– Ja, der Bäcker hat gesagt, wir brauchen Nachschub.

– Und Fräulein Wanda?

– Hat alles mit Katzengeruch präpariert. Wie abgemacht.

– Wenn nur dieses Geheul nicht wäre. Man wird ja blöd daran.

– Denk an den Profit. Wenn der Zahnklempner reich wird, werden wir es auch.

– Naja, solange wir uns nicht die Zähne ausbeißen.

Die Stimmen, dachte Böselkraut, müssen Kleinhäuslern gehören. Aber dann zweifelte er daran. Kleinhäusler reden nicht so wirres Zeug daher. Kleinhäusler sind vernünftig. Plötzlich lagen zwei riesenhafte Hände auf seinen Schultern. Daran hatte er nicht gedacht, beileibe nicht.

– Was machen wir denn hier, fragte die dazugehörige Stimme.

– Uns auf die Schultern greifen.

– Du willst mich wohl auf den Arm nehmen, war die Stimme verstimmt. Das fehlte noch.

– Ganz im Gegenteil, beschwichtigte Böselkraut freihändig, mein armer Arm trägt ja bereits einen ausgewachsenen Muskelkater. Das reicht vorderhand.

– Könnt ihr denn nicht lesen? Unbefugten, herrschte sie die Stimme an, ist der Zutritt in den Artistenbereich untersagt. Seine Stimme war scharf und würzig zugleich.

– Was für ein Bereich?

Als sich Böselkraut und Ferdinand umdrehten, erblaßten sie vor Schreck. Das Blut gefror in ihren Adern. Vor ihnen stand das ausgewachsenste Exemplar Mensch, das beide jemals gesehen hatten. Gewichtheber Eberhard! Er sah beiden streng in die Augen. Die Pupillen zogen sich zusammen. Seine Oberarme waren dick wie der Körper eines Münchner Bierdackels. Seine Brust war breit wie ein Brauereiwagen, was bestimmt keine Übertreibung ist, und wenn, dann höchstens eine kleine. Eine Glatze schwang sich über seine Schulter, hüpfte über Runzeln, kam erst vor den Augenbrauen zu stehen. Seine Stimme war kräftig wie klare Rindssuppe. Sein Charakter schien ein Postpaket zu sein, ganz verschnürt.

– Seid ihr vielleicht stumm oder Ausländer oder was, wollte dieses Monstrum wissen.

– Wir packen nichts aus! Ausländer? Kann man auch Auflader sein? Kuhfladen?

Ferdinand zitterten die Knie, und seine Zähne schepperten wie Nähmaschinen. Sein ganzer Körper schlotterte vor Angst, der Feigling. Bestimmt wäre ihm vor Schreck auch das Herz stehen geblieben, wenn nicht gerade seine Lieblinge, die beiden Clowns Plimm und Plumm um die Ecke gebogen wären und wissen wollten, was hier los sei. Ferdinands Hoffnung stürzte sich auf die beiden wie ein Heißhungriger auf Brote.

– Neugierdsnasen, die herumschnüffeln, erklärte der Koloß und klopfte sich so stark auf die Brust, daß er einem Gebirgshang gleichsah, dem eine Lawine abging. Hatte ihre letzte Stunde jetzt geläutet?

– In den Kerker, grinste Plimm, und schnitt ein dummes Gesicht.

– Zu den wilden Tieren, feixte Plumm und schnitt eine noch dümmere Fratze.

– Die sind gemein, war Ferdinand enttäuscht. Seine Hoffnung erbrach die ganzen Brote.

Jetzt wäre es Zeit, den Traum auszuträumen, dachte Böselkraut, der glaubte, daß er jeden Moment in einem Saugarm von König Aufsaug erwachen müßte.

– Höre ich jetzt endlich etwas, brüllte der Fleischberg.

– Aber, sagte Bösekraut, dem vor Angst das l aus dem Namen sprang, wir sind doch gar nicht unbefugt, weil wir auch niemals befugt waren. Wären wir befugt gewesen, hätte man uns die Befugnis nehmen und uns für unbefugt erklären können. Da wir aber nicht befugt gewesen sind, konnten wir auch niemals unbefugt werden, weil man von nichts nichts wegnehmen kann, weshalb uns nichts erlaubt, aber auch nichts verboten gewesen ist. Nicht? Böselkraut Theophrast Böselkraut wußte selbst nicht, wie diese geselchten Sätze in seinen Mund kamen und ob sie ihm den Weg verstellten oder einen Tunnel gruben, ihm schaden oder nutzen würden.

Der Gewichtheber Eberhard war jedenfalls nicht gewillt, sich auf einen solchen Unfug einzulassen. Bei dem rappelts, zeigte er auf seine Stirn. Doch schämte er sich dafür gleich und senkte leicht den Kopf. Hirn lief da zusammen, etwas bekam ein Übergewicht. Das Verstehen nicht. Von Philosophie verstand er keine Silbe. Also kratzte er seinen Kahlkopf und beschloß, noch einmal ein Auge zuzudrücken. Aber auch so erschien ihm die Sache nicht greifbar. Bei so viel Denken wird ihm schwindlig.

– Jetzt macht halt, daß ihr hier verschwindet.

Ferdinand war sprachlos über die Wortgewandtheit seines Freundes und zugleich heilfroh, daß die Sache noch einmal gut auszugehen schien.

– Siehst du, man muß nur reden mit den Leuten. Böselkraut blies seine Brust auf wie einen Luftballon und hoffte, nicht gleich aufzuwachen. Nichts dergleichen geschah. Er biß sich in den Finger, um festzustellen, ob er träume. *Au!* Aber bestimmt war auch der Schmerz nur geträumt. Bestimmt war auch das geträumt. Träumen und Denken läßt sich nicht abstellen. Geräusche auch nicht. Eine Kapelle war zu hören, weil sie Märsche spielte. Das war lustig.

(Für den ehemaligen Kellner im Wachtelstelzer war sie weniger lustig. Eberhard Heizenbichler kannte diese Musik auswendig. Automatisch fielen ihm die Augen zu, und er sah sich in das Schwanenstadt seiner Herkunft zurückversetzt, ins Elternhaus. Sein Vater war ein Trunkenbold, der nichts lieber tat, als Mutter und Kinder so lange zu dreschen, bis sie keinen Ton von Pieps mehr machten. Einem Bruder hat er das Genick gebrochen, einem anderen den Brustkorb zerdrückt, den dritten einhändig erwürgt, den nächsten mit einem Schürhaken erschlagen, einem den Kopf zerquetscht, einem anderen die Glieder ausgerissen, einen erschossen, einem das Hirn herausgehauen, einen nächsten bei lebendigem Leib verbrannt, einen weiteren in der Badewanne ertränkt, und obwohl von jungen Lehrern und Schulärzten mehrmals angezeigt, gestand ihm der die Gewaltenteilung Montesquieus, was übrigens auf deutsch soviel heißt wie billardstockförmiger Berg, im Alleingang aufhebende Dorfpolizist doch stets zu, daß er seine Familie regiert, wie es ihm paßt. Es ist seine Leibesfrucht, soll er damit machen, was er will. Tatsächlich hatte auch das mausgrau uniformierte Gesetz Angst vor dieser Art. Dieser Gewalt von Vaterübermacht. Sein Pech war bloß, daß er in der geneologischen Schlußrechnung auf Eberhard vergessen, der sich im Schatten der Leichen zu einem Riegel angefressen, und ihn, den Vater, als er gerade der Mutter an den Kragen wollte, von hinten mit einem aus dem beliebten Wallfahrtsort Mariazell mitgebrachten bischöflich gesegnetem Kohlenkübel erschlug. Diese familiären Bauernkriege mitgedacht, sind die Milde und Güte, die Herr Heizenbichler heute ausstrahlt, fast wundersam.

Durch sein Abenteuer mit dem sakrosankten Kohlenkübel sittlich geläutert, beschloß er, sein Leben in den Dienst der Religion zu stellen. Als Laienbruder wurde er im Zisterzienserorden in Attnang-Puchheim aufgenommen, wo man ihn aufgrund seiner körperlichen Reserven verehrte. Die frommen Attnanger Brüder hofften, in ihm eine kräftige Verstärkung für die klösterliche Ringermannschaft zu haben, um es den aufgeblasenen Regauer Benediktinern endlich zu zeigen. Rache für Jahrzehnte. Welche Enttäuschung, als Eberhard diese heilige Ertüchtigung verweigerte. Der ganze Orden weinte.

Und da der dicke Bub obendrein unablässig von Toleranz, Weizenkorngleichnissen und ähnlichen Dingen, von denen er keine Ahnung haben konnte, sprach, sich vorwiegend von Katechismus und mit viel Knoblauch bereitetem Bohnensalat ernährte, und unter einem Laryngopasmus litt, einem Stimmritzenkrampf, der sich besonders bei den andächtigsten Gebetsstellen in hellem Quietschen zu erkennen gab, wartete man nur auf die Gelegenheit, ihn des Ordens zu verweisen. Weil er sich aber nichts zu Schulden kommen ließ, und man auch nicht ewig warten wollte, wurde er in der Hoffnung, daß ihm das bald selbst zuviel sein würde, mit den schmutzigsten und sinnlosesten Arbeiten betraut, die einem nur einfallen konnten. Aber gerade darin erblickte Eberhard seine Ausgewähltheit, und, wie er sich ausdrückte, göttliche Zuneigung. Denn wenn das Weizenkorn nicht in die Erde fällt und stirbt, bleibt es allein. Für sich. Es ist die immer wieder erfahrbare Wirklichkeit, daß wahres Eingehen zu Gott nur im Verzicht, im Ertragen und im Streben realisiert werden kann. Nur in der Anspruchslosigkeit und in der Selbstbeschneidung. Wie ein Weizenkorn unbedeutend muß man sein, denn um die Kleinsten sorgt sich Gott. Er nimmt sie, während er die Großen führt. Eberhard hielt sich bald für so ein Weizenkorn, bald für einen Heiligen, furzte und quietschte vor Vergnügen. Und die frommen Attnanger wären den Spinner wahrscheinlich nie losgeworden, wenn sie ihn nicht davon überzeugt hätten, daß ein wirklicher Heiliger auch in der Welt bestehen muß.

Also wanderte der heilige Eberhard in spe nach Ebreichsdorf, um jahrelang Türsteher der örtlichen Diskothek zu sein. Hier konzentrierte sich sein Wirken, die ansässige Jugend für die katholische Jungschar zu begeistern. Nur wer zehn Gebote und sämtliche Schutzheilige hersagen konnte, fand Gnade und Einlaß. Nachdem die Disco aus Besuchermangel schließen mußte, zog es den Kreuzritter in die Brutstatt der Sünde, wo er Kellner im Wachtelstelzer wurde. Da er entschieden für die obligate Wiedereinführung der Tischgebete eintrat, war es mit seiner Beliebtheit nicht besonders bestellt. Auch ist er bald mit sämtlichen Hinterzimmerbelegschaften übers Kreuz gekommen, was ihm für den Acker seines Heiligen-Curriculums äußerst fruchtbar erschien. Daß er das Feld dann doch unbestellt räumen mußte, lag an der Metzgermeisterin Notburga Nothnagl, die dem armen Eberhard immer eindeutigere Avancen antrug. Die heiratswillige Fleischerin verfolgte ihn auf Fuß und Tritt, so daß seine Frömmigkeit sich keinen Millimeter mehr entfalten konnte. Die Versuchungen des heiligen Antonius sind ein Schas daneben. Schmerzen litt er wie Wipert von Blücher, der Erzheilige von Ratzeburg, gebetet hat er wie die heilige Schnoferl, als es galt, Paris die Hunnen wegzubeten. Im Dilemma war er wie Hippolit, der Schutzheilige aller Unentschiedenen. Aber was bedeutet schon eine einzige Seele, wenn es Hunderte zu retten gilt. Also packte Eberhard Heizenbichler die erstbeste Gelegenheit und wechselte in die Anonymität eines Zirkus, wo er zwar den starken Mann spielte, aber gerade aus dieser Perspektive immer wieder mit frommen Sprüchen verblüffen konnte. So schickte er auch Böselkraut und Ferdinand ein *Es irrt der Mensch, solang er strebt* hinterher, was diese freilich nicht mehr hörten.)

Die Begnadigten kamen gerade noch rechtzeitig in die Vorstellung und fanden zwei Sitzplätze. Es waren die letzten. Von einem Herrn, der *Abhauen, eiße Würstel, ihr und Limonade* brüllte, kaufte Böselkraut zwei große Tüten Popcorn. Trotzdem gab der Mann, dem eine Tischplatte aus dem Bauch gewachsen war, keine Ruhe. Er brüllte in einem immerfort: *Abbauen, eiße Würstel, ihr und Limonade*.

(Sebastian Schacherers Tätigkeit besaß Familientradition. Schon sein Urgroßvater hatte während den Hinrichtungen gebackene Mäuse, Bärenfurze, Krötenzungen und kandierte Taubenkrallen verkauft.)

Ob diese gesalzenen Fischmägen das richtige sind, den Hunger zu vertreiben? Sie schmecken wie aufgeblasene Luft und Verschnaufpause. Böselkraut hielt den Atem an. Er staunte über das Ambiente, den säuerlichen Nachgeschmack. Hunderte Menschen saßen um eine kreisförmige Sandkiste und machten Augen wie Eierkocher, feucht wie Hundeschnauzen. Als ob sie in ihrem Leben noch nie Sand gesehen hätten. Oder waren diese Popcorn schuld? Lange Zeit passierte nämlich nichts. Und nichts. Und nichts. Und wieder nichts.

– Und das soll lustig sein? Das ist nur sauer.

Aber da flossen bereits weiße Pferde in die Manege, wo sie wie wild im Kreis liefen. Schleudergang. Gut, daß niemand Wörter, Sandkuchen oder Burgen gebaut hat, dachte Böselkraut, denn diese Rösser, auf denen obendrein noch Menschen turnten, würden alles niedertrampeln. Hottentottisch. Aber dem Publikum schien es zu gefallen. Es johlte und applaudierte, als ob wer weiß was passierte. Wer weiß was? Dann kam der Direktor. *Ruhe bitte*. Er brachte seine sonore Stimme mit, eine Stimme wie brutzelnde Butter, nervöse Hände und ein Programm. Der könnte auch leiser brüllen, aber so viel Atemzüge hatte er scheinbar nicht. Außerdem, kannte man den nicht bereits?

(Casanova Deflorian Schweinigl bestand vor allem aus Stimme, Augenbrauen. Über die Stimme wissen wir schon alles, über die Augenbrauen noch nichts. Ein Blendwerk der Verführungskunst. Ein Zappenduster an Galanterie. Keine Frau konnte sich diesem Geflecht entziehen. Und hatte es Casanova erst einmal auf eine abgesehen, gab es kein Entrinnen. Er brauchte ihr nur zuzuzwinkern, schon war sie ihm verfallen. Und er zwinkerte unentwegt. Das war sein quasi-nervöser Tick. So blinzelte er bei Frauen, die ihm gefielen, schon aus Nervosität. Und wenn ihm eine nicht gefiel, und er versuchte, sein Klimpern aufzuhalten, zwinkerte es erst recht, quasi autark. So gab es keine, der Casanova Schweinigl nicht zuzwinkerte. Und alle bis auf eine gewisse Scholastika Meier waren ihm daraufhin bedingungslos ausgeliefert, wußten nicht mehr, was sie taten. Wie auch er. Casanova Schweinigl war Vater Hunderter, vielleicht sogar Tausender unehelicher Kinder, für die er alle aufkommen mußte. Denn die Krankenkasse weigerte sich beharrlich, sein Zwinkern als Krankheit anzusehen, als Zwang. So kostete ihm sein nervöses Blinzeln alles Geld. Schablonski hätte ihn retten können, aber der meinte bloß, er solle sich die Augenbrauen rasieren oder sich kastrieren lassen. Aber wie sähe das dann aus? Was käm für eine Stimme raus?)

– Als erstes kommt der Zauberer, wiederholte Ferdinand die Durchsage. Hört, hört! Soviel hatte Böselkraut auch selbst verstanden. Auch der Zauberer kam ihm irgendwie bekannt vor. Er ließ Karten verschwinden und befreite ein Kaninchen aus einem Zylinder. Mehrere Unsinnswörter wurden hergesagt. Simsalabim. Er zauberte bunte Bänder aus seinem Mund und fütterte eine Zeitung mit einem Glas Milch. Als Höhepunkt wurde die Frau ohne Unterleib zersägt und wieder zusammengesetzt. Das war praktisch.

(Auch der Zauberer war Anbeter des anderen Geschlechts. Aber er war weniger an Damen als mehr an Mädchen interessiert. Die 12, 13jährigen entsprechen seinem Bild. Bis sie den Mund aufmachen. Jeder Schubert Schumbert, wenn er zugibt, würde gern Lolitas reiten. Sie werden nicht in Ruhe gelassen. Burschen zeigen ihnen ihren Trieb, necken sie, werfen im Schwimmbad sie ins Wasser, mit Beachtung werden sie zerliebt. Die Häßlichen dagegen bleiben ignoriert. Die Häßlichen wirft niemand in ein Wasser, die können sich entwickeln, machen die Erfahrung Häßlichkeit. Den Schönen aber sind die Blicke hinterher, die Augenstiele, oft auch noch ein Vater, voll mit ungelenkter Angst und Trieb. Sie wissen selber nicht, was da geschieht. Joghurt und Bisquit. Aber da die Verführung Minderjähriger in Österreich nicht straffrei ist, saß der Zauberer schon wiederholt wegen seiner Pupperln ein. Die Gefängnispsychologin, eine Bastardin Schweinigls, meinte, daß er so eine latente Homoerotik sublimiere. Aber was scherte ihn denn diese Hexe? Die soll sich erst einmal um ihren Vater kümmern. Mit 70 Millionen konnte er Pupperln haben, soviel er wollte. Mit 70 Millionen schon.)

Ferdinand amüsierte sich köstlich. Böselkraut gähnte, er langweilte sich entsetzlich. So ein Hokuspokus. Aus lauter Ungeduld hatte er seine ganze Tüte gesalzener Fischmägen in sich hineingestopft und gleich noch einen Sack bestellt. Der Tischplatten-Bauch brüllte nach wie vor. Nun waren Plimm und Plumm an der Reihe. Sie warfen sich Torten ins Kochlöffelgesicht, stellten sich gegenseitig ein Bein und fuchtelten mit Schreckschußpistolen herum. War das erlaubt? Das Publikum tobte. Ferdinand konnte seine Ausgelassenheit kaum auffangen, litt unter Lachkrämpfen und hatte oft größte Mühe, Luft zu bekommen. Lustigsein ist Schwerarbeit. Böselkraut gähnte.

Als nächster war der Gewichtheber Eberhard am Zug. Der stemmte Hanteln in die Höhe, schluckte Feuer, zerriß Telephonbücher. Seine Glatze spiegelte es wieder. Anstrengung. Das Publikum war gelangweilt, pfiff und buhte. Böselkraut war begeistert, applaudierte. Das ist stark. Als er auch noch als einziger *Bravo* rief, schnitten viele Zuschauer ein durchschnittliches Gesicht und klopften mit dem Zeigefinger gegen ihre Stirn. *Bei dem rappelts.* Was sollte das bedeuten? Ferdinand lief ein Rot ins Gesicht, röter als Himbeersaft und Peinlichkeit. Die Stimmung wurde erst gerettet, als die Clowns Plimm und Plumm dem Eberhard ein Bein stellten. *Plumps* fiel der schwere Körper hin, geriet in Wut und Rachedenken. Nur nichts hinunterschlucken. Eine wilde Verfolgungsjagd stieß auf. Die Clowns konnten natürlich fliehen. Eberhard fiel seiner eigenen Stärke zum Opfer, in eine Badewanne und hatte zum Seifenschaum auch noch den Spott. Böselkraut war entsetzt über die Frechheit, die sich diese Hanswürste herausnahmen und brüllte *Unverschämtheit. So etwas gehört bestraft.* Mehrere Popcornkrümel spritzten dabei aus seinem Mund. Da klatschte ihm jemand von hinten eine aufgeblasene Tüte auf den Kopf. Die platzte und machte *Plop*. Unverschämtheit. Als sich Böselkraut verärgert umdrehte, sah er die drei Reihen weiter hinten sitzende Nasenspitze der Schuhverkäuferin. Der dazugehörige Rest saß nochmals eine Reihe weiter hinten. Daneben das rote Mädchen. Was hatten die hier zu suchen? Sie werden doch keine bedeutende Rolle spielen? Höflichkeitshalber winkte ihnen Böselkraut. Er griff nach seinem Hut, um ihn zu ziehen und griff ins Leere. Da erinnerte er sich, daß er gar keinen trug. Mit einem müden Lächeln fing die Schuhverkäuferin das Winken auf. Das rote Mädchen reagierte nicht. Eingebildete Ziege. Böselkraut schlief das Gesicht ein. Er vergaß, warum er sich umgedreht hatte. Egal, er würde ohnehin jeden Moment aufwachen und sich in König Aufsaug wiederfinden.

Als seine Augen in die Manege zurückkehrten, war diese bereits von einem eisernen Käfig umzäunt, die Popcorntüte beinahe leer. Nur der Unsinn ist endlos. Die übriggebliebenen Fischmägen schmeckten entsetzlich. Wie war es möglich, daß dieselbe Speise dem hungrigen Böselkraut schmeckte und dem satten wie aufgequollene Papierschnitzel den Mund zukleisterte? Die Zunge klebte ihm am Gaumen, rollte sich ein.

(Der Zirkus, meinte Traudi, ist wies Meer. Auch wenn die Nichte mit ist. Nichten haben kann ein jeder. Der Rummel und die Heiterkeit, da deklariert sich was. Mitnichten. Selbige flüsterte, die Traudi meinte Schwein. Was hat der gemacht? Du hast dich ausgezogen? Und was noch? Gespielt. So so. Und mit der Faust? Spielen kann ein jeder. Und Schokolade angeboten? Geschlagen aber nicht. Wenigstens das. Und jetzt fehlt dir der Hunger, das verstehe ich. Hymen nehmen kann ein jeder. Heiliger Aloisius.)

– Jetzt kommen die Raubtiere, jaulte Ferdinand. Und tatsächlich wurden farbenfrohe Katzen in die Arena gepeitscht. Sie brüllten, mußten durch brennende Reifen springen und über Wippschaukeln gehen. Als ob sie nichts Besseres zu tun hätten, dachte Böselkraut, den das Gesäß juckte. Sein Magen schnarchte. Ein langer Trommelwirbel summte durch die Luft. Münder waren offen, die Spannung zum Zerreißen. Das Publikum hielt den Atem an und staunte wie der Ochs vorm Tor. Was konnte es sonst tun? Etwas mehr Zurückhaltung könnte nicht schaden. Da steckte der unsympathische Dompteur seinen dicken Kopf in ein Katzenkiefer. *Oweoweoweoweowe*. Eine sonderbare Art, Gymnastik zu treiben. Der Trommelwirbel überschlug sich, doch es nützte nichts. Unversehrt kam der Kopf zurück, brachte beide Backen mit. Erleichtert atmete das Publikum auf, jubelte, wie wenn es in der Lotterie gewonnen hätte. *Bravo, Dacapo*. Der Dompteur genoß seinen Triumph, mißbrauchte ihn und fragte ganz zu seinen Gunsten, ob jemand bereit wäre, ebenfalls seinen Kopf in ein Katzenmaul zu stecken?

Ein Raunen ging im Kreis, Ungunst kugelte herum und aus so mancher Kehle aus. Aber niemand meldete sich. Als der Peitschenmusikant noch einmal fragte und sich wieder niemand meldete, erhob sich Böselkraut Theophrast Böselkraut. Das Jucken im Gesäß war so entsetzlich geworden, daß er sich nun unbedingt kratzen mußte. Und während die eine Hand wie wild scheuerte, streckte sich die andere in die Höhe, um einem Gähnen Luft zu machen. Für andere sah das nach einem verlegenen Sichmelden aus.

Ein Freiwilliger!

Der Dompteur war verwundert.

– Ein Selbstmörder!

So etwas war ihm noch nie passiert. Böselkraut wußte nicht, wie ihm geschah. Noch bevor er Muh sagen und sich fertig kratzen konnte, wurde er von der grölenden Menge in die Manege bugsiert. *Oweoweoweoweowe.* Die Löwen und Tiger brüllten. Hört, hört! Ferdinand war entsetzt. Das ist ja nicht zum Ansehen. Das ist zum Haare raufen. Die Tiere waren wie aufgedreht, wollten dem Amateur-Dompteur gleich ein paar Patscherchen versetzen. Im Scheinwerferlicht blitzten ihre Krallen, ihr Gebiß.

– Ruhe jetzt, ihr Wuschelköpfe, verschaffte sich Böselkraut Respekt. Sonst werdet ihr rasiert wie die Salon-Pudel!

Da erbleichten die mächtigen Katzen und zeigten, was sie gelernt hatten – Manieren.

– Na bitte, geht doch. Als sie auch noch Pfötchen gaben, staunte die Menge. Ferdinand zitterte. Dann gähnten die Löwen und Tiger, und Böselkraut sah nach, woher das kam. Ihre Mäuler rochen nach verdautem Schlaf. Der Trommelwirbel vibrierte bis in ihren Rachen. Böselkraut hatte schon Schöneres gesehen, diese Gaumenzäpfchen erinnerten an Mister Heiderich und sein Aquarium. Da war das Publikum von seinen Stühlen. Auch das ist bloß so eine Redensart, Schwester von den Socken. Sogar Ferdinand lächelte erleichtert. Nur der Dompteur war so verwundert, daß er wie angewurzelt gaffte. Da flüsterte Böselkraut den Tieren etwas zu. Die flüsterten zurück. Dann bauten sie eine vierstöckige Pyramide, auf deren Spitze Böselkraut lächelnd thronte. Pharaonisch. Jetzt müßte er nur noch eine Arie schmettern und die Übertreibung wäre perfekt. Aber soweit wollte er nun doch nicht gehen, auch Träume haben

Grenzen. Frenetischer Jubel machte sich breit. Eine Fanfare war zu hören. Und auch Ferdinand lachte nun vor Glück. Tränen preßten sich aus seinen Augen. Nur der Dompteur war deprimiert, er hatte nicht damit gerechnet, daß ihm dieser schlacksige Zuschauer mit dem Aussehen einer Vogelscheuche die Schau stehlen würde. Was hatte er den Tieren bloß geflüstert?

Das Publikum tobte und warf Geldstücke in die Arena. Verblüffend, wie schnell die Leute zufriedenzustellen sind. Böselkraut verbeugte sich, genoß die Bravorufe und schwamm durch eine Woge Freundlichkeiten zurück zu seinem Platz. Begeisterte Zuschauer klopften ihm auf die Schultern und wollten seine Unterschrift, die er seine Hand auf Eintrittskarten, Kleidungsstücke malen ließ: B-Ö-S-E-L-K-R-A-U-T. Er selbst wußte nicht, wohin er sehen sollte vor Stolz und Glück. Ferdinand war sprachlos. Erst recht, als er hörte, daß das ja nur völlig ungefährliche Zirkuslöwen und Zirkustiger wären, die mit richtigen Urwald-Löwen und Urwald-Tigern nicht verglichen werden dürften. Die einen jagen Zebrastreifen und Safaris, die anderen bloß die Zeit. Da dachte Ferdinand für sich, der Onkel spinnt. Rappeln tuts bei dem. Ein ganz unmöglicher Mensch ist das, dieser Böselkraut. Verrückt. Oder stellt er sich nur so? Vielleicht ein ganz raffinierter Spion? Aber wofür, für wen?

(*Der wahre Dichter will seinen Mitmenschen, die nicht so stark sind wie er, helfen, weil der Dichter eine Höchstform des Menschen ist und somit beispielgebend wirkt*, schreibt die Arschfut – und hat recht. Der Schablonski hat zwar Geld, aber einen Böselkraut und Ferdinand kennt er nicht.)

Als sie nach der Elefantennummer den Zirkus verließen und ihnen keine Hände mehr auf die Schulter klopften, sagte der vermeintliche Spion, daß er eigentlich traurig wäre, weil ihn völlig unerwartet sein Hund Knödel verlassen hatte. Eine Träne stand ihm im Gesicht.

– Seit wann, fragte Ferdinand, können einen Hunde denn verlassen. Davonlaufen können sie, wenn man nicht aufpaßt. Und wenn man sie wo anbindet, können sie auch gestohlen werden. Aber das passiert höchst selten. Vielleicht doch kein Spion?

– Nenn es, wie du willst. Knödel ist jedenfalls nicht mehr nach Hause gekommen, und das ist schlimm genug.

Tatsächlich waren in letzter Zeit mehrere Hunde als abgängig gemeldet worden. Vielleicht war ja wirklich eine Hundeschieberbande am Werk? Aber Ferdinand wollte seinen erwachsenen Freund nicht beunruhigen. Seine Ordnung ist schon so kompliziert genug. Entweder verrückt – oder Spion?

– Wie alt ist denn dein Hund? Was für eine Rasse?

– Hunde fragt man nicht nach ihrem Alter. Und als Rasse war er Mischung. Oder hieß es Speck?

Ich merke schon, sah Ferdinand, das bringt uns nicht viel weiter. Hatte er denn einen Stammbaum?

– Nein, war Böselkraut einig mit sich selbst. Er benützt Häuserecken, Bäume und Laternenpfahle. Du mußt wissen, daß er für die Gleichberechtigung gewesen ist. Hilft uns das weiter?

– Ich fürchte nicht. Spion!

– Ja, was machen wir denn da, war Böselkraut entsetzt. Nebenbei grüßte er die Tauben, die Häuser und die Hilfeschreie. Kann man überhaupt etwas machen? Bleibt die Welt nicht immer gleich?

– Das weiß ich auch nicht, sagte Ferdinand. Am besten, wir gehen zuerst dorthin, wo sich dein Hund am liebsten aufgehalten hat. Vielleicht finden wir da einen Anhaltspunkt. Verrückt!

– Aber wir sind doch schon mitten in der Geschichte, verschnaufen können wir hier auch. Ich will nicht länger funktionieren müssen. Wann ist das Kapitel endlich aus? Und wo sich Knödel am liebsten aufgehalten hat? Du mußt wissen, er ist Detektiv, spioniert immer allen möglichen Momenten und Fällen hinterher.

– Und wie sieht er aus?

– Na, wie Hunde eben aussehen, helles Fell, etwas dicklich eventuell. Außerdem trägt er eine Sherlock-Holmes-Kappe am Kopf und eine Meerschaumpfeife im Maul.

– Na, das ist doch schon etwas, war Ferdinand fürs erste froh.

(*Wir fordern vom Roman eine Entwicklung, sei es die eines einzelnen, sei es die einer Gesellschaftsklasse.* Entwickeln muß es sich. Aber muß man deshalb gleich von Waffenlagern reden, die der Held zu inspizieren hat? Im steirischen Zeltweg angelegt, inmitten der Automobilrennstrecke, die im Westen eingesetzten KGB-Agenten zu beliefern, muß Böselkraut wirklich dafür sorgen, daß die Kleinkaliber nicht verrosten, die Granaten nicht mitsamt spielender Bauerskinder in den Himmel fahren oder ähnliches passiert? Das muß nicht sein. Unter der namentlichen Maskerade Böselkraut verbirgt sich ein Geheimagent? Ein Russenhusser? Preußenreißer? Libanesencäsar? Ein hinterhältiger Anschlag auf den oberflächlichen Kapitalismus ist geplant? Das muß nicht sein. Nein. Ich glaube nicht. *Kein Genetiv mit von!*)

5

Das wetter zog ein unfreundliches Gesicht. Lämmerwolken standen in der Höhe. Rigoros. Der Name Käseglocke wäre angebracht, das Wort Himmel aber nicht.

– Hunde essen Knochen, überlegte Ferdinand. Knochen gibt es in der Fleischhauerei. Also müssen wir dort beginnen.

– Fleischhauerei, gab Böselkraut zurück, ist kein friedvoller Name. Eine Empfindung erfüllte ihn, griff um sich, fraß sich hoch. Er hatte Angst, wieder vom Fleisch zu fallen. Wer sagt, daß wir da davonkommen, wenn die auf unser Fleisch eindreschen?

– Aber die Fleischhauerei heißt doch nur so.

– Was heißt hier *Heißtnurso*, machte Böselkraut große Wurstaugen. Hieß nicht alles so, wie es verdiente?

Aber da standen sie bereits davor. Ein durchschnittliches Haus mit Fliesen im Gesicht. Und obwohl sich Böselkraut sträubte wie ein Kindergartenkind, folgte er letztlich doch. Schließlich ging es nicht um irgendeine Angelegenheit, sondern um Knödel, seinen Hund. Wer sonst würde Tapeten essen und Fransen aus dem Teppich scheren? Wer sonst könnte die Vorhänge zerreißen und stundenlang im Abfall stochern? Nein, Knödel war durch niemand zu ersetzen. Das war er ihm schuldig.

In der Fleischhauerei lagen lauter gelangweilte Würste und Fleischstücke herum. Das Fett war übermütig, das Gewebe schlief. Schinken hingen beschäftigungslos von der Decke, ein Ventilator spielte Flugzeug und eine dicke Fleischbeschauerin schnäuzte sich in ihre Schürze. Sie sah wie aufgeblasen aus. Energiekerne surrten durch die Luft, nein Fliegen. Mein Gott, dachte Böselkraut, hier sieht es ja aus, als hätte man schon allen Dingen die Haut entzogen. Und riechen tut es rosarot.

– Haben Sie vielleicht einen hellen Hund mit Meerschaumpfeife und Sherlock-Holmes-Mütze gesehen?

– Hunde kommen mir nicht ins Geschäft, sagte die Dicke in einem ausgesprochen angefressenen Ton, während sie mit einem ausgewachsenen Messer Fleisch zerhackte. Wer weiß, was die im Schilde führt? Ihre Finger waren blutverschmiert. Um Gottes willen, war Böselkraut beunruhigt, hier geht es ja zu wie in Schularbeitenheften. Wo kam die viele rote Farbe her?

– Können Sie sich nicht erinnern, blieb Ferdinand hartnäckig. An nichts?

– Nein, war die Verkäuferin noch härter. Man müßte sie in Essigwasser einlegen. Ihre Züge waren wie geschnitzt. Ihr Gedächtnis wie ein Ast, nichts kam durch.

(Dabei war Notburga Nothnagl nur deshalb so reserviert, weil sie seit Wochen nichts von ihrem Verlobten, einem gewissen Eberhard Heizenbichler, gespürt hatte. Burgi, wie ihre Freundinnen sie nannten, war auch keineswegs so dick, wie es den Anschein hatte. Im Gegenteil, sie lebte sogar auf verhältnismäßig dünnen Beinen und hatte ein ausgesprochen zierliches Gesäß, noch nicht einmal ausladende Hüften. Wie gesagt. Lediglich zwei Brüste, die die Brüder Montgolfier, was auf deutsch übrigens soviel heißt wie golfballförmiger Berg, zu ihren Heißluftballonflügen inspiriert hätten, wenn sie nicht auch so draufgekommen wären. Diese Busen verhingen der armen Burgi wie ein verkehrt herum getragener Rucksack den Blick auf den Boden, dem sie auf dem Kopf stand. Sie stammte aus Znaim und ist nach Wien gegangen, um Schauspielerin zu werden. Um zu überleben nahm sie eine Stelle in der Fleischhauerei Grammelsohn und Söhne, in der, nebenbei sei es angeschnitten, auch Heimita Dodolak regelmäßig Fleisch für ihren Butenandt kaufte. Nirgendwo waren die Blunzen und Bratwürste so dick wie bei Grammelsohn und Söhne. Und nirgendwo waren die Wadschunken so schön durchzogen, die Innereien so fein herausgeputzt, und nirgendwo war die Bedienung so freundlich wie bei Grammelsohn und Söhne. Immer hatte der Inhaber, ein letzter Grammelsohnsohn, ein lustiges Sprüchlein parat, und immer war es anzüglich und schmeichelhaft zugleich. Das gefiel nicht nur Heimita Dodolak. Auch das Znaimer Burgfleisch ließ sich nehmen, wie es kam. Und es wurde genommen. Separat. Die Hochzeit hat der letzte Grammelsohnsohn aber nur um Wochen überlebt. Von bösen Zungen wird behauptet, der betagte Mundartdichter Grammelsohn sei in Notburgas Riesentitten erstickt. Für dieses Gerücht spricht, daß seither keine Räucherzungen mehr angeboten werden. Im Totenschein steht trotzdem Herzversagen. Neben der schlechtgehenden Fleischhauerei hinterließ er seiner Ehefrau ein ihr gewidmetes Gedicht mit dem Titel *Dicke Titten*:

De dicken Titten, de tatn,
de tatn, de Titten, de dicken,
de taten Tätä.
Tätä tatatns tun, de Titten, de dicken,
de hängan in Tee.
In Tee hängan de Duttln, de Deppen,
de kinan nichts tun als Tätä,
wans net hängen im Tee.
De Titten, de dicken, de hängen. Oje.

Dieser lyrische Erguß ihres Seligen, der damit vielleicht seine eigenen Mordwerkzeuge huldigte, ziert die weißgekalkte Wand über dem ehelichen Doppelbett, für dessen Sozius sich Notburga Nothnagl-Grammelsohn nichts sehnlicher wünscht als die starke Oberkörperschaft von Eberhard Heizenbichler, der jedoch wie vom Erdboden verschluckt ist. Wie gesagt. Und da, dachte sich Burgi, wundern sich die Menschen, wenn man unfreundlich ist.)

Also verließen Böselkraut und Ferdinand die Fleischhauerei, ohne einen Fortschritt gemacht zu haben. Dennoch gut, war Böselkraut erleichtert, bevor die es sich anders überlegt und uns weichklopft. Er hatte noch nicht zu Ende gedacht, da rief Ferdinand bereits in einen Bus: Haben vielleicht Sie Punktpunktpunkt?

– Hunde dürfen bei mir nicht mit. Bellen während der Fahrt ist untersagt, kam es aus dem Bus zurück. Aber ich glaube, so ein Köter ist mir schon einmal über den Weg gelaufen.

– Wie? Wo? Wann? Ferdinands Ohren wurden spitz wie Bleistiftminen.

– Das weiß ich nicht, da laufen mir zu viele vor die Räder. Der Bus blinzelte. Nein, er öffnete nun auch sein linkes Auge, mehrere Menschen tränten heraus. Na so etwas?

(Klemens Kletzenklecker, Rochus Rumpelpumpel, die Gefängnispsychologin Jodoka Jung, Winifred Severin, Anton Dauni und viele mehr.)

– Scheinbar bringt diese Bratpfanne die Menschen auf die Welt, überlegte Böselkraut und klappte seine Stirn in Ziehharmonikafalten. Sie werden direkt im Himmel eingesammelt und zu ihrem Bestimmungsort kutschiert.

– Blödsinn, sagte Ferdinand. So etwas Dummes habe ich noch nie gehört. Das ist ein Autobus.

– Was für ein Kurzschluß?

– Ein Fahrzeug, mit dem man für Geld von A nach B kommt. Eine nützliche Einrichtung für Kinder, Pensionisten und Leute, die sich kein Auto leisten können.

Böselkraut, der weder nach A oder B wollte, noch wußte, was Autos sind, glaubte, daß sich Ferdinand da wieder einmal einen Schwatz hatte aufbären lassen. Jedes Kind wußte doch, daß die Kinder vom Storch gebracht wurden. Und heutzutage wird das eben von diesen Bratpfannen erledigt. So spart man sich den frischen Kindsgeruch, kommen sie gleich aufgetaut und vorgewärmt in diese Welt. Das erklärt die vielen arbeitslosen Störche. So riecht Logik. Aber scheinbar ist der arme Ferdinand noch nicht aufgeklärt. Seine Phantasie blüht wie in einem Treibhaus. So naiv und schon ein Kind. Das kommt davon, wenn man in Erdkunde nicht aufpaßt.

Die Landschaft war endlos im Fratzenschneiden, auch die Lämmerwolken hatten sich vermehrt. Der Himmel war schon ganz bedeckt.

– Eigenartig. Das Licht kommt nicht mehr weg, und dennoch wirkt es ganz verschrumpelt.

– Aber das Licht wird doch von der Sonne produziert.

– Im Dunkeln? Das glaube ich aber nicht. Wie käme es denn durch die Wolkendecke durch? Ein Motorrad heulte auf, Hunde heulten mit, und das rote Mädchen saß auf einer Bank.

– Vielleicht war Knödel auch im Supermarkt, sinnierte Ferdinand. Schließlich gibt es im Supermarkt nicht nur alles, sondern auch Knochen, Knödelbrot und Kaufhausdetektive. Warum soll es nicht auch Kaufhausdetektivhunde geben?

– Das ist gut möglich, nickte Böselkraut wie ein Nußknacker, schließlich habe ich ihn gebeten, Blumenerde zu kaufen.

– Das hättest du aber auch gleich sagen können. Ferdinand wollte sich an den Kopf greifen, doch da bogen Plimm und Plumm um die Ecke. Der kleine Junge blickte seine beiden Lieblinge so verzaubert an, daß ihm die Hunde, die sie hinter sich herzogen, gar nicht auffielen.

– Wenn wir genügend beisammen haben, sagte Plumm, bringen wir sie nach Hundsburg.

– Immer lassen wir uns die dümmste Arbeit anhängen, murrte Plimm und sah verächtlich auf den Hundestrudel, der widerwillig hinterhertrottete.

(Trotz ihres unterschiedlichen Wuchses waren Knie und Krumpöck Brüder. Scharff wollten beide nicht heißen, also überlegten sie sich Künstlernamen, Pseudonyme. Als Knie und Krumpöck konnte man politische Karriere machen, waren beide überzeugt. Und wenn nicht sie, wer dann? Sie konnten sich artikulieren, stellten etwas dar und hatten Ansichten. Ansichten, die nicht zu verbildet und zu eigen waren, Ansichten, die man verstehen konnte, weil sie sie auch selbst verstanden und, ja, sogar vertreten konnten. Ansichten, zu denen man stehen konnte. Etwas Handfestes. Und Knie und Krumpöck hatten alles gern im Griff, sie waren gefallsüchtig, die Augenweide ihrer Mutter, liebten es, wenn man ihnen applaudierte, gratulierte, auf die Schulter klopfte. Das hatten sie verdient. So war es auch der schönste Augenblick in ihrem Leben, als sie nach der erfolgreich geschlagenen Bezirkswahl, bei der ihre Partei zweikommazwei Prozentpunkte zulegen konnte und somit nullkommaeinen Prozentpunkt über dem Bundesdurchschnitt lag, ein Telegramm ihres Parteiführers Justus Eierlein erhielten, worin er ihnen persönlich gratulierte. Herausragend hatte er geschrieben, das hatten sie sich unterstrichen. Herausragend.

Aber was wird er erst schreiben, wenn sie das Parteibudget mit 70 Millionen bereichern? So viele Superlative werden ihm gar nicht einfallen, er wird sie gleich in eine leitende Position hieven müssen, in eine Position direkt unter ihm. Quasi in seine politischen Schildträger wird er sie verwandeln müssen, mindestens. Und sie werden süffisant lächeln und der johlenden Menge zuzwinkern, daß man sofort erkennt, was für Ansichten die beiden mitbringen. Ansichten, die nicht verbildet und nicht zu eigen sind, Ansichten, die man verstehen kann, weil sie sie auch selbst verstehen und, ja, sogar vertreten konnten. Ansichten, zu denen man stehen konnte. Etwas Handfestes. Und über kurz oder lang werden sie auch Justus Eierlein von der Spitze drängen, ja wird er selbst froh sein, ihnen Platz machen zu dürfen, weil man Leuten mit solchen Ansichten nicht im Weg zu stehen hat. Die ganze Partei wird darauf drängen, Knie und Krumpöck zu den neuen Führern zu erheben, die ganze Partei wird ihnen über kurz oder lang zu Füßen liegen. Vor solchen Ansichten wirft sich jedermann zu Boden. Und so kann es auch nur eine Frage der Zeit sein, bis diese Ansichten auch das restliche Land in die Knie zwingt. Sogar die stärkste Opposition wird davor erblassen. Selbst die traditionell schärfsten Gegner werden glücklich sein, sich diesen Ansichten anschließen zu dürfen. So wird zu Füßen von Knie und Krumpöck das ganze Land im Gleichklang dieser Ansichten marschieren, ein riesiges Heer von Soldaten der Ansicht wird sich bilden und die ganze Welt daran teilhaben lassen. Von Feuerland bis zum Nordpol, von Franzjosefsland bis zum Südpol, von Abu Dabi bis Zypern, von Kautschukistan bis Ampfelwang, von Tansania bis zum Leopoldsberg – überall wird man Denkmäler von Knie und Krumpöck errichten. Schulen, Straßenzüge, Siedlungen, Städte, Fabriken, Automarken, alles wird man nach ihnen benennen. Sogar der hervorragenden Mutter dieser Ansichten wird man Erholungsheime widmen, Hotels und Gasthöfe werden alle zur Huscher heißen, Mutter der Ansichten, und jeder Gerätehändler wird sich in die Tradition der Scharffs stellen wollen. Elektrotechnische Schulen werden nur mehr Rudolf-Scharff-Schulen heißen, Vater der Ansichten. Das waren vielleicht Aussichten. Aber vorerst galt es diesen Schablonski zu überzeugen. Was bleibt ihm anderes übrig? Vor diesen Ansichten kann sich auch ein Schablonski nicht verschließen.

Diesem freilich waren beide nicht sympathisch. Schon die Tatsache, daß sie weder rauchten noch tranken und auch sonst kein Laster hatten, ja noch nicht einmal gerne aßen, war ihm zuwider. Da sie gesund bleiben wollten, stopften sie Unmengen rohen Knoblauch in sich rein und rochen dementsprechend, wodurch alle versuchten, sie möglichst auf Distanz zu halten. Ihrer Ansicht nach war das Respekt. Einzig der Gewichtheber Eberhard, selbst ein leidenschaftlicher Knoblauch-Bohnensalatesser, vertrug auch ihre Nähe. Schablonski aber, der zwischen den einzelnen Süchten schwankte, mal mehr dem Alkohol verfiel, dann wieder fraß und unablässig rauchte, bis er eine neue Krankheit fühlte, Diät lebte, sich aber dafür nicht bewegte, zu schreiben beginnen wollte, dazu Haschisch nahm, womit ihm gar nichts einfiel, er in eine Depression geriet, joggen ging und Schokolade fraß undsoweiter – dieser Schablonski also, der immer freundlich war, und aufgrund dieser ihm angeborenen Freundlichkeit auch nicht nein sagen konnte, sich aus Höflichkeit sogar die völlig vertrottelten sogenannten Ansichten dieser Hohlköpfe anhörte, hatte nicht die geringste Absicht, ihre verschrobenen politischen Ideen auch bloß mit einem einzigen löchrigen Groschen zu fördern. Ja nicht einmal mit einem Augenzwinkern. Das freilich wußten Knie und Krumpöck nicht, ahnten es aber und stellten bereits Ansichten auf, an Schablonski vorbei zu seinem Geld zu kommen. Das war ihrer Ansicht nach unvermeidbar.)

– Was hecken diese Hanswürste schon wieder aus? Böselkraut blickte ihnen mürrisch hinterher. Seine Augenbrauen schoben sich zusammen.

– Die planen sicher eine Tiernummer, freute sich Ferdinand. Ums Herz wurde ihm warm und seine Zähne bissen in die Unterlippe.

(*Keine Klangwiederholung! Keine Ausdrucksverdoppelung!*)

Wenig später standen Böselkraut und Ferdinand vor einem häßlichen Betonwürfel, der mit der Aufschrift *Supermarkt* maskiert war. Das sieht aus wie ein Katzenklo, dem jemand ein Papphütchen aufgesetzt hat. Am Eingang standen armselige, ineinandergefaltete Kinderwägen. Gegen ein Geldstück konnte man sie sich ausborgen. Aber da unsere Helden nur eine Auskunft wollten und keine Kleinkinder im Gepäck hatten, brauchten sie die nicht. Sie streckten ihre Brust raus und gingen durch einen Glasmund und ein Drehkreuz. Schon standen sie inmitten eines Labyrinths.

– Hier gibt es wirklich alles, wußte Ferdinand.

– Das wird sich noch zeigen. Aussehen tut es jedenfalls wie in der Geisterbahn. Beiläufig öffnete Böselkraut einen Sack, auf dem Kekse abgebildet waren. Tatsächlich waren auch welche drinnen. Allerdings viel häßlichere als die abgebildeten. Donnerwetter. Er wollte bereits überprüfen, ob sich auch unter anderen Verpackungen das Abgebildete verbarg, als ihn Ferdinand darüber aufklärte, daß man aufgerissene Dinge auch bezahlen müßte. Kontrolle kostet Geld.

– Und du glaubst nicht, daß diese Lebensmittel gefälscht sind?

– Nein!

– Gibt es auch Libellen, Tannenzapfen, Marmeladeblätter und Ameiseneiter?

– Bestimmt!

– Zarenzehennägel und Tyrannen? Schreckschrauben? Feudalisten?

– Sicher!

Eine Horde Mensch schob Wägelchen vor sich her, um sie mit allerlei Hauptwörtern zu füllen. Weizenmehl, Dosenbier, Konservenfisch. Das ganze Lexikon war hier versammelt. Eine unsichtbare Hausfrau, die scheinbar an der Decke klebte, verteilte Ratschläge: Gönnen Sie sich etwas. Kaufen Sie sich den neuen Bierwärmer, und. Und sofort stürzte Böselkraut los, den Bierwärmer zu finden.

– Bananenpudding im Sonderangebot, sagte die Unsichtbare. Und Böselkraut vergaß den Bierwärmer und eilte schnurstracks in die Obstabteilung. Bevor er aber den Bananenpudding finden konnte, wurde ihm auch schon empfohlen, Damenunterwäsche zu kaufen. Er rannte los. Als er sie gefunden hatte, konnte er sich aber nicht so recht entscheiden, wozu sie zu gebrauchen war. Als Hängematte für Kamelkinder? Konnte man damit Hühner fangen? Oder wird sie benutzt, um Aquarien zu verdunkeln? Vielleicht auch als Winterkleidung für Sparschweine? Als Schaukelstuhl für Kanarienvögel? Ohrenschützer? Da hatte ihn Ferdinand wieder eingeholt.

– Nimm sofort den Büstenhalter vom Kopf, du machst ja alle Leute auf uns aufmerksam. Böselkrauts Schultern zuckten.

– Wieso? Die Hausfrau an der Decke gibt mir doch dauernd Befehle.

– Aber das ist doch bloß Werbung.

– Ist Werbung gefährlich?

– Ja.

– Warum läuft sie dann frei herum?

– Vergiß es.

– Vergiß du es für mich.

– Das geht nicht. Außerdem wollen wir doch deinen Hund Knödel finden.

– Das ist natürlich auch richtig.

Also überfielen sie eine Verkäuferin, die gerade kleine Zahlenkolonnen auf diverse Gegenstände stempelte.

– Himmel, Hölle, Naßrasur! Was machen Sie denn da, wurde sie von Böselkraut angepfaucht. Er glaubte, daß die Verkäuferin die armen Gegenstände belästigte. Gegenstände ertrugen ohnehin zuviel. Sie sind zu gutmütig, können sich nicht wehren.

Als sich die Angestellte nur verdutzt umdrehte, wurde sie gleich von Ferdinand gefragt, ob sie einen Hund mit Pfeife und Sherlock-Holmes-Kappe gesehen hätte. Knödel hieß er. Was? Die Verkäuferin war verwirrt. Ihre Augen rollten wie Roulettekugeln. Ihre Nüstern pfauchten wie bei einem Maultier. Und da sie sich nicht anders zu helfen wußte, schrie sie nach dem Geschäftsführer. So eine Petze. Wenig später kam er angetrabt. Gebügelte Krawatte, Schnittlauchhaar, hochhausgroß.

– Was ist denn hier los, hatte der Filialleiter gleich eine Frage mitgebracht.

– Diese beiden Verrückten stören die Geschäftsordnung, stammelte die verstörte Verkäuferin.

– Wir verrücken überhaupt nichts. Böselkraut gähnte.

– Das lassen Sie unsere Sorge sein, konterte der Hochaufgeschossene, der ein Paar außergewöhnlich große Ohren besaß. Was haben sie ausgefressen?

– Na ja.

– Apropos.

– Aber wir wollen doch nur wissen, ob hier jemand einen dicken Hund mit Punktpunktpunkt gesehen hat?

– Einen Hund mit Punktpunktpunkt? Tatsächlich konnte sich die Bohnenstange von Geschäftsführer erinnern, einen solchen gesehen zu haben. Seine großen Ohren glänzten violett wie überreife Pflaumen. Gleich fallen sie ihm ab.

– Der hat doch gestern einen Sack Blumenerde gekauft, murmelte er herablassend von oben herunter.

– Gestern. Und sonst?

– Woran soll ich mich denn noch erinnern? Ich lasse mich hier doch nicht auslöffeln wie ein Glas Kirschkompott, blieb der lange Lulatsch distanziert. Er hatte ohnehin schon zuviel gesagt. Wo blieb da die Diskretion? Die Welt ist mit Freundlichkeit verseucht.

– Also dann, vielen Dank für Ihre freundschaftliche Auskunft, schüttelte Böselkraut dem Riesen und der Verkäuferin die Hand.

Die Kaufhausangestellten waren froh, die beiden Störenfriede wieder los zu sein. Die großen Ohren des Geschäftsführers wurden wieder rosa wie ein Regenwurm.

– Wir sind doch kein Auskunftsbüro. Indiskretion verursachte ihm Brechreiz.

(Stellen wir fest, was Sie vermuten: Der Geschäftsführer und die Verkäuferin sind Randfiguren. Handlanger. Weder in dieser Geschichte noch sonstwo ist ihnen eine Rolle zugedacht. Sie sind Staffage, leidenschaftslose Wähler der Dumpf- und Stampfpartei Eierleins, der späteren Ansichtspartei von Knie und Krumpöck. Der Geschäftsführer Blasius Vorzellner stammt aus Ebreichsdorf, hat eine Vorstellung gehabt und ist durch die Vermittlung eines Türstehers der katholischen Jungschar beigetreten. Da daher seine erste Freundin Nada prompt befruchtet worden ist, muß er heute fünf Kindern und der Frau vorstehen, was mit dem schmalen Geschäftsführersalär unmöglich anzustellen ist. Das stelle man sich vor. Selbst stellt er sich als einen in der Einsteinschen Tradition steckenden verkannten einheimischen Erfinder vor, dem bloß der potente Geldgeber noch fehlt. Er stellt sich vor, wie er auf Kongresse eingeladen und als bahnbrechender Schrittmacher seiner Zeit gefeiert wird. Ein Freund hat ihm von dem verrückten Dichter erzählt, der einem sinnvollen Projekt eine Millionenerbschaft stiften will, Küchenschab heißt er, oder so ähnlich. Jedenfalls will er sich dem vorstellen und ihm von seiner richtungweisenden Idee erzählen, dem vollautomatisierten Supermarkt, bis ins Detail geplant, gezeichnet und durchdacht. – Selbstverständlich eine Schnapsidee. Aber jeder hat so seine Vorstellungen. Wir können uns schon denken, daß er damit bei Schablonski keine offene Tür einrennt, und ehe er es sich versieht wieder vor die selbige gesetzt wird. Eben eine Randfigur. Eine, die in mehreren Jahren Amok laufen wollen wird, aber schon beim Versuch dazu erschossen ist. Vielleicht fällt ihm auch einfach ein Vorschlaghammer auf den Kopf? Oder er rennt gegen einen dumm vorstehenden

Pfosten. Eben eine Randfigur, deren nichtssagende Existenz höchstens von der ihm zur Seite gestellten Verkäuferin noch überboten wird. Das stelle man sich vor.

Scholastika Meier, die in letzter Zeit große Lust auf Essiggurken verspürte, war eine große Verehrerin des Schlagersängers Angelo Bicchio, was auf deutsch soviel heißt wie Engelbert Bichler. Von diesem hatte sie nicht nur sämtliche Tonträger, Videobänder und Fanartikel – vom Nachttopf bis zum Thermophor, sondern sogar zwei von ihm persönlich getragene Winterfäustlinge, die sie wie das Turiner Grabtuch hütete. Selbstverständlich war Scholastika ihrem Bichler auch auf allen Konzert-Tourneen hinterhergereist, hatte einen Bicchio-Fanklub gegründet, ihn quasi im Alleingang wöchentlich in die Hitparaden gewählt und für all diese Gottesdienste ihr gesamtes Erbteil aufgebraucht. Einmal gelang es ihr, dem Bichler so nahe zu kommen, daß sie seinen warmen Atem schmecken konnte. Es war heißer, scharf nach Zwiebel und Kaugummi riechender Brodem, ein Duft, den sie nie vergessen wird, den sie sich nachts vor dem Einschlafen um die Wange streicheln läßt, der ihr Stinki, Stinki ins Ohr flüstert, bevor er mit einer dichtbehaarten Hand sie streichelt, sie ganz in Besitz nimmt, wie auch alle Klöster von den Engeln in Besitz genommen worden sind, so wird auch Scholastika von ihrem Engelbert genommen werden. Er wird seine friaulischen Ausdünstungen in sie hineinschwitzen, die sie mit ihrer burgenländischen Trockenheit umschließen wird, wie Erde einen Keimling oder der falsche Hase die Essiggurkerln, harten Eier. Und er wird ihr mit diesem feuchten Zwiebel-Minz-Gemisch Stinki, Stinki ins Ohr flüstern, und wird ihr mit seinen rußschwarzen Händen durchs Haar fahren, Stinki, Stinki, und seinen ganzen Bichlerkörper in die Scholastik legen, sie mit seiner Engelsgeduld umschließen, seine mit Südländertum belegte Zunge in ihrem frischen Pusta-Mund parken und ihr ganz gehören. Stinki, Stinki. Dann wird er sie neben sich in sein offenes Auto setzen und wird ihr alle die Plätze zeigen, wo die Reichen und Schönen verkehren, und alle Reichen und Schönen werden sich nach dem dottergelben Cabriolet umdrehen und werden sich mit ihnen freuen. Da werden die erfolgreichen Politiker Knie und Krumpöck stehen, mit einem blauen Seidentuch in ihrer Brusttasche und Caroline Huscher im Arm, der Erfinder Blasius Vorzellner wird mit einem Bündel frischer Patente wacheln, Notburga Nothnagl-Grammelsohn wird begeistert mit ihren Ballons klatschen, die erfolgreichen Schriftsteller Schablonski und Alois werden nonchalant lächeln, ebenso der apostolische Nuntius Eberhard Heizenbichler, der in der Gastronomie- und Hinterzimmerbranche erfolgsverwöhnte Tassilo Feuerzangenbowle, der gemeinsam mit Rudolf Scharff und einer jungen Person namens Kummernus flaniert, und viele viele andere. Und vor allen diesen Schönen und Reichen wird der berühmte Engelbert Bicchio seine Stinki, Stinki küssen, und alle werden *Klitori, Klitora, die G-Punkterl sind da* intonieren und applaudieren, und gar nicht mehr aufhören zu applaudieren, so daß auch Engelbert nicht auhören kann, seine Stinki, Stinki zu küssen, er wird gar nicht mehr auf die Straße sehen können, aber er hält das Lenkrad fest in der Hand, es ist die Straße, die holprig ist, es ist die Begeisterung, die schreit, es sind die neidischen Konkurrentinnen, die Hilfe kreischen, mit einem dumpfen Knall in Ohnmacht fallen, es sind Erdbeeren, die sich auf ihre Kleider werfen, auch wenn sie nach Blut schmecken. Blut? Und Scholastika reißt die Augen auf und sieht, daß

Engelbert die Kontrolle über das Fahrzeug verloren hat und in die schöne Gruppe der Gratulanten gerast ist, die nun ganz niedergemäht und zerfetzt nur noch in Einzelteilen erkennbar ist. Aber da ist auch schon die Rettung zu hören, die diesen Unrat aufklauben wird, bloß der Ton, warum hört denn der Ton nicht auf. Ob schon die Polizei kommt? Und sie öffnet abermals die Augen und sieht, daß ihr Handy, ja ihr Handy läutet. Ja? Hallo? Es ist der Manager von Engelbert Bichler, der sie im Namen seines Klienten bittet, die tägliche Fanpost nicht zu übertreiben. Und wenn sie es nicht unterläßt, ihm wöchentlich ein Aktphoto zu senden, wird ihm, dem Manager, nichts übrigbleiben, als sie, die Scholastika Meier, anzuzeigen. Man wird sie, droht er, wegen quälender Aufdringlichkeit vor Gericht stellen, die Zeitungen werden über sie schreiben, er sieht schon die Schlagzeilen: Der Quälgeist unseres Angelos. Tutut. Aufgelegt! Frechheit. Das ihr, der einzig wirklichen Anhängerin Bicchios. Ihr, der einzigen, die ihn versteht.)

– Knödel war also hier und hat Blumenerde gekauft, ordnete Ferdinand die Fakten. Das bedeutet, daß er nicht freiwillig fortgeblieben ist.

– Wieso, fragte Böselkraut, der sich mittlerweile in einer langen Warteschlange eingereiht hatte. Die Menschen vor ihm hielten alle einen Bierwärmer, Bananenpudding und Damenunterwäsche in der Hand.

– Wenn er einen Sack Blumenerde gekauft hat, deutet alles darauf hin, daß er ihn auch nach Hause bringen wollte.

– Das leuchtet ein.

– Das heißt, Knödel hat seine Meinung geändert, oder.

– Oder was, fiel ihm Böselkraut ins Wort.

– Oder es ist ihm etwas zugestoßen.

– Das ist ja entsetzlich. Aber was kann ihm denn zugestoßen sein? Ein Dickkopf? Eine Ehefrau? Gar ein Garaus?

– In jedem Fall müssen wir dem nachgehen, brachte Ferdinand die Sache auf den Punkt.

– Ob uns dieser Punkt weiterhilft? Ist er ein springender?

– Warum stehen wir in der Schlange, wenn wir gar nichts kaufen?

– Ja, warum kaufen wir nichts? Wie wäre es mit einem Bierwärmer, Bananenpudding –.

Aber irgend etwas zwingt einen ja immer zum Weitermachen. Und Vordrängeln ist auch schön. Also gingen sie an den ordentlich aufgefädelten Einkäufern vorbei, stiegen über eine geschlossene Kasse und verließen den häßlichen, mit *Supermarkt* verzierten Betonklotz. Und wer bezahlt die aufgerissene Kekspackung? Aber da war es schon zu spät.

– Puhh, diese vielen Leute, stöhnte Ferdinand, obwohl er selbstverständlich wußte, daß Leute von Haus aus viele waren.

– Puhh, diese vielen Dinge, stöhnte Böselkraut. Und alle gibt es gleich hundertzweiundfünfzigtausendvierhundertdreiunddreißigmal. Dabei dachte ich immer, daß alles und jedes nur ein einziges Mal existieren kann. Aber da es scheinbar auch hundertzweiundfünfzigtausendvierhundertdreiunddreißig Böselkrauts gab, warum sollte es da nicht auch hundertzweiundfünfzigtausendvierhundertdreiunddreißig Kondensmilchdosen und ebenso viele Erbsenbüchsen geben. Gar nicht zu reden von den Milchpackungen und Streichholzschachteln.

– Warum sprichst du immer von hundertzweiundfünfzigtausendvierhundertdreiunddreißig, blickte Ferdinand streng über die Ränder seiner Brille.

– Na, weil das die höchste Zahl ist, die es gibt.

– Hundertzweiundfünfzigtausendvierhundertdreiunddreißig?

– Nein, Volles Haus?

– Volles Haus? Du meinst unendlich?

– Nein, ich meine hundertzweiundfünfzigtausendvierhundertdreiunddreißig. Das ist die höchste Zahl, eine höhere lebt nicht.

– Wie? Wer? Was? Moment. Es gibt doch auch viel höhere Zahlen, bohrte Ferdinand nun in der Nase, als ob dort eine zu finden wäre.

– Die sind erfunden.

– Was heißt erfunden? Es gibt doch auch unendlich viele Sterne.

– Sicher nicht mehr als hundertzweiundfünfzigtausendvierhundertdreiunddreißig.

– Und was ist mit der Erde? Die existiert doch schon seit Millionen von Jahren.

– Und woher willst du das wissen?

– Na, weil ich es in der Schule gelernt habe, kratzte sich Ferdinand nun an der Lippe. Sicher verspeist er seinen Nasenmann, dachte sich Böselkraut und sagte: Ich habe immer gelernt, daß die Erde erst seit meiner Geburt existiert.

– Aber das ist falsch.

– Wieso? Ich habe das doch selbst gelernt. Da kann es doch nicht falsch sein. Böselkraut ließ sich nicht aus der Ruhe bringen. Sie hüllte ihn ein wie Rinde einen Baum, fest und zuverlässig. Ferdinand überlegte. Ferdinand dachte nach und kramte in seinem Hirnkasten. Er wollte die Rinde aufbrechen, bohren, sägen, einen Zugang finden. Tausend Dinge gingen in ihm vor. Er wühlte, durchforstete und rechnete. Endlich fand er auch ein Argument. Es war noch nüchtern.

– Natürlich, sagte er. Wenn es wirklich keine höhere Zahl gibt als dein Volles Haus, was ist dann, wenn man hundertzweiundfünfzigtausendvierhundertdreiunddreißig und hundertzweiundfünfzigtausendvierhundertdreiunddreißig zusammenzählt. Dann hat man doch zwei Volle Häuser, also eine doppelt so große Zahl. 304 866. Oder nicht? Das Argument war stolz auf sich. Es blies sich auf, war überzeugt, den Baum zu Fall zu bringen.

– Nein, erstens kann man das nicht aussprechen, und zweitens hat man immer noch ein Volles Haus, weil es darüber hinaus nichts gibt. Mehr als hundertzweiundfünfzigtausendvierhundertdreiunddreißig gibt es nicht. Auch nicht für dich. Oder es ist erlogen. Begreifst du das? Hast du nicht auch manchmal das Gefühl, daß da draußen etwas ist. Etwas, das nur eine Zahl enthüllen kann? 152 433. Es existieren höchstens hundertzweiundfünfzigtausendvierhundertdreiunddreißig Grashalme, bestenfalls ebenso viele Sommersprossen und auch nicht mehr Sandkörner. Alles andere ist ausgedacht. Von der Null will ich gar nicht reden, von den negativen Zahlen. Und du willst das verstehen? Du, der du noch nicht einmal weißt, wie groß Pi ist? Da gab Ferdinand auf und ließ seinen Blick wandern. Das Argument machte einen tiefen Seufzer. So ein sturer Hund. Dafür hatten sich die Wolken verzogen. Die Sonne sah beinahe aus wie immer, nur etwas kleiner. Glattgeschmirgelt war der Himmel. Spatzen saßen wie Musiknoten in den Stromleitern, fix, fertig und parat.

– Weshalb läßt du deinen Blick hier spazierengehen? Brauchst du ihn nicht mehr? Ist er zuwenig kritisch?

– Vielleicht entdeckt er etwas.

– Was soll er entdecken? So etwas wie Amerika oder das Eulersche Gesetz?

– Nein, natürlich eine Spur.

– Wie schaut so eine Spur denn aus? Wie Spurt ohne T? Singapur ohne Sänger? Salzburg ohne Geiz? Und spurt sie auch? Wenn ja, wieviel?

– Das weiß ich doch nicht, murrte Ferdinand, und sah streng über die Ränder seiner Brille.

– Aber wie kann man etwas suchen, von dem man gar nicht weiß, wie es ausschaut? Böselkraut war entsetzt, wie ungeschickt sein klug dreinblickender Freund an diese ernste Sache heranging. Das ist kein Benehmen. Keine Ahnung haben, aber groß reden.

Diese Ratschläge halfen aber auch nicht weiter. Ferdinands Blick kam mit leeren Händen zurück. Weder von Knödel noch von der Blumenerde hatte er eine Spur entdeckt. Bloß das rote Mädchen hatte er gesehen, einen Lolli im Mund, saftige Augen und ein süßes Stupsnäschen. Bisquitgeruch. Aber Mädchen sind blöd. Man kann sich nur in sie verlieben. Sonst sind sie zu nichts gut. Das ist zuwenig.

– Vielleicht gehen wir in den Park. Falls wir dort auch nichts finden, bin ich mit meiner Weisheit am Ende, sehe schwarz. Böselkraut willigte ein. Wie gewohnt begrüßte er die ihm bekannten Häuser, die Tauben und die Hilfeschreie. Niemand grüßte ihn zurück. Aus dem Loch in der Atmosphäre kam anständige Wärme. Gut, daß diese Sonne klein wie ein Fingernagel ist, sonst würden wir bei hellichtem Tag verdunsten. Gut war auch, daß sich im Park die Bäume eingemietet hatten, und erst die Schatten, die aus ihnen wuchsen. Alles duftete, verduftete. Wann war das aufgebraucht? Aber warum hieß der Park eigentlich Park? Was unterschied ihn denn von einem Parkinson, einem Parkett oder Parcours? Soll da noch Ordnung sein? Sogar die Blumen hießen sonderbar: Hundszunge, Katzenpfötchen, Kälberkopf. Bärenohr, Hahnenfuß und Wolfsmilch? Wie kamen sie dazu?

– Was sollen denn das für Blumen sein, rätselte Ferdinand. Sicher verzapft sein Freund wieder Unsinn. Dieser Böselkraut ist ein unmöglicher Mensch, man muß sich bloß seine knorpeligen Beine ansehen. Aber Blumen sind genauso spannend wie Tapetenmuster, Teesorten oder Kußszenen in Piratenfilmen. Dafür waren die Maulwurfshügel interessant. Auch die Erde brauchte eine freie Sicht. Wie einäugige faschierte Leibchen sahen diese Warzen aus der Erde aus. Widerlich.

Kinder verschenkten ihren angesparten Lärm. Sie konnten nichts für sich behalten.

– Ene mene muh, und weg bist du.

– Wie lange ist eigentlich die Lebensdauer von so einer Kindheit?

Manchen waren Rollen unter den Fußsohlen gewachsen, anderen Eisengestelle mit Rädern im Gesäß. Sonderbare Einfälle, dachte Böselkraut hinter geröteten Backen. Röter als Hagebuttentee. Auch die Natur besteht aus Zeitvertreib.

– Das sind Rollschuhe und Fahrräder, belehrte Ferdinand.

– Was du nicht sagst.

Manche Kinder, die weder Rollschuhe noch Fahrräder waren, traten unentwegt auf ein armes rundes Lederwesen ein. Die sind gemein. Nur weil sie nicht wie die anderen rollen können, treten sie nach dieser Kreatur. Kinder sind aus Gemeinheiten zusammengesetzt.

– Die spielen doch Fußball, das ist Sport.

– Sport? Was du nicht sagst.

Menschen, die auf den Autobus in Richtung Himmel warteten, zogen an brennenden Stäbchen und fraßen Buchstaben aus fettigem Papier.

– Das sind Raucher und Zeitungsleser.

– Was du alles sagst? Jetzt reicht es aber. So viel Wissen schadet nur. Sie setzten sich auf eine grünlackierte Bank. Die Farbe blätterte wie Lesebuch.

– Dürfen wir uns hier einfach einen Platz stehlen? Ist das erlaubt?

– Aber natürlich, nickte Ferdinand.

– Und behalten?

– Solange wir wollen.

– Wenn das so ist, behalte ich ihn für alle zukünftigen hundertzweiundfünfzigtausendvierhundertdreiunddreißig Jahre. Und wenn ich eines Tages rückwärts in den Himmel fahre, jauchzte Böselkraut, stecke ich ihn mir in eine Tasche und nehme ihn gleich mit – zum Platz-da-Brüllen.

– Das geht nicht!

– Da haben wir es wieder, war Böselkraut enttäuscht. Zuerst heißt es, solange wir wollen, und darauf folgt, das geht nicht. Das ist typisch.

– Das geht aber wirklich nicht, mischte sich auch noch eine helle, luftige Stimme ein.

– Aber einen brauchen wir noch, rieb sich eine dunkle, erdige Stimme dazu. Was ist denn das für ein Durcheinander? Zugehen tut es wie in einer Fleckerlspeise. Riechen tut es nach Knoblauch, nach Ansicht sieht es aus.

– Und ich sage, wir haben schon genug, beharrte die helle.

– Und ich sage, einen müssen wir noch fangen, widersprach die dunkle.

Als sich Böselkraut umdrehte, um zu sehen, wer diesen Mischmasch anrichtete, sah er einen Menschen mit vier Beinen. Nein, es waren zwei und zwei. Die Kochlöffelgesichter, die ein ganzes Rudel Hunde hinter sich herzogen. Aus wie vielen besteht ein Rudolf?

Da sind ja Plimm und Plumm, strahlte Ferdinand. Vor Freude bildete sich Wasser in seinen Augen. Tränen purzelten in die Tiefe, zersprangen. Die sind sicher dabei, eine Hundenummer einzustudieren.

– Die und studieren? Klimbim. Die sind nur dabei, wenn wo Unfug abgezapft wird, murrte Böselkraut. Mir können die gestohlen bleiben. Genau wie der Hundestrudel, den sie sich da zusammengefangen haben.

(Ich, war Krumpöck überzeugt, bin der Gescheitere, der moralisch Integere, der Bessere schlechthin, schließlich bin ich der Erstgeborene, fahre nicht jedes Wochenende nach Mistelbach und gehe zu Ludmilla Locher. Ich bin das Gehirn, die Planung, die Idee, er ist bloß Mitläufer, der Zweitversuch.

Der, war Knie sich sicher, ist der Prototyp, der erste, fehlerhafte Anlauf, ich die Perfektion. Vollendung. Er wollte sich umoperieren lassen, sprach deswegen schon mit einer Chirurgin namens Fini Flicker, er ist Imperfekt. Ich bin die Gegenwart, die Zukunft gar. Er ist Vergangenheit. Ich komme noch.)

– Was, fuhr ein Blitz durch Ferdinand.

– Was was, konnte Böselkraut an diesem verlorenen Wort nichts finden. Du sollst in ganzen Sätzen sprechen. Donnerwetter! Aber Ferdinand zitterte. Sein Mund war weit offen und wollte sich partout nicht schließen – als hätten sich sein Ober- und Unterkiefer gröber zerstritten. Hatte er die beiden Clowns nicht auch bei den Zirkuswägen gehört, sie vor dem Supermarkt gesehen? Und sollte es wirklich sein, wie es schien? Waren die beiden tatsächlich damit beschäftigt, Hunde zu stehlen? Sollten seine Lieblinge einer Hundeschieberbande angehören? Konnte das die Wahrheit sein? Er war in Schweiß gebadet, sein ganzer Körper zitterte. Das wäre ja entsetzlich. Nicht auszudenken wäre das. Dem war nachzugehen. Ferdinand sprang auf und lief den beiden hinterher. Zu seinem Entsetzen mußte er aber schon bald feststellen, daß er zuviel Zeit mit Nachdenken und Schwitzen verbraucht hatte. Plimm und Plumm waren verschwunden. Sie hatten ihre Zeit klüger genützt. Ganz außer Atem kehrte Ferdinand zu Böselkraut zurück. Seine Kiefer vertrugen sich noch immer nicht, wollten miteinander nichts zu schaffen haben. Einem Mauseloch ähnelte sein Mund. Der Atem wurde hin und her geschubst.

– Was ist in dich gefahren?

– Mir ist jetzt einiges klar. Die Spaßmacher sind Hundefänger. Und ich vermute, daß sie in aller Wahrscheinlichkeit auch Knödel gekidnappt haben.

– Verkehrt! In aller Wahrscheinlichkeit bestimmt nicht. In solchen Gasthäusern verkehrt mein Hund nicht, der geht nur zum Storchen.

– Storchen? Du meinst Schnarchen?

– Ich meine den Gasthof zum Storchen. Böselkraut stelzte. Aber das war nicht entscheidend. Entscheidend war, daß diese Komiker anscheinend seinen Hund besaßen und Unfug mit ihm trieben, Nepp. Und wenn Böselkraut daran dachte, wie wenig Spaß sein Knödel vertrug, wußte er, wie einschneidend die Lage war – wie eine viel zu enge Hose. Wir müssen uns sofort aufmachen, stieß es aus ihm raus.

– Wir dürfen nichts übereilen. Wahrscheinlich sind Plimm und Plumm gefährlich. Wenn sie Hunde fangen, ist ihnen auch alles andere zuzutrauen.

– Blödsinn, war Böselkraut mit allem anderen alles andere als einverstanden. Wir gehen zum Zirkus, fallen mit der Tür ins Zelt und heben diese Tore aus den Angeln. Das bringt sie hinter Schloß und Riegel. Das ist schlüssig. Basta, Schüttelbild und Schmied.

– Ich glaube nicht, hielt sich Ferdinand alle Türen offen, daß die Hunde im Zirkus sind.

– Wieso, kreischte Böselkraut wie ein Scharnier. Wenn die Dinge sind, wie sie sind, so deshalb, weil sie nicht umhin können, irgendwie zu sein. Also wieso?

– Weil wir es vor dem Supermarkt selbst gehört haben.

– Was? Ich möchte auch aus meinem Kopf aussteigen und ergriffen werden.

– Daß Plimm zu Plumm gesagt hat, wenn sie genügend beisammen haben, bringen sie sie nach.

– Nach?

– Das fällt mir eben nicht mehr ein, grübelte Ferdinand.

– War es nicht vielleicht Plumm, der es zu Plimm gesagt hat?

– Was spielt denn das für eine Rolle?

– Wenn ich mich erinnern muß, spielt es sogar eine Hauptrolle. Dann ist auch wichtig, ob es der Große zu dem Kleinen oder der Kleine zu dem Großen gesagt hat. Auch ist von Bedeutung, ob es vor oder hinter dem Supermarkt passiert ist.

– Schnecken! Gib doch zu, daß du ganz umsonst so ein Theater machst. Der verzogene Ferdinand verzog auch seinen Mund. In Wirklichkeit weißt du es auch nicht.

– In Wirklichkeit weiß ich es schon. Ich kann mich nur nicht mehr erinnern.

– Na Bravo, rümpfte Ferdinand die Nase und verbog die Lippe.

– Das sieht ja nicht begeistert aus, war Böselkraut über Ferdinands Grimassen verstimmt, aber ich werde es dir beweisen. Paß auf. Wenn wir es zum Beispiel gestern gehört hätten, begänne der gesuchte Ort mit G wie gestern, das ist logisch. Es ist, sagen wir einmal, nach dem Supermarkt gewesen, also interessiert uns der letzte Selbstlaut von Supermarkt, das A. Das leuchtet dir doch ein? Da Plimm zu Plumm gesprochen hat, ist zweifellos der zweite Selbstlaut im gesuchten Wort ein I. Also haben wir schon G.A.I. Wenn es Plimm zu Plumm gesagt hat, hat es auch der Große zum Kleinen gesagt. Uns interessiert also klarerweise der erste Mitlaut nach einem Vokal, also hier das S vom Großen, und vom Kleinen selbstverständlich der erste und der letzte Buchstabe, deren Reihenfolge wir vertauschen müssen, weil, das ist unsere Eselsbrücke, auch der Kleine einmal groß werden will, also haben wir bereits G.A.S.I.N.K. Das Ganze füllen wir mit uns, weil wir es sind, die sich für den Namen interessieren. Hier nehmen wir den letzten Buchstaben von Böselkraut und den ersten von Ferdinand, also das T und das F. So einfach geht das, der gesuchte Ort heißt also Gastfink.

– Ha, lachte Ferdinand, der die ganze Zeit mißtrauisch über seine Brillenränder geschielt hatte. So heißt der Ort ganz sicher nicht. Es gibt nämlich überhaupt keinen Ort, der so heißt.

– Wenn es einen Namen gibt, muß es auch einen dazugehörigen Ort geben, das ist doch logisch. Vielleicht ist Gastfink bloß noch nicht entdeckt? Aber egal, gab sich Böselkraut noch nicht geschlagen. Denn erstens hat es ja Plumm zu Plimm gesagt, und zweitens war es vor dem Supermarkt. Uns interessiert also in Wirklichkeit der erste Selbstlaut von Supermarkt, also das U. Es kommt von Plumm, daher ist auch der zweite Selbstlaut im gesuchten Wort ein U. Der Ort könnte somit Kuhgurgl, Brumpfschruns, Grunzlunz, Tullntulln oder so ähnlich heißen. Gleich wissen wir es genau. Vom Kleinen ist es gekommen, das heißt, das N nach dem Selbstlaut folgt im gesuchten Namen dem ersten U. Vom Großen interessieren uns klarerweise wieder der erste und der letzte Buchstabe, und wieder drehen wir sie um, das ergibt, weil wir mit *Großer* rechnen, R und G. Und da wir es heute gehört haben, beginnt alles mit H. Das ist doch einsichtig, oder? Also haben wir bereits H.U.N.U.R.G.

– Das klingt aber auch noch nicht nach Ort, blieb Ferdinand skeptisch.

(*Manier heißt Impotenz, das heißt,* schreibt das Romanlehrbuch, *der Verfasser sucht durch eine krampfhaft originelle Form den Mangel an Gedanken zu vertuschen. Wer etwas zu sagen vermag, hat Stil.*)

– Du vergißt, uns in der Mitte einzufügen, den ersten Buchstaben von dir und den letzten von mir. Aber diesmal machen wir es umgekehrt, weil du der jüngere von uns beiden bist, und Jugend geht vor Schönheit. Wir haben also D von Ferdinand und B von Böselkraut. Das ganze stellen wir an seinen Platz und schon wissen wir, daß der gesuchte Ort Hundburg heißt.

– Großartig, rief Ferdinand begeistert. Seine Zunge schnalzte. Bummsfallera. Er hatte zwar von der Methode soviel wie nichts begriffen, außerdem fehlte in der Mitte noch ein S, aber das war im Augenblick alles egal. Es wäre sogar egal gewesen, wenn sich Böselkraut sein Verfahren bloß ausgedacht hätte, um Ferdinand an der Nase herumzuführen. Hauptsache war, daß sie den Namen des Ortes wieder hatten. (Übrigens, würde man Plimm und Plumm durch Knie und Krumpöck ersetzen, käme man zu derselben Lösung, was die Richtigkeit der Methode eindeutig beweist. Oder?)

– Wir müssen auf der Stelle nach Hundsburg fahren, schrie Ferdinand und ballte seine Faust, als ob das eine mit dem anderen etwas zu tun hätte. Seine Stimme überschlug sich. Und während Böselkraut noch überlegte, wo ihm in seiner Methode das S verlorengegangen war, wurde er von Ferdinand bereits Richtung Bahnhof gezogen.

(Schablonski las den Brief und warf ihn fort. Er jubilierte innerlich, endlich war er seine Erbschaft los. Er packte sich zusammen und ging zum ausgemachten Ort. Auf dem Weg sah er die frisch gebadete Aphrodite Moser-Zupfer und pfiff ihr nach. So leise, daß es niemand hören konnte, schließlich war er anständig. Wie ein im Schweißgeruch getränkter Socken von Anständigkeit durchzogen. Mit Dichtung war er voll. Mit wie gesagt 70 Millionen.)

Auch der Bahnhof war aus Silben aufgebaut. Menschen und Lautsprecherstimmen wuselten herum. Betrunkene hielten sich an Flaschen fest und Koffer benahmen sich wie Schulanfänger oder Schoßhündchen. Sie wollten partout nicht folgen.

– Nach Hundsburg? Ja wollen Sie sich denn von Flöhen und Wanzen aufessen lassen? Der Schalterbeamte hielt sich hinter einer Plastikhaut versteckt, sein Gesicht war milchig trüb. Ob er sich eine ansteckende Krankheit hielt? Egal. Schon liefen sie zu ihrem Zug. Der sah aus, als hätte ihn jemand aus einer riesigen Zahnpastatube gepreßt. Sie stiegen ein und hatten Glück, ein ganzes Abteil bekamen sie für sich.

– Trotzdem schade, daß wir die Gauner nicht einholen können.

– Wieso?

– Weil sie einen Vorsprung haben.

– Na und?

– Bis wir dort sind, wo sie jetzt sind, sind sie schon wieder ein Stück weiter. Und bis wir auch diesen Ort erreichen, legen sie wieder ein Stück Weg zurück, und so weiter. So erwischen wir sie nie.

– Blödsinn.

– Aber logisch. Böselkraut kratzte sich am Bart. Der Zug kam nun ins Rollen.

– Und du denkst wirklich, daß wir in diesen Sofas nach Hundsburg kommen? Böselkraut wollte nicht glauben, daß man wo hinkommen konnte, ohne sich selbst zu bewegen.

– Natürlich, war Ferdinand überzeugt.

– Wie natürlich?

– So natürlich, wie die Erde eine Kugel ist.

– Was? Seit wann ist denn die Erde eine Kugel? Sie ist doch flach wie ein Tortenboden. Wie kann sie da eine Kugel sein? Sollte dieser Ferdinand auch zu den leicht Hirngeschädigten gehören? War sein Bundeskanzleraussehen bloß Betrug?

– Selbstverständlich ist die Erde eine Kugel. Alle Photographien zeigen, daß die Erde rund ist. Kaum hatte Ferdinand diesen Satz zu Ende, mußte er auch schon laut *Nein* brüllen. Dieses *Nein* hieß aber nicht, daß die Erde keine Kugel war, sondern daß Böselkraut nicht tun sollte, was er tun wollte. Aber was wollte er tun?

– Das ist die Notbremse, schrie Ferdinand. Man wird

bestraft, wenn man grundlos daran zieht. Wir werden aus dem Zug geschmissen!

– Aber hier steht *Griff bei Gefahr betätigen*. Und wenn die Erde eine Kugel ist, kann man jeden Moment ausrutschen, hinfallen und ist von Übelkeit bedroht. Und das ist nun wirklich am Rand des guten Gschmacks. Ist das vielleicht kein Grund? Außerdem kann ich mir nicht vorstellen, daß die Erde zum Paßbildautomaten geht und sich photographieren läßt. Sie paßt in kein Papierformat. Sie ist ja viel zu dick.

– Und was kann ich dafür? Alle sagen doch, daß sie eine Kugel ist und um die Sonne fliegt. Und bisher ist, soviel ich weiß, noch nie etwas passiert.

– Das besagt gar nichts, mischte sich Böselkrauts Stimme mit der Luft. Und was ist *alle sagen* für ein Argument? Wenn alle sagen, daß man zum Mond fliegen kann, glaubst du es wohl auch? Wenn die Erde wirklich flöge, müßte sie doch Flügel haben. Einen Propeller jedenfalls. Oder vielleicht nicht?

– Von mir aus ist die Erde eben eine Scheibe. Aber gib jetzt Frieden, schau zum Fenster raus. Ich muß jetzt schnell aufs Klo.

Böselkraut Theophrast Böselkraut strengte alle seine Friedensporen an und bemühte sich, Frieden auszusondern. Schweiß kam an. Er sah zögerlich zum Fenster. Wer garantierte, daß sein Blick daran nicht kleben blieb? Draußen war ein Fluß zu sehen. Warum versickern Flüsse nicht? Wörter hatten Nester in die Luft gebaut. Häuser standen großmütig herum. Ob da auch Menschen wohnten? Ginge das? Wohnt hier vielleicht das Mittelmaß? Mittelmäßige Menschen, die mittelmäßige Nahrung essen, mittelmäßige Kleidung tragen und ein dementsprechendes Leben führen. Menschen, die mittelmäßig denken, einen durchschnittlichen Geschmack als eigenen empfinden, mittelmäßige Träume haben, Mitesser, und sich von mittelmäßigen Namen angesprochen fühlen. Die kennen keine Ecken, keine Kanten. Schade, seufzte Böselkraut. Wie gerne wäre ich auch ein so ein Mittelmaß. Im Menschen sind Freud und Leid gerecht verteilt. Bei mittelmäßigen ist alles auf eine Linie geschmolzen, nicht so Berg und Tal. Ob es hier nach Hundsburg geht? Tatsächlich sich der Zug bewegt? Und wo? Böselkraut brütete. Wenn er sich dort bewegt, wo er ist, ruht er und bewegt sich also nicht. Er muß sich also dort bewegen, wo er nicht ist. Nein, das geht auch nicht. Der Zug bewegt sich also nicht, steht still und wird auch nie nach Hundsburg kommen, schlüpfte der Gedanke aus dem Hirn. Jetzt war er reif. Böselkrauts Kopf rauchte. Besser, ich inspiziere das Abteil. Sehr schön, sogar Ablagen für Gedankengut und kleine Feuerstellen sind vorhanden. Auf einem Blechbehälter ist *Ich liebe dich* in die Metallhaut tätowiert. Das ist nett von dir, bedankte sich Böselkraut. Ich glaube aber nicht, daß wir heiraten können. Vielleicht frage ich Ferdinand, wenn er wiederkommt vom. Wohin war er gegangen? Auf ein Klo? Da kam er schon zurück.

– Was ist denn so ein Klo, ließ ihm Böselkraut kaum Zeit, sich niederzusetzen.

– Auf einem Klo macht man Pipi und Aa.

– Aha. Das klingt lustig, freute sich Böselkraut, das sehe ich mir an. Und Ferdinand mußte ihm erklären, wo er das Klo finden würde, sofern es nicht davongelaufen war. Hoffentlich, dachte der kleine Junge in seinem dicken Kopf, fällt er nicht hinein. Diesem Böselkraut ist alles zuzutrauen.

Scheinbar darf man Pipi und Aa nur für sich machen.

Vermutlich sind das ganz unanständige Wörter. Aber wenn jemand dennoch darauf Lust bekommt und es nicht mehr aushält, muß er in so ein Zimmer gehen – bevor er platzt. Was wohl passiert, wenn man *Pipi* und *Aa* im Freien sagt? Im Zwischenraum der Zeit? Das müßte man einmal probieren. Aber was soll dieser doktorweiße Stuhl. Der besteht ja nur aus Loch. Sehr sonderbar. Und Böselkraut sagte mehrmals, so laut er konnte, *Pipi, Aa*. Das machte Spaß. Anschließend begann er, das Klo zu dekorieren. Papier, das aufgerollt auf einer Walze schlief, wurde geweckt, abgewickelt, aufgehängt. Auf den Spiegel malte er ein lustiges Gesicht. Freundliche Wörter ritzte er ins Fenster. Den Klodeckel seifte er ein. Und ein Schild mit der Aufschrift *Während des Aufenthalts in den Stationen ist die Benützung des WC nicht gestattet* mußte runter. Erstens heißt es Klo und nicht WC, zweitens fehlt das S und drittens existieren weder W noch C in Pipi oder Aa.

– Was hast du denn da drin getrieben, war Ferdinand schon spitz.

– Ach, ich war eigentlich schnell fertig. So lustig ist das nicht. Aber als ich gehen wollte, las ich auf der Tür *Bitte verlassen Sie den Raum so, wie Sie ihn vorfinden möchten*. Also mußten mir noch einige Verbesserungen einfallen. Man hat ja schließlich Stil.

Das will ich mir lieber nicht vorstellen, dachte sich Ferdinand. Da lief eine Lautsprecherstimme durch die Abteile und rief: In Kürze erreicht der Zug Hundsburg. Dabei, dachte sich Böselkraut, ist es gerade umgekehrt. Dem Namen nach und nicht von Haus aus.

Als beide ausstiegen, war im Hintergrund noch eine tatterige Frau zu hören: Diesen Vandalen fehlt doch der Respekt. Verschmutzen und zerstören alles, jetzt sogar schon Klos. Das ist zuviel, das geht zu weit. Barbaren. Alles geht dem Ende zu. Schweinernes. Sauerei.

(Das war Caroline Huscher, die sich in Großgurgl mit einem Blinzler treffen wollte. Er hatte ihr einfach zugezwinkert, auf offener Straße, vor allen Leuten. Einfach gezwinkert. So muß sie rot geworden sein, hat nur leise Bitte gesagt, schon war sie in den Augenbrauen, der hat sie bereits mit seinen Augen flachgelegt, das Schwein, hat ihr mit seiner Stimme gleich ein Bett gebaut, was soll sie sagen, widerstehen kann sie nicht, eine verheiratete Frau, die zwei erwachsene Söhne hat, das müsse er verstehen, aber nichts versteht er, zwinkert weiter, unablässig, spricht. So eine Butterstimme, so viel Schmelz. Was werden nur die Leute? Aber ihr Mann hat es ja besser nicht verdient, obwohl, das muß man sagen, er ihr immer treu gewesen ist, gekümmert hat er sich halt nicht. Nach Mottenpulver gerochen. Ohropax. Andererseits hat er so eine Andeutung gemacht, wie wenn er bald viel Geld. Ausgerechnet der? Ihr Schaf und Rudilein? Woher denn? Stiehlt er es vielleicht? Bringt er jemand um? Der doch nicht. Der ist zu feig. Der tät sie nie. Sie schon, sie fährt jetzt hin. Schließlich wird einem ja nicht jeden Tag gezwinkert. Auch einer Caroline Huscher nicht.)

6

Im himmel standen Baumwipfel und Silhouetten, Schicksale hingen herum, aufgelöst das Licht. Der Bahnhofsplatz hatte ein Lächeln aufgesetzt. Eine Prozession trippelte durch sein Gesicht. Das soll Hundsburg sein? Blasmusik spielte, kostümierte Menschen trugen kreisförmige Pflanzen, und ein in bunte Kleidung gewachsener Mann sprach so laut, daß ihm alle hinterherliefen. Was er nicht sagte. Seine Stimme war mit Tuba, Klarinette und Triangel vermengt. Es roch nach lila Socken, Magensäure, fettigem Haar und Feiertag.

– Was für eine freundliche Begrüßung, strahlte Böselkraut und zog verlegen an seinen Hosenträgern, so daß es ihm die Hose hochzog. Erbärmlich sah das aus.

(Steirerhut, Gamsbart, Schnallenschuh. Justus Eierlein marschierte für sein Wählervolk. Er hatte Tradition, Familie, Recht und Anstand auf seinen Wahlplakaten stehen, also mußte er sich sehen lassen, Brauchtum demonstrieren, drücken gab es nicht, das sah er ein, solargebräunt und durchtrainiert. Das sprach die Jugend an, die Fleißigen, Dynamischen. Dabei wählten ihn vor allem Trampeltiere, denen es gefiel, wie er anderen in die Meinung schrie, immer grinste, sie auf neues Stampfen, Johlen, Trampeln hoffen ließ, auf Lodenjoppe, Knickerbocker, Walkjanker. Wenn er brüllte, wuchs auf seiner Schläfe eine Ader, die treppenförmig jodelnd aus der Stirn ihm lief – wie Stickerei. Ums Denken ging es nicht. Es ging ums Zeigen. Das war der Ader klar, Justus Eierlein bekannt. Er hatte sich vom Sohn des Sparkassendirektors in Senftenbach zum Parteiführer hochgebrüllt, jetzt will er an die Macht. Und wenn dabei die Ader platzt. Solange niemand seine Schwäche kennt, besteht keine Gefahr, kein Hindernis. Kanzler will er werden, herrschender Regierungschef, Volkstribun. Dafür ist jedes Mittel recht. Gelitten hat er schon genug.

Früher freilich, was niemand weiß, früher war er Pechvogel und Unglücksbabel, einer, dem das Unglück hinterher ist so wie der Tritt dem Schritt, der Kommraus hinter Teufeln. Mindestens fünf Mal haben ihm Tauben auf den Kopf gemacht, wenn ihm etwas schmeckte, bekam er eine Allergie darauf, war er verliebt, so zog das Mädchen fort, ertrank, wurde entführt. Fuhr er auf Urlaub, regnete es dort, freute er sich auf etwas, traf es garantiert nicht ein. So war sein Dasein mit Enttäuschungen und Niederschlägen angefüllt, bekam er ständig eine drauf. Von allen. Er hatte etwa einen Onkel, Cyrano Gickser, ein passionierter Sekkierer, der ihm regelmäßig tote Schlangen oder Insekten ins Bett legte, Raupen und tote Fliegen in sein Essen gab, ihn bei jeder Gelegenheit blamierte und sich darüber amüsierte. Aber Gickser spielte auch allen anderen Leuten Streiche, brachte es sogar zuwege, von der Kunst seiner Scherze zu leben.

Zuerst war er nämlich jahrelang Bahnhofsvorstand, Sparkassendirektor, Bürgermeister, Dekan, Dechant, Konsum- und Lagerhausleiter in Kamp am Scheitel, einer an die längst stillgelegte Nordwestbahn angeschlossenen Station, die de facto lediglich aus derselben und nichts sonst bestand, weshalb dort auch nie ein Zug hielt oder sich sonst ein Mensch dahin verirrte, weil genaugenommen der Ort gar nicht existierte. Cyrano Gickser war es aber dennoch gelungen, für all seine Stellungen Gehälter zu beziehen, mit denen er sich ein luxuriöses

Leben in Weidhofen an der Ybbs finanzieren und die Meisterschaft seiner Sekkiererei mehr und mehr verfeinern konnte. Der arachnophobischen Landtagsabgeordnetengattin Runzi Schmierer schenkte er eine aus Spinnenbeinen gehäkelte Unterhose. Den Hochstand des in Jagdleidenschaft verschossenen Grafen von Hohenstolz und Zutzenzwusch sägte er an, was dem armen Grafen den adeligen Steiß brach. Der einmalige Oldtimer von Fürst Brokatius Eder ging ebenso drauf wie das Gestüt der Baumeistersgattin Bibi Heftelmacher. Cyrano war auch verantwortlich für die Nervenzusammenbrüche der Dorfschullehrerinnen Hedi Laus und Mädi Mensch, für die Einweisungen der Eisstockschützen Joki Zwetschkenzwitter und Adi Reichert in die geschlossene Irrenanstalt von Plem am Plamperer sowie für die Überstellung der gesamten örtlichen Feuerwehr und Teile der Musikkapelle in die Trinkerheilanstalt Kalksburg. Außerdem begingen der Kaufmann Wladislaw Wucherer und der Pfarrer Sebastian Semperer Selbstmord, die Föten Hans, Heinz, Hildegard und Zoelestine wurden seinetwegen abgetrieben. Der Bäckergeselle Gustl Schamdi litt seit Jahren Schluckauf, während die Näherin Anni Stopfer unvorhersehbare Weinkrämpfe bekam, gegen die nicht einmal ihre Tochter, Fini Flicker, die auf Wunsch ihrer Mutter etwas Besseres geworden ist, nämlich plastische Chirurgin, und also an Menschen nähte, einen Rat wußte. Sogar die einzige Weidhofener Prostituierte, Ludmilla Locher, litt wegen Gicksers Streichen Scheidenkrämpfe und Unregelmäßigkeiten in ihrer Geschichte. Endlich hatte er es aber doch zu bunt getrieben, gründeten die von ihm Geschädigten ein Komitee gegen ihn, das zu dem Schluß kam, Gickser ein lebenslängliches Luxus-Auslandsstipendium zu finanzieren, wenn er sich bloß verpflichtete, nie wieder einen Fuß auf österreichisches Staatsgebiet zu setzen – und auf Weidhofener Boden erst recht nicht. Der ohnehin gelangweilte Gickser nahm an und verschwand in Richtung Fernost, wo sich seither die Kriege und Unruhen mehrten.

Testamentarisch ließ er verfügen, daß man ihm nach seinem Ableben beide Füße abtrennt, sie ausstopft und nach Weidhofen an der Ybbs schickt, auch Scheibbs, Tulln und Retz sollten sie betreten. Gleichzeitig plante er aber auch, die Füße eines anderen vorzusenden und seine alten Freunde doch noch einmal persönlich zu ärgern. Davon ahnten aber weder die Weidhofener etwas noch Justus Eierlein, dessen Pechserie ja mit der Abreise seines Onkels keineswegs abgerissen war.

Erst die Bekanntschaft mit der überaus häßlichen Josephine Jessersna löste aus dem mit Pech, Blamage und Häßlichkeit verknoteten Eierlein seine bis dahin verdrückten Fähigkeiten. Eine politische Traumkarriere begann sich zu entspinnen. Alles ging nun wie von selbst. Justus Eierlein hatte keine Ahnung, wie das zuging, er vermutete aber, daß seine häßliche, nun bereits angetraute Frau dahinterstand. Und hatte recht. Seppi Jessersna beschäftigte sich nämlich ausgiebig mit Voodoomagie und anderen Hexereien, die, wie sich an Eierlein zeigte, nicht unerfolgreich waren. Nur ihm seine Schlangenphobie auszutreiben gelang ihr nicht. Noch immer schrak Eierlein laut kreischend zurück, wenn er das bloße Bild eines solchen Untiers sah, aber auch Aufmärsche, Regenwürmer und, wegen der hervortretenden Ader auch sein Spiegelbild bereiteten ihm hysterische, ihn aus dem Bewußtsein treibende Probleme. Die Teilnahme an religiösen Umzügen tat das nicht, auch wenn er wie alle

Karrierespanner Atheist war. Also war es doppelt unverfroren, wenn sich der Hexengatte auf derartigen Festivitäten zeigte.)

– Das ist eine Prozession zu Ehren Gottes.

– Was? Wer ist denn Gott? Böselkraut ließ seine Hosenträger aus, diese waren undankbar, schnalzten gegen seine Brust. Ist das derselbe, den man in Grüß Gott, Malakovtorten und Fagotte mischt?

– Du lieber Himmel, sagte Ferdinand und holte sich einen großen Nasenmann aus dem Gesicht. Du kennst nicht einmal Gott?

– Mein Gott, kennst du ihn denn?

– Persönlich nicht, aber ich bete täglich.

– Aha. Erneut ließ Böselkraut seine Hosenträger an die Brust. Es klatschte. Muß man den kennen? Wer soll das sein? Ein Vorhautsammler? Was hat rote Bete damit zu tun?

– Gott! Gott ist für alles verantwortlich. Zeigefinger und Daumen schnipsten den Nasenmann quer durch die Luft. Gott hat in sieben Tagen die Erde und die Menschen aufgebaut. Er sieht und hört und weiß alles.

– Alles? Auch, daß du mit Nasenmännern schießt?

– Auch das.

– Der ist aber fleißig. Ein Alleswisser obendrein. Der weiß bestimmt, wo Knödel ist.

– Selbstverständlich.

– Und? Und warum fragen wir ihn nicht? Wissen ist geradlinig.

– Weil Gott kein Dreieck ist. Mit solchem Schnickschnack gibt sich der nicht ab.

– Da haben wir es wieder. Das kommt davon, wenn man alles weiß. Dann ist man auch zu nichts zu gebrauchen, hat vergessen, welche Antworten mit was für Fragen verheiratet sind, kennt sich nicht mehr aus. Zuviel Wissen ist ungesund – wie Vitamine. Man kommt zu überhaupt nichts mehr, wird krank davon. Da haben wir es wieder.

– Auf uns trifft das ja wohl nicht zu, schmunzelte Ferdinand.

– Und wie sieht der aus? Hat er auch Sommersprossen, Pickel, Fliegerohren? Oder ist er das Ding, das vom Wissen nicht gegessen werden kann?

– Gott hat gar kein Aussehen, erläuterte Ferdinand und bohrte wieder in der Nase. Gott ist eine überschwengliche Idee. Er ist in allem, jedem, überall.

– Dann ist das auch ein armer Hund. Hat sich abgerackert, gemacht, getan, besitzt alles Wissen, trägt Verantwortung, ist zuständig, aber Aussehen tut er doch nach nichts. Dabei hat sogar der ärmste Wurm sein Aussehen. Sogar ein Habenichts sieht etwas gleich. Wahrscheinlich war er überarbeitet. Da geht dann alles schief. Immer. Hat vor lauter Machen, Wissen ganz vergessen, für sich ein Aussehen übrigzulassen. Die Welt ist ungerecht. Da sieht man es oder vielmehr, man sieht es nicht.

(In Wahrheit betrachtete Gott sein Spielzeug und löffelte leicht angeekelt den schleimigen Gebetsbrei. Wann werden die endlich Ruhe geben? Da betrat Gotts Vater das Kinderzimmer, haute ihm links und rechts eine rein, weil er dauernd Trübsal bläst, und zerrte ihn hinaus, damit endlich etwas Anständiges aus ihm wird. Das Universum geriet ins Wanken, rollte los und blieb an der Schreibtischkante liegen. Bei der kleinsten Bewegung fällt es runter und zerbricht.)

Inzwischen überlegte Ferdinand, wo die Hunde stecken könnten. Hunde versteckt man ja nicht einfach so. Sie sind keine Rüben, auch kein Tratsch. Seine Augen schlenderten, konnten aber nichts Auffälliges bemerken. Nicht einmal Hundedreck. Bloß ein Polizist, der beschäftigt war, eine Straßenecke zu bewachen und ein Gähnen zu unterdrücken. Er sah aus wie eine Mischung aus Benediktinermönch und Foxtrotterrier. Ob der weiß, wo Plimm und Plumm wohnten?

(Egon Scharff war noch ein Traum im Kopf, der sein Inneres belegte. Wie mit einer Schaumstoffmatte war er ausgepolstert, fühlte sich benebelt, mit Schwere aufgepumpt und einer trüben Flüssigkeit, die in ihm schwappte, alles zumachte, verschloß – als wäre Wasser in die Nase, Ohren eingedrungen und hätte mit einem ungeheuren Druck in ihn sich eingedrückt. Vom Traum persönlich waren bloß die Augen sichtbar, die fettig da in der Kloake schwammen. Aber Egon Scharff wußte, daß es jederzeit hochschnellen und als Krokodil nach ihm schnappen könnte, kann. Der Traum, an den er nicht und nicht sich mehr erinnern konnte, den ihm die Erinnerung von der Perforation gerissen hatte, ihn zurückließ ohne Marke.)

– Wollen Sie wohl endlich mal Ihren Beruf ausüben!

Egon Scharff reckte seinen Kopf leicht vor und hielt ihn schräg. Ehrfürchtig sah er aus. Tatsächlich tat er es mit Rücksicht auf einen kleinen Knopf im Ohr. Sein Hörgerät.

– Wissen Sie, wo Plimm und Plumm zu Hause sind?

– Da Fluß ich erst Heimat auf meinem laschen Vom-Tuter-Bach sehen, proklamierte der Polizist in ordnungsgemäßem Deutsch und holte einen Taschencomputer aus seiner Uniform. So ein Kauderwelsch. Und so pompös. Daß jemand so korrekt falsch sprechen kann? Und doch so ernst dabei?

– Zement, das werden wir gleich gabeln, drückte der Ordnungshüter verschiedene Knöpfe. Schon vom Zusehen rauchte Böselkraut der Kopf. Rauchen war hier nicht erlaubt. Rauchen schadet der Gesundheit. Zumindest bildet die Gesundheit sich das ein. So eine Zicke, geschwollene.

– Tatsächlich, da kabeln wir es. Die gelbgeblümten Blaus Schlimm und Dumm thronen am Blattrand in der gemeinen Kasse Kummernacht, brummte der Polizist mit einem Ausdruck nichtssagender Güte. Seine Augen waren dick und rund, die Lippen aufgeschwollen. Das kam von seinem festen Schlaf.

– Am Stadtrand in einer Gasse Kummernacht? Ferdinand verstand nur Bahnhof, aber da wohnten sie ja nicht.

– Nein, am Stadtrand in der Vereinskasse Stummer Eintracht.

Ferdinand nickte mißtrauisch. Sollte auch der Polizist zu den leicht Hirngeschädigten gehören?

– Also am Stadtrand in der Gemeinengasse Nummer acht, wiederholte Böselkraut.

– Extrakt, klopfte ihm der Polizist scharf auf die Schulter. Oberwachtmeister Egon Scharff erklärte ihnen noch den Weg, und schon ging es Richtung Gemeinengasse. Die Füße fühlten sich wie Scheren im Papier.

(Ob diese beiden Witzfiguren mit seinem Traum verbunden waren? Egon Scharff überlegte. Nichts kam dabei heraus.)

– Was ist eigentlich so ein Computer, zwiebelte Böselkraut an seinem Bart.

– Ein Computer ist eine Art Taschenrechner, blinzelte Ferdinand gelehrt durch seine Brille. Nur daß ein Computer Informationen speichern kann. Er funktioniert beinahe wie ein menschliches Gehirn.

– Also hat er lauter Silberfische in sich drin?

– Wieso?

– Na, weil in unseren Köpfen doch auch nur Silberfische sind.

– In deinem vielleicht. Ein Computer besteht aus wahnsinnig viel Speicherplätzen, die sich alle nur 0 oder 1 merken müssen. Ferdinand war ganz in seinem Element.

– So ein Lotterleben. Die haben es gut. Aber wie soll das funktionieren?

– Ungefähr so wie Campingtoiletten.

– Campingtoiletten?

– Von mir aus auch wie ein Mädchenpensionat. Wenn der Prinz kommt, heißen tut er Strom, fragt er jede Jungfrau Speicherplatz, ob sie besetzt ist oder noch zu haben, 0 oder 1. Dann rechnet er sich seine Chancen aus. Und rauskommen tut, wo Plimm und Plumm wohnen, die Rekordliste vom Tetrisspiel oder etwas Ähnliches. Verstehst du das?

– Soso, der Prinz fährt also durch die Klos, und die Mädchen rufen besetzt oder noch zu haben. Das hört sich einfach an. Aber was passiert, wenn alle Prinzessinnen ausgeschissen, alle Klobenützer unter der Haube sind? Sind dann die Daten auch verschwunden? Aber Daten können sich doch nicht in Luft auflösen? Oder doch? Da könnte man ja denken, die Welt geht unter.

– Wenn ein Computer abgestürzt ist, trumpfte Ferdinand auf, kann man die Information unter Umständen rekonstruieren.

– Rekonwas? Du hast vielleicht konzentrierte Spülmittel, äh komplizierte Stilmittel. Jetzt hat mich doch hoffentlich nicht dieser Schutzmann mit seinem Virus angesteckt?

– Wiederherstellen! Man schickt dann einen Spezialisten. Dieser sieht nach und riecht, ob sie vorher frei oder schon vergeben waren.

– Ein unangenehmer Beruf, dachte Böselkraut, da muß man ständig unter den Umständen herumkrabbeln. Widerlich. So ein Computer ist eine überflüssige und frauenfeindliche Erfindung. Was würde das für ein Gezeter geben, wenn man nur einen Geburtstag wissen wollte: besetzt, noch zu haben, Pause, Jungfrau, besetzt, Ehefrau. Und abstürzen konnten sie obendrein. Man dreht sich einmal um, und, *Schwupp*, kraxelt der Computer auf die Kredenz oder einen Kirchturm – und fällt prompt herunter. Weil er ein Tolpatsch ist. Nein, das ist nichts für mich.

Aber da standen sie bereits vor dem Gesichtsausdruck *Gemeinengasse Nr. 8*. Schilder sind Meister im Fratzenschneiden. Erst recht, wenn sie einen Zaun hinter sich wissen. Dann werden sie gleich frech. Dahinter Kastanienbäume, eine Wiese. Und noch ein Stückchen weiter eine Villa, von Porzellanhunden bewacht. Uneinsichtig blieb, was hinter der Villa vor sich ging. Das aber wäre interessant.

(Mit seinem Sparbuch in der Tasche betrat Schablonski den ausgemachten Ort. Wenig später war er es schon selbst. *Hauptsachen sind in Hauptsätzen zu sagen*. 70 Millionen.)

– Wir müssen über den Zaun klettern und nachsehen, ob hier die Hunde sind.

– Können wir nicht einfach durch das Gartentor? Zu

klettern fehlte Böselkraut der Mut. Er war kein Zaunkönig, kein Computer. Tatsächlich, es war unversperrt. Kein Alarm fühlte sich angesprochen, noch war nichts passiert. Sie hielten ihren Atem an und schlichen durch den Garten. Aber warum gingen beide so geknickt? Die Sohlen ihrer Schuhe knirschten. Psst, seid ruhig da unten. Da knarrten ein paar Äste. Psst! Auch durch die Kastanienbäume wollte Böselkraut schleichen, stieß sich dabei aber an den Kopf.

– Aua, schrie sein Mund.

– Psst, legte Ferdinand einen Zeigefinger auf die Lippen.

– Wenn es aber weh getan hat.

– Reiß dich zusammen, befahl Ferdinand. Und Böselkraut, der nur das Auseinanderreißen kannte, versuchte sich so lange zusammenzureißen, bis er wieder ganz war. Sie legten ihre Ohren an die Schloßwände, fanden aber nichts zu hören. Eine seltsame Stille hatte alles zugedeckt, nur eine entfernte Kreissäge schrie durch die Luft. Direkt unheimlich. Wie in einem Abenteuerbuch, freute sich Ferdinand, dem auf dem Rücken eine fette Gänsehaut gewachsen war. Nur von den Hunden fehlte jede Spur. Schade. Doch halt. Was war denn das?

– Vermutlich halten sie da die Hunde gefangen, flüsterte er zu Böselkraut. Sein Finger wies auf eine Scheune. Eidechsen huschten davon. Große, durchtrainierte Worte hüteten die Scheunentür: *Unbefugten ist der Zutritt strengstens untersagt.* Die Tür selbst war verschlossen. Ein Gewinsel war zu hören, quietschte und gerann in ihren Ohren.

– Ich vermute, hier sind wir richtig.

– Und was machen wir jetzt? Die Polizei verständigen?

– Warte noch einen Moment. Ferdinand war aufgeregt. Siehst du das Fenster dort? Du mußt die Räuberleiter machen. Vielleicht sieht man von dort oben was.

– Na hör einmal, ich bin doch kein Stieglitz, kein Bandit. Aber Ferdinand erklärte, wie es ging. So stieg der kluge, aber etwas dickliche Junge zuerst in die Hände und dann auf die Schultern des hageren Erwachsenen. Schwerfällig der eine, steif der andere. Glitschig war es wie auf einem eingeseiften Walroßbauch. Und groß? Mindestens zwei Meter sechzig. Das Gleichgewicht war schlecht verteilt. Ferdinands Hände ruderten, Böselkraut hatte Schuhe im Gesicht. Es ging zurück, es ging nach vor. Der Junge brüllte, ruderte und streckte sich. Endlich. Das Fenster war erreicht, es gab sich nicht verschlossen. Ferdinand stieß es sanft auf und beugte sich hinein. So eine Erleichterung. Das Fenster quietschte vor Vergnügen – oder war es Rost?

– Und, kannst du etwas sehen?

– Alles voller Käfige, Hunde sehe ich. Wir müssen gleich um Hilfe. Achtung, jetzt kommt. Schwupp, und der sommersprossige Junge war verschwunden. Wo ist er hin? Böselkraut sah zu Boden. Aber weder von der Brille, den Sommersprossen noch von dem dazugehörigen Ferdinand war etwas zu sehen. Scheinbar ist er aus der Welt gefallen. Er wollte ja nicht glauben, daß eine runde Welt gefährlich ist. Oder hat ihn die Scheune aufgesaugt. Und wer ist Schwupp? Wieder war ein Hilfeschrei zu hören. Böselkraut grüßte ihn. Böselkraut überlegte hin und her und dachte nach. Da stürzte ein scharf gemachter Hund auf ihn. Wie ein Theaterdirektor kläffte der.

– Ich deute dein Gebell als Drohung, sagte Böselkraut in perfekter Hundesprache. Sonst hätte ich nämlich das Gefühl, daß ich deine Mittagspause bin.

– Das gehört zu meinen Pflichten, bellte der gut durchwürzte Hund zurück. Also sei so nett und fürchte dich.

– Du bist mir vielleicht einer. So furchterregend siehst du auch wieder nicht aus. Ich will mich zwar fürchten, aber ich fürchte, es gelingt mir nicht. Ist das nicht fürchterlich?

– Bist du schwul?

– Bitte?

– Können wir nicht tun als ob, ich meine Fürchten, sonst ist mein Arbeitsplatz gefährdet. Arbeitslose Hunde gibt es schon genug. Ich verspreche auch, daß dir nichts passiert. Speichel tropfte ihm von der Zunge, die Zähne blinkten wie der Herzschlag, und der Schwanz wedelte mit dem gesamten Hundekörper rum.

– Meinetwegen, tun wir eben so als ob. Und so liefen Böselkraut, seine hoch angewinkelten Beine, ein Rükken, so hohl wie ein ausgeblasenes Ei, verhaltene *Hilfe, Hilfe*-Schreie und der laut kläffende Hund in Richtung Gartentor. Als ob. Da alle nur so taten, liefen sie auch nicht besonders schnell. Auch das war eine Möglichkeit. Böselkraut erreichte das Tor als erster und kam so noch einmal ungeschoren davon. Auch den Beinen und dem Rücken gelang die Flucht. Nur die Hilfeschreie blieben auf der Strecke – die Luft war ihnen ausgegangen.

– Danke, sagte der Wachhund, das vergesse ich dir nie. Böselkraut lächelte. Auf Wiedersehen. Nachdem er um eine Ecke gebogen war, flogen ihm mit lautem Aber noch ein paar Schrotkörner hinterher. Ihre Richtung war vorherbestimmt, also flogen sie an ihm vorbei. Sie machten ein ausgesprochen dämliches Gesicht, wie es nur Schrotkörner können, wenn sie ihr Ziel verfehlen. Schicksal.

Böselkraut war verwirrt. Was mußte er tun? Böselkraut dachte nach. Probleme sind schon dadurch gelöst, daß man sie nicht hat. Bummsfallera.

– Schnellstens die Polizei benachrichtigen, sonst stößt dem Jungen etwas zu, siehst du Knödel nie mehr wieder. Knödel? Ja, richtig, erinnerte sich Böselkraut, so hieß ja sein Hund. Aber wer beriet ihn da? Ein Discjockey? Ein Flausenfänger, Kammersänger oder ein Haubenkoch? Nein. Ein Flüsterkobold oder ein Einsagengel? Nein, die gibt es nämlich gar nicht. Die gute Fee ist es gewesen, die Böselkraut schon einmal das Blaue aus der Farbe versprochen hat.

(Sie hatte sich schon an die Kost des neuen Küchenchefs gewöhnt, litt aber nach wie vor an Blähungen, das arme Ding.)

– Jawohl, murmelte Böselkraut, auch als Held muß ich die Polizei verständigen. Wenn ich nur nicht soviel zu tun hätte. Immerfort muß ich etwas tun. Bis um den Tag herum bin ich beschäftigt.

– Und womit?

– Na zum Beispiel mit die Polizei verständigen.

– Soso.

– Und wie geht es dir, liebe gute Fee.

– So lala, grunzte das Feechen. Die Zeiten waren auch schon besser. Du mußt wissen, die Menschen glauben nicht mehr so devot an uns. Lieber glauben sie an Fußballspieler, Schlagerstars, Geld und Politik. Und wir Feen müssen sehr vorsichtig sein. Schon einer reicht, der fest und ganz und gar nicht an uns glaubt, schon sind wir verschwunden.

(Die Geschichte mit dem Küchenchef behielt sie vorsorglich für sich, das ausgepuffte Luder.)

– Das ist aber nicht schön.

– Aber so ist es nun einmal.

– Es? Das Es des Abends, der es werden will? Er und sie? Oder meinst du mehr, das Es kann nichts passieren? Essiggurken? Oder jenes, das man mit es regnet spuckt? Estragon?

– Esel! Darum geht es nicht. Du mußt die Polizei verständigen, sonst geht es deinem kleinen Freund unfreundlich an den Kragen. Darum geht es.

– Und wie geht das? Aber die gute Fee war schon wieder fort. Auch Feen haben ihre Vorschriften. So eine kurz angebundene Person, dachte sich Böselkraut. Ist immer auf Reisen, Ratschläge zu verteilen, Löcher in den Bauch zu bohren oder in sonst eine Angelegenheit verstrickt. Gut, daß ich die nicht geheiratet habe. Bauerntrampel.

Aber wie war das noch einmal? Richtig, er muß die Hilfe politisieren und um einen Anruf betteln. Oder muß er einem Ausruf helfen und Polizien quittieren? Oder die Polizei anrufen und um Hilfe bitten? Genau, das wars. Wie funktionierte das? Heilige konnte man anrufen, Engel und Schutzpatrone, aber die Polizei? Man konnte auch ein Echo anrufen oder einen Wald. Böselkraut überlegte. Böselkraut dachte nach. Hundsburg war wie ausgestorben, nur Feuchtigkeit lag fröhlich in der Luft. Böselkraut streckte seine Arme aus, um zu sehen, bis wohin sie reichten. Bis ans Ende. Und dazwischen waren Leid und Freud gleichmäßig verteilt. Diese Mischung war gerecht. Schließlich kann man ja nicht alles haben. Hundsburger wuschen Autos, Fenster, schnitten Rasen, Rosen, spritzten mit dem Gartenschlauch. Schau einer an, wie beschaulich denen das Leben ist. Schauderlich! Plötzlich stieß er mit dem Kopf an eine Glaswand an. Was ist denn das für ein Einheimischer?

Ein Telephonhäuschen. *Auweh.* Da fiel der Groschen und ihm ein, daß anrufen und telephonieren dasselbe sind. Diese Hütte ist extra dazu da. Dabei sieht sie innen beinahe so aus wie ein Klo. Nur hängt hier ein Apparat mit vielen Warzen im Gesicht. Kaum eine Ähnlichkeit mit dem, der bei ihm zu Hause steht. So einen häßlichen Kasten würde er auch nie einziehen lassen bei sich. Wie dieses Telephon wohl funktioniert? Zu Hause macht es erst *Rrring rrring*, dann wohnt eine Stimme in dem Hörer und trug auf, dick. Also mußte man warten, bis es *Rrring rrring* machte oder einen Wellensittich anspülte. Aber dieser Apparat war nicht nur häßlich, sondern auch noch faul. Nichts tat sich. Alldieweil. Wieder nichts und noch einmal. Langsam verlor Böselkraut die Geduld. Verflixt, jetzt mußte er auch die noch suchen. Er nahm die Napfschnecke von Hörer ab, brüllte *Hallo* hinein. Ein monotones Tuten kam zurück. So ein unfreundlicher Kerl. Aber mit Verlaub. Tutentunke! Böselkraut wollte ihm seine gesammelten Unfreundlichkeiten auf den Kopf zusagen. Da sprang ein kleines Schild in seinen Blick. *Rettung, Polizei, Feuerwehr* und allerlei Nummern wurden buchstabiert. Natürlich, bedankte sich Böselkraut beim Schild. Ich muß ja selbst die Übersetzung wählen. Aber als sich sein Mund noch freute, sahen die Augen eine kleine Rutschbahn und einen Sparschweinschlitz. Jetzt wußte Böselkraut Bescheid. Von wegen daß.

Seine Augen drehten sich wie eine Spielzeugeisenbahn. Man muß den Kasten füttern, dann darf man ihm eine Nummer flüstern, wird verbunden. Aber was frißt der Kerl? Geld! Böselkraut kramte in seinen Hosentaschen. Ein angeknabberter Bleistift, die Gummimaus, eine Büroklammer, eine Glasmurmel und die Uhr. Natürlich war es immer noch halb vier. Aber Geld? Tatsächlich fand er einen 20-Taler-Schein. Böselkraut freute sich. Ferdinand und Knödel waren so gut wie in Sicherheit. Er stellte den Geldschein auf die Rutsche und feuerte ihn an. *Hopphopp, Beeilung*. Jedoch der Schein war träge, rührte sich nicht. Man mußte nachhelfen. Böselkraut knickte ihn, bog ihn zusammen und faltete ihn wieder, bis er klein wie ein Vereinsmensch war. Jetzt kam er in den Schlitz. Nichts konnte ihm mehr helfen. Doch nein, er wollte nicht. Er war zu dick. Der Schein betrügt. Da ärgerte sich Böselkraut und schrie so laut er konnte die unanständigsten Wörter, die es gab: *Pipi*, *Aa* und *Erbsenwurst*. Aber der Apparat reagierte nicht. War er beleidigt? Hat so ein Telephon keinen Charakter, keine Seele? Nein, der Charakter nämlich ist nichts anderes als eine Harmonie. Und die Seele ist bekanntlich eine Zahl. Da sieht Böselkraut ein, daß er den Schein gegen Pfützen, nein Mützen oder wie die Dinger heißen, wechseln muß. Das ist dumm genug.

In der Scheune roch es nach Mist, Käfigen und dicker Luft. Plimm und Plumm diskutierten, was mit der Neugierdsnase anzufangen war. Offensichtlich ein Spion. Plumm hatte Ferdinand entdeckt, wie er im Scheunenfenster hing. Plimm hatte ihn hineingezogen. Gemeinsam hatten sie ihn in einen der Käfige gesperrt. Daneben waren Hunde, denen es nicht besser ging. Sie winselten und jaulten.

– Das wird euch nichts nützen, machte Ferdinand sich Mut. Die Polizei wird euch ja doch verhaften. Das ist immer so.

– Hast du das gehört, reagierte Plumm erheitert. Dieser kleine Spatzenscheißer will uns Angst einjagen. Dabei sitzt er selbst im Käfig. *Kuckuck*. Und Plumm machte eine lange Nase. So ein Clown.

– Wir müssen dennoch aufpassen, kaute Plimm an seinen Nägeln. Der Direktor wird keine Freude haben, wenn er rausbekommt, daß uns Kinder nachschnüffeln. Kinder sind ekelhaft. Sie wissen alles besser, sind verzogen, stinken, klein.

– Am besten ist, wir lassen den Naseweis verschwinden, sagen dem Direktor nichts. Und du hör auf mit Nägelkauen. Lulatsch, du.

– Ja, wir können ihn als menschliche Kanonenkugel verwenden.

– Oder ihn in den Raubtierkäfig setzen?

– Oder wir verzaubern ihn in einen Eierschneider, eine Dörrpflaume, Pampelmuse.

– Benützen ihn als Fensterkitt.

– Wir können ihn auch backen. Kinderbrot ist sehr gesund.

Ferdinand bekam das Muffensausen und es etwas mit der Angst zu tun. Er hatte sein Herz in beiden Händen. Jammerte leise vor sich hin, wann werde ich je in der Lage sein, mein Herzklopfen zu dämpfen. Das sind mindestens 140 Schläge! Hoffentlich, dachte er, kommt Böselkraut bald mit der Polizei. Sicher kommt er bald. Bestimmt. Also, wer flennt jetzt hier wie eine Memme. Mutigsein! (*Auf dem Höhepunkt findet der Feigling seinen Mut, der zögernde Liebhaber willigt in seine Ehe ein, die Verlierer gewinnen, die Heiligen sündigen, die Dinge werden auf den Kopf gestellt.*) Ferdinand beendete sein Jammern. Da kam ja auch schon wer. Jetzt konnte man den Helden spielen. Ferdinand wölbte wie ein Truthahn seine Brust, leitete schon seine Dankesrede ein, sah sich vor Journalisten stehen. Ein Held!

Leider kam weder Böselkraut noch die Polizei. Der Zirkusdirektor! Mit dem Heldendasein war es vorerst nichts. Die Brust sank ein, die Rede war versickert. Tränen sammelten sich in Ferdinands Gesicht. Der Direktor wollte sofort wissen, wie die Sache vorwärts kam und worüber die Clowns schon wieder schwiegen.

(Casanova Deflorian Schweinigl hatte sich besonnen und Caroline Huscher versetzt, die nun umsonst auf ihn wartete. Und wenn sie dabei schwarz wird. Auch die Häßlichkeit hat Grenzen. Die Zahl der Kinder aber nicht. Erst am Morgen hatte er ein Telegramm von Notburga Nothnagl erhalten, einer Fleischerin mit ganz famosen Titten, auf die schon ihr Mann, ein eingebildeter Mundartdichter, Gott hab ihn selig, eine Hymne geschrieben hat, worin sie ihm ihre gute Hoffnung angedeutet und auf Konsequenzen hingewiesen hat. Als ob das etwas Neues wär? Schweinigl fuhr sich durch die Augenbrauen und schauderte. Wie war das alles zu bezahlen? Aber zum Glück gab es noch die Schablonskihoffnung. Der würde seinen Notstand begreifen und ihm aus der Misere helfen, Schablonski war ein Mensch, ein Retter war das, eine Hoffnung. Immer Mensch geblieben. Immer. Ärgerlich war bloß, daß er noch nicht hier war. Knie und Krumpöck waren da, aber diese beiden Möchtegernparteivorsteher konnten mit ihren Kochlöffelgesichtern nicht an seiner Sache rühren, die würden nie die Alimentepflicht abschaffen.)

– Und was ist das, donnerte es aus dem Frack. Wurstfinger deuteten auf Ferdinand. Das muß auf der Stelle verschwinden, gab der Direktor bekannt, nachdem ihm Plimm und Plumm berichtet hatten, wie die Brille und die Sommersprossen mitsamt dem Ferdinand in den Käfig gekommen waren.

– Und wann kommen Fräulein Wanda und der Bäkkermeister?

– Sie müßten längst hier sein.

(Auch Knie und Krumpöck hatten Schablonski herbestellt. Auch Knie und Krumpöck wollten an sein Geld. Ihrer Ansicht nach müßte er längst hier sein. Schablonski war für seine Pünktlichkeit bekannt.)

Als sich Böselkraut die Möglichkeiten durch den Kopf gehen ließ und wartete, was für Ideen sie brächten, tauchten Wörter auf, die ihm alle *Tu mich* ins Ohr flüsterten. *Laufen, Warten, Schreien, Schnurspringen.* Alle wollten sie getan werden. Wie sollte er das alles unter einen Hut bringen, ohne den Kopf zu verbiegen? Bevor sich Böselkraut entscheiden konnte, kamen ihm noch kleine Fingerzeige in die Quere, die sein Augenmerk auf verschiedene Dinge richteten: Da geht es zur Polizei, dort ist die Villa, hier der Geldschein, da kommt die Nasenspitze der Schuhverkäuferin, usw. Dazwischen quietschten mehrere Wörter *Tu mich, tu mich* wie verrückt.

– Jetzt seid ihr endlich still, befahl Böselkraut den Fingerzeigen wie den Wörtern. Ihr bringt mich ja noch völlig durcheinander. Er überlegte, und das heißt, er dachte nach. Natürlich, er wird die Schuhverkäuferin bitten, den Geldschein zu zerkleinern. Was macht die überhaupt schon wieder hier? Vielleicht ist das gar nicht Hundsburg, sondern bloß eine Attrappenstadt, meldeten sich Zweifel an. Für euch habe ich keine Zeit. Wo kämen wir da hin, wenn dieses Zweifelungeziefer alles zerfräße? Seiner eigenen Haut wäre man sich nicht mehr sicher. Die sind unersättlich. Ohne Haut verläuft man sich.

(Nur kleine Narben werden übrigbleiben, die Brust aber wird wie bei einem Kanarienvogel nach oben zeigen, stramm und fest die Waden, wird man sie für eine Prinzessin halten. Allen Badenden wird es die Luft verschlagen, sogar das Meer, sonst unbeeindruckt, wird erst zurückweichen, dann aber kommen, sie umspülen, schäumen, glücklich sein. Die Vögel werden tirilieren und der Postkartenhimmel wird vor Scham zerrinnen, so viel Schönheit ist ihm neu. Ganz sandig wird sie sein, ganz Fürstin und begehrt. Ihre spitze Nase wird sich erst erhaben dem gleißend heißen Licht der Sonne stellen, dann in einen Film aus Sonnenmilch eingraben, in backhendlgebräunte Schablonskihaut, weil der es ihr ermöglicht. Traudi, wird er flüstern, das ist Leben, hmm?)

– Guten Tag, ging Böselkraut der Schuhverkäuferin entgegen. Ihre Stöckelschuhe trommelten einen kleinen Marsch in den Asphalt.

– Guten Tag. Die Schuhverkäuferin entblößte ihre vom Rauchen gelben Zähne, wollte vorbeitrippeln, wieder hinein in ihren Traum. War das ein Lächeln?

– Entschuldigung. Können Sie diesen Geldschein in Münzen übersetzen?

– Selbstverständlich, bremste die Schuhverkäuferin und kramte in ihrer Handtasche. Ihr Atem ging schnell.

– Das ist lieb, freute sich Böselkraut und schwankte unruhig von einem Bein aufs andere. Mein Hund Knödel und mein Freund Ferdinand schweben nämlich in Lesben-, äh Lebensgefahr. Das heißt, vermutlich sitzen sie mit Todesangst in einem Gefängnis. Todesangst ist eine Nervensäge. Deshalb muß ich die Polizei bestellen, aber dem Apparat schmeckt mein Geld noch nicht. Telephone sind Genießer.

Die Verkäuferin bekam Stielaugen, lang wie Billardqueues, rund wie Elfenbeinkugeln. Ihre Lippen wurden spitz und stempelten einen Schmatz auf Böselkrauts Wange.

– Was war denn das? Böselkrauts Gesicht füllte sich mit Röte.

– Tut mir leid, aber Münzen besitze ich nicht. Sie warf ihre Handtasche zu wie Kinder eine Tür, wenn sie sich ungerecht behandelt fühlen, und enteilte. Ihre Stöckelschuhe zimmerten ein Stakkato auf die Straße. Jeder Komponist würde sich danach die Finger lecken. Jeder Tischler auch.

– Die ist aber sonderbar. Als Böselkraut seinen Mund wieder beisammen hatte, die normale Farbe im Gesicht, wurde er nachdenklich. Wenn es nicht gelingt, Hilfe herzuholen, ist es um den Ausgang schlecht bestellt. Dann bleiben womöglich alle für immer in dieser Geschichte, bekommen Hausarrest. Und das ist wirklich keine Aussicht. Es fehlt die Perspektive, Fleisch und Blut. Man kann nicht in die Zukunft sehen. Angewachsen ist der Körper, schleppt noch einen Schatten mit. Papier. So wird er nie ein Kolorit, ein Ehemann. Man kommt nicht von den Wörtern weg.

Haar wuchs aus dem Horizont, ein Kopf, an dem ein Bauch, zwei Beine hingen, ja ein ganzer Mann. Er sah aus wie ein Zauberer in einer Zuckerbäckeruniform. Was für eine Nase.

– Ob Sie wohl einen Geldschein wechseln?

– Nur, wenn wir zuvor ein Spielchen spielen, zwirbelte der Konditor ein Lächeln aus seinem Bart.

– Um Gottes willen, doch nichts Unanständiges?

– Nein. Wo denken Sie gleich hin? Sie müssen ja Erfahrungen haben! Er sah den Lippenstift. Es sieht so aus, als hätten Sie sich einmal sehr fürs Schweinesichten interessiert.

– In Kreisen, wo man mich kennt, kennt man mich.

– Es sieht so aus, als sollten Sie ein ganz begeisterter Casanova gewesen sein. Ich weiß Bescheid.

– Ich weiß Bescheid.

– Also was ist? Spielen wir?

– Ja. Aber nur, wenn es schnell geht.

– Das ist mir auch am liebsten. Der frittierte Zauberlehrling erklärte das Würfelspiel und bestimmte den Einsatz.

– Los.

– Sagen wir pro Wurf einen Taler.

Einverstanden, rechnete Böselkraut. Da kann ich 20 mal minus 1 verlieren und bekomme immer noch zwei Taler zum Telephonieren. Sie setzten sich ins feuchte Gras, begannen zu würfeln. Die Wiese hatte nichts dagegen. Nur kleine Käfer und Heuhupfer beschwerten sich, krabbelten herum. Zuerst hatte Böselkraut die Nase oben, und die Jahre vergingen. Dann gewannen abwechselnd beide, und Monate verstrichen, später triumphierte tagelang bloß noch der Bäckermeister.

Der Einsatz wurde gesteigert. Erhöht, erhöhter, erhöhterer, am erhöhtesten. Dann gewann Böselkraut etwas zurück, was sich über Stunden hinzog. Bis es plötzlich binnen Sekunden um alles ging. Böselkrauts Hände zitterten, seine Haut schwitzte. Das Herz ging viel zu schnell. Dreimal die Sechs müßte er würfeln, dann hätte er gewonnen. Alles stand auf dem Spiel, hing davon ab. Knödel, Ferdinand, der gute Ton. Er schüttelte die Würfel, solange er konnte, es waren mehrere Minuten, er flüsterte ihnen Ratschläge und Drohungen zu. Seine Augen konnten gar nicht hinsehen, ließen ihre Vorhänge herunter, riskierten wieder einen Blick und sahen tatsächlich, wie ihnen drei Mal sechs Augen entgegenblickten. Sie waren außer sich, kugelten herum und schlugen Purzelbäume. Auch Böselkraut war völlig aus dem Häuschen, lachte, gluckste. 18 ist der Inbegriff für ordentlich.

Aber wo war jemand, der gratulierte? Weder von dem Zauberkünstler noch von dem Geld war etwas zu sehen. Die beiden hatten sich einfach verschwinden lassen. So eine Unverschämtheit, war Böselkraut sauer wie eine ausgeflockte Milch. Seine Haare stellten sich auf, die Stirn wölbte sich, und er rief, so laut er konnte, die unanständigsten Flüche, die ihm einfielen, *Pipi, Aa, Erbsenwurst* und *Schularbeitenheft*. Da liefen alle Käfer und Heuhupfer, so schnell sie konnten, weg. Die Sonne weinte. Sogar das rote Mädchen war geknickt.

Wie Haut nach einem Sonnenbrand blätterte der Anstrich von den Wänden, die Fenster waren staubig, an der Decke standen große Wasserflecken. Im Hintergrund winselten Hunde eine kleine Matinee.

– Selbstverständlich verschwindet der Junge nicht von selbst, hatte Plimm gesagt und dabei Handbewegungen wie ein Maulwurf gemacht. Die Gedankenwelt des Kriminellen ist oft seltsam bis verdreht.

– Erst recht nicht, wenn er dicklich ist wie dieser, hatte Plumm ergänzt, seine Backen aufgeblasen und *Brrrrpf* ein besonders blödes Gesicht geschnitten. Da wurde Ferdinand ganz angst und bang.

– Dann, grunzte der Direktor, werden wir eben nachhelfen. Aber vorher müssen wir uns um die Hunde kümmern. Der Zauberer wird bald hier sein. Wo nur Fräulein Wanda bleibt? Sie muß mir doch bei den Operationen helfen.

– Da bin ich schon, trippelte die Schuhverkäuferin herein.

– Na endlich, stöhnten Plimm und Plumm.

– Wir müssen uns sputen, befahl die Schuhverkäuferin, deren wirklicher Name also Fräulein Wanda war. Eigentlich hieß sie natürlich Waltraud, aber dieser Name gefiel ihr nicht, weshalb sie sich Vanessa nannte. Doch da das so ein komplizierter Name war, sagten alle nur Wanda zu ihr, was sich so ähnlich anhörte wie Wendy, der Name, auf den sie getauft war. In Wahrheit hieß sie aber Edeltraud. Das wußte aber keiner.

– Wieso?

– Draußen schleicht so ein verwirrter Hohlkopf rum, der etwas zu wissen scheint.

Das ist schlecht, dachten Plimm und Plumm. Unsere Schrotladung hat ihn verfehlt.

– Das ist sogar sehr schlecht, fächelte sich der Direktor Luft zu. Wozu sonst war sein Zylinder gut?

– So schlecht ist es auch wieder nicht, hob Wanda ihr Haar und malte sich die Lippen an. Wissen ist nicht teilbar. Er scheint ziemlich verrückt zu sein, kann nicht einmal telephonieren.

– Das ist gut!

Das ist schrecklich, ahnte Ferdinand, daß da von Böselkraut die Rede war. Scheinbar hat sich alles gegen ihn verschworen, was nicht heißt, es ist bereits verloren. Aber das ist auch nur so eine gestelzte Redensart. Da ging Plumm zu Ferdinand und sah ihn sehr streng an.

– Kennst du den?

– Ich werde euch jetzt anlügen, daher sage ich ja.

– Ja, grübelte der Clown, heißt, wenn du lügst, soviel wie nein. Aber wehe, wenn auch das gelogen ist.

– Am besten, empfahl der Direktor, wir beginnen mit der Operation.

– Am besten, wir beginnen zuerst mit dem Spion. Plimm und Plumm machten Handbewegungen, die auf nichts Gutes deuteten. Ferdinand erblaßte.

Da betrat der Zauberer das Szenario und wollte wissen, ob das Steinmehl fertig sei.

– Ähem, husteten die Komiker mit ernster Miene.

– Ähem, krächzte der Direktor wie ein Tuberkulosekranker.

– Hier, meinte Fräulein Wanda, wird nur rumgeräuspert. Sie schneuzte sich und seufzte.

– Was, bekam der Zauberer einen roten Kopf, röter als Preiselbeerkompott. Er war ungebadet, unrasiert und ohne Verdauung. Seine Nerven waren am zerreißen, er brüllte: Wenn das Steinmehl nicht fertig ist, kann ich kein Brot und keine Kuchen backen, was bedeutet, daß sich niemand daran die Zähne ausbeißt, und was das heißt, wißt ihr selbst. Also? Beeilt euch. Er klatschte seine Handfläche gegen die Wand, mehrere Wannen Putz fielen herunter.

– Soll ich euch schnell einen Witz erzählen?

– Jetzt nicht!

Man einigt sich, daß der Direktor und Fräulein Wanda mit den Operationen an den Hunden beginnen, Plimm und Plumm den rundlichen Jungen wegbringen. Alle kehrten sich Putzflocken von Schultern und Köpfen, waren optimistisch.

(Wo nur Schablonski bleibt? Er ist doch herbestellt. Knie und Krumpöck hatten ihm ein Telegramm geschickt und ihn gebeten, weil es ihrer Ansicht nach. Traudi hatte es mit ihm persönlich ausgemacht. Sie hörte schon das Meer, sah sich im Bikini stehen. Schweinigl hatte ein Telephonat geführt. Aber von Schablonski war noch nichts zu sehen. Dabei war er für seine Pünktlichkeit bekannt, nein weltberühmt.)

– Na, dann komm mal schön aus deinem Käfig, quietschte Plimm und öffnete ein schweres Vorhängeschloß.

– Du mußt auch keine Angst haben, brummte Plumm sehr zynisch und zog an Ferdinand. Nach unserer Spezialbehandlung hat sich noch nie jemand beschwert. Ferdinand zitterte am ganzen Körper. Eine Gänsehaut hatte es sich auf ihm bequem gemacht. Er fühlte sich nicht wohl darin. Mit aller Kraft klammerte er sich an die Gitterstäbe an, während die Clowns mit aller Kraft an seinen Füßen zogen. Das hätte er sich auch nicht träumen lassen. Er fühlte sich wie ein Gummizug kurz vor dem Reißen. In Abenteuerromanen kam jetzt immer Rettung – oder die Kavallerie. Heute hatte sie Verspätung.

Ferdinand überlegte, wie er Zeit gewinnen könnte. Lange würde er sich nicht mehr halten. In Büchern haben Helden immer Ideen, mit denen sie verblüffen. Aber Ferdinand fiel keine ein. Er strengte sich an, so sehr er konnte, aber sein Denkmuskel schien verkrampft zu sein. Als wenn die Sprache verwirrt wäre. Wenn man einen Gedanken braucht, kommt sie mit einem Wort an. Fordert man ein Wort, bringt sie eine Idee. Und wo man eine Idee erwartet, steht ein Satz: Wenn er wenigstens wüßte, was die Bösewichter vorhatten. Sein ganzer Körper sonderte Schweiß aus. Es roch nach Pausenbrot und Schule.

(Während sich der Leser dem Ende des Buches nähert, spürt er, daß sich die Dinge zuspitzen. Der Leser weiß, daß nicht mehr viele Seiten übrig sind. Der Protagonist ist schon bis zum Hals im Moor versunken, und es sieht so aus, als ob nur noch ein Wunder ihn retten könnte. Der Leser ist sicher, daß er verloren ist.)

Und Ferdinand fiel seine Mutter ein. Sicher macht sie sich Sorgen, wenn er nicht zum Abendbrot erscheint. Was wird sie sagen, wenn er überhaupt nie mehr auftaucht? Da war Ferdinand traurig, sagte Gebete. Er flehte und schacherte, bot dem Lieben Gott Offerte an. Geschirrabtrocknen, keine Tiere quälen, nicht mehr fluchen, Abendgebete, und so fort. Lauter Schmeicheleien. Aber der Liebe Gott ließ nicht mit sich handeln, blieb unbeeindruckt, aber vornehm. Er schwieg. Ferdinand hielt sich noch immer fest. Die Clowns zogen noch immer, so stark sie konnten. Sie stöhnten, keuchten und erzählten Witze.

– Das Verteidigungsministerium, vormals Kriegsministerium, ah, hat beschlossen, phu, die Mu, die Munition künftig im Au, im Ausland zu beziehen, phu, und die Erzeugung im In, im Inland einzustellen. Ah. Warum?

– Weil es gegen die Pietät verstößt, mit Landespatronen zu schießen. Hahaha.

Ferdinand mußte lachen, hielt sich aber nach wie vor, flehte und schacherte. Die Clowns zogen noch immer, so stark sie konnten. Da dehnte sich die Zeit. Ist sie langsamer geworden? Vielleicht braucht die Welt ja länger, die Sonne zu umrunden – und keinem fällt es auf? Erst als Ferdinand versprach, freiwillig sein Zimmer aufzuräumen, war eine massive Stimme in der Luft. Na endlich. Man hatte ihn erhört. Was für ein Organ. Was für eine

Wurmsprache. Die Stimme klang, als würde sie durch einen Trichter durchgequetscht: Bier bricht Polizeitrachtkleister Scharff, Sie sind Umfeld. Trommeln Sie aus der Pelle heraus. Jeder Zuwiderstand ist flecklos.

Na endlich, atmete Ferdinand auf und ließ vor Freude gleich die Stäbe Gitter sein. Das wird auch Zeit. Jetzt bleibt nur zu hoffen, daß die Gauner keinen Widerstand anzetteln. Aber der Direktor, der Zauberer und Fräulein Wanda waren so erschrocken, daß sie sich sofort ergaben. Nur die Komiker suchten mit Ferdinand die Flucht. Mußte er jetzt auch noch Geisel spielen? Nein, denn als sie die Scheune durch einen Hintereingang verließen, liefen sie geradewegs in die Arme der Polizei. Da war ihr Spiel schon aus, vorbei. Ihr Reim war aufgebraucht. Mit erhobenen Händen hatten sie nicht einmal mehr Lust, sich Grimassen aufzusetzen. Es waren eben doch nur mittelmäßige Banditen, ohne Stil.

– Puhh, das war aber knapp, stöhnte Ferdinand und grinste über sein Gesicht. Böselkraut hatte es also geschafft. Da stand er ja auch schon und schaute dumm.

– Schwielen Zank, schüttelte ihm Polizeiwachtmeister Scharff die Hand. Sein Gesicht hatte den Ausdruck nichtssagender Güte. Diese Mundfieberschande Kuchen wir schon Wange. Für ihre Bereifung ist eine hohle Besohlung aufgesetzt. Böselkraut fühlte sich vom vielen Händeschütteln wie ein Apfelbaum. Wußte nicht, wohin er sehen sollte, zersprang schon fast vor Glück und Stolz. Verlegen zupfte er an seinem Bart. Zahlreiche Photographen hatten sich um ihn und Ferdinand gruppiert, um beide abzuschießen. Ferdinand sah stolz auf Böselkraut. Da sah er den Lippenstift auf dessen Wange und dachte sich gleich seinen Teil. Deshalb hat das so gedauert. Der Kerl hat sich zwischendurch noch amüsiert?

– Aber was wollte die Zirkusmeute zeigentlich mit den Wanzen-Kötern anbellen? Polizeiwachtmeister Scharff zog seine Stirn kraus wie ein Waschbrett.

– Das würde uns auch interessieren, mengten sich Reporter ein.

(Die Boulvardberichterstatter Anastasius Blitzer, Hans Hanslick und Anton Dauni hatten von der Sache Wind bekommen und waren augenblicklich nach Hundsburg geeilt. Alle drei gehörten selbst zu den sogenannten verkrachten Existenzen, über die sie täglich schrieben. Kokain, Zuhälterei, Waffenhandel – alles was man will, findet sich in ihrem Lebenswandel, aber davon schrieben sie natürlich nichts.)

– Das ist eine komplizierte Geschichte, holte Ferdinand, der als einziger Bescheid wußte, tief Luft. Sie müssen wissen, daß der Zirkusdirektor eine Zahnklinik besitzt. Woher wußte der kleine Schlauberger das?

(Tatsächlich besaß Casanova Deflorian Schweinigl eine Zahnklinik.)

– Das wissen wir, unterbrachen ihn die Journalisten.

(Die kennen jeden Tratsch.)

– Und um daran zu verdienen, mußten Plimm und Plumm die Hunde fangen.

– Das klingt aber nicht sehr logisch, dachten die Reporter. Sie dachten an ihre Zeitungsleser, und sie dachten so wie sie. Das Denken kann nicht tief genug sein.

(Umgekehrt, nicht seicht genug.)

– Jetzt unterbrechen Sie doch nicht, unterbrach auch Böselkraut.

– Die Hunde, nahm Ferdinand das freie Wort, dienten einem ganz speziellen Zweck.

– Geselchtem? Der Polizeiwachtmeister war gespannt wie eine Mausefallenfeder. (Wie ein Schamhaar sieht die aus.)

– Ja, welchem?

– Um daraus Steinmehl zu machen!

– Die armen Hunde, schrien Böselkraut, Polizeiwachtmeister Scharff und die Journalisten.

(Ob das etwas mit dem Traum zu tun hatte? Alles kam dem Ordnungshüter irgendwie bekannt vor.)

– Ganz so schlimm, beruhigte Ferdinand, ist es nicht. Man nahm den Hunden lediglich die Nieren- und Gallensteine raus, weil sich die vorzüglich eigneten. Daraus machte man grobkörniges Steinmehl, welches dann der Bäckermeister, der zugleich Zauberer im Zirkus war, in sein Brot und seine Kuchen mengte.

– Daher bissen sich in letzter Zeit so viele Leute Zähne aus!?

– Genau. Und für neue müssen sie in der Zahnklinik viel Geld bezahlen.

– So eine Gemeinheit. Die Journalisten knirschten mit den Zähnen und deuteten in Richtung der Verbrecher. Wir werden euch vernichten. Euch machen wir fertig.

– Wir wollten nur den Zirkus retten, verteidigten sich die. Sie hatten hochgezogene Achseln und Tränen in den Augen. Niemand hatte Mitleid.

(Den einen kannte man doch? Kannte man den nicht? Den Zauberer? Richtig, das war der mehrmals wegen Verführung Minderjähriger vorbestrafte Karol Alois. Hundesohn. Hatte der nicht die kleine Lisa Liddell auf dem Gewissen? Auch Annäherungen an Gertrude Gatterweg, Sarah Sinkler, Winifred Severin, Edith Schwarzmoor und vielen anderen werden ihm nachgesagt. Und hat ihn nicht auch die Mutter der kleinen Maxim Mayerhofer angezeigt? Psychiatriert gehört der. Auf etwas gefaßt machen kann er sich. Wird Zeit, daß Justus Eierlein regiert, dann wird mit so einem schneller Prozeß gemacht, Knie und Krumpöck schluckten, aufgehängt, so etwas gehört auf der Stelle exekutiert, zum Schafott gleich escortiert, aufgehängt, so ein Subjekt, so ein Individuum ganz ohne Ich, ein seelenloser Mensch, erschossen, auf den Stuhl. Der Justus Eierlein, der kennerte da nichts.)

– Aber was Latte leidenschaftlich die Kuhverkäuferin mit der Pflanzengeschichte zu tun?

– Nichts, brüllte Fräulein Wanda aus dem Hintergrund. Sie war gerade beschäftigt, Farbe auf Fingernägel und Rot auf Lippen zu machen, röter als Melonenfleisch.

– Genug, berichtigte Ferdinand. Sie ist die Schwester der Dame ohne Unterleib. Ihre Aufgabe war, an Hundebesitzer Schuhe zu verhökern, die sie mit Katzengeruch angestrichen hat, damit die Hunde hineinbissen, davongejagt und von Plimm und Plumm gefangen werden konnten.

– So eine Gemeinheit, murrten die Journalisten.

– Diese Meinung kann man teilen.

(Oder auch nicht. Traudi kam mit einer kleinen Geldstrafe davon. Davonkommen kann jeder. Die andern übrigens auch – mit einer Ausnahme. Ihnen ist Strafe genug, daß sie Schablonski nicht mehr sehen. Der ist nicht nur nicht erschienen, sondern auch später nicht mehr aufgetaucht. Da konnte man fragen, wen man wollte, keiner wußte was. Weder Eberhard noch Tassilo. Aber nicht nur ihnen ging er ab. Auch Rudolf Scharff hätte ihn gerne wiedergesehen. Doch Schablonski blieb verschwunden.)

– Dann ist alles geteert. Der Polizeiwachtmeister rieb sich den Bauch und bedankte sich. Anschließend drückte er Böselkraut und Ferdinand eine saftige Belohnung in die Hand.

– Für das Helden-Duumvirat.

(Wenn er sich bloß an seinen Traum erinnern könnte.)

– Bevor die Hunde zu ihren Besitzern kommen, bat Ferdinand, müssen wir noch Knödel suchen, den Hund von Böselkraut. Der ist nämlich die Ursache für alles.

– Und ohne Ursache, ergänzte Böselkraut, ist jede Wirkung wirkungslos.

– Figürlich, nickte der Polizistenkopf.

Also inspizierten Böselkraut und Ferdinand die eingesperrten Hunde. Da gab es Schäferstundenhunde, Zürcher Bernhardiner. Bolonaisepudel, Köcherspaniel und Mischmaschlinge, aber keinen einzigen, der Knödel ähnlich sah. Böselkraut unterhielt sich mit den Hunden. Aber an Knödel erinnerte sich keiner. Ob ihnen ihr Gedächtnis einen Streich spielte? Auch die beiden Clowns versprachen, daß sie einen solchen Hund nicht gefangen hätten. Nie! Ob auch ihnen ihr Gedächtnis einen Streich spielte? Vielleicht streikten die Gedächtnisse? Haben sie eine Gewerkschaft? Ist vielleicht Gedächtnistag? Oder sagten Plimm und Plumm die Unwahrheit?

– Dann ist alles umsonst gewesen, war Böselkraut sehr traurig.

– Ich bin dennoch froh, daß du die Polizei gerufen hast, versuchte Ferdinand seinen Freund zu trösten.

– Aber ich habe doch die Polizei gar nicht gerufen, die ist ganz von alleine gekommen.

– Was? Wer hat sie dann gerufen? Ferdinand bekam ein etwas mulmiges Gefühl. Von ganz alleine kommt die Polizei nämlich garantiert nicht. Polizisten handeln nach der Vorschrift, nicht nach dem Gefühl.

(Bierwärmer. Bananenpudding. Blasius Vorzellner räumte das Gefrierfach um. Jetzt knistert es, wird aufregend. Nehmen Sie besser gleich ein bisserl Baldrian. Männer, Frauen und Kinder tanzen durch die Straßen – und ein ausgebrochener Sträfling, der Rache nehmen will. Der brutale Pensionistenmörder schlug wieder zu, hat im Altersheim Senioren in ihren Fußbadewannen ertränkt. Mehrere Franzbranntweinflecken blieben zurück. Auf einer Geflügelfarm bricht ein mysteriöser Virus aus. Plötzlich gackern alle Hendln Lannerwalzer, und die Hähne krähen Polka, was natürlich überhaupt nicht paßt. In einer Zahnarztpraxis kann man im WC Stimmen aus dem Jenseits hören. Man findet eine übel zugerichtete Kinovorführerin in ihrem Projektor eingespannt. Derartig unartige Vorkommnisse häufen sich. Der Kommissar ist unsportlich, ziemlich kurzsichtig und ein wenig linkisch. Er hat sich das Rauchen abgewöhnt, ist Eukalyptus und nervös. Das mit Flüchen volle Testament eines Lorenzo Leberknödel Soliman wird ihm zugespielt. Beim Lesen muß der Kommissar wieder zu den Zigaretten greifen. Einen Mörder, der sich beim Mordanschlag selbst ermordet, hat es in seiner Laufbahn auch noch nicht gegeben. Und obendrein noch ausgestopft. Was geht hier vor? Ja, was passiert? Sie zittern ja. Dabei handelt es sich bloß um ein Verlagsprospekt, in dem Caroline Huscher Vorankündigungen diverser Krimis liest – ganz verliebt in diesen Kommissar, der immer zwinkert, Eukalyptus lutscht. Darauf freut sie sich.

Blasius Vorzellner räumte das Gefrierfach um. Die früh ablaufenden Packungen gab er nach vor, die länger haltenden nach Hand, dahinter hinten, Fuß, ganz steif, ganz Eis. Was war das jetzt für eine Speise. Seit wann führte man denn das? Ein Scherzartikel? Den Spinat zur Seite geben, Fischstäbchen, das war ganz blau, ganz starr, die Finger eingekrümmt, was die jetzt für Verpackung haben, Eis, das Mensch, es war ein Mensch, ein tiefgekühlter, Gott sei Dank nicht echt, der lebte ja nicht mehr, das konnte man nur träumen, Blasius, das träumst, auch wenn es sich wie echt anfühlt, selbst wenn er ganz bekannt aussieht. Das ist doch der, da schaut ja etwas Bauch heraus, der Millionär, der den Erfinder unterstützen will, ganz eingefroren. Sogar die Kleidung steif. Um Gottes willen. Ekelhaft. Blasius lief weg und spürte etwas in sich steigen. Eine Marmeladesemmel und ein Milchkaffe wollten nicht mehr in ihm bleiben, kletterten die Speiseröhre hoch, fuhren durch die Kehle, klingelten am Gaumen, sahen durch die Zähne, widerlich. Einzelhaft. Er kam sich vor wie eine Fontäne, wie ein Hund, der Autofahren nicht verträgt. Das Frühstück landete auf den roten Tüten Knabbergebäck. Ein Spaß für Zwischendurch. Einmal gepoppt, nie mehr gestoppt. Der Magen kehrte sich nach außen. Die braune Soße überall. Widerlich. Und wie das stank. Das war jetzt Nebensache. Die Leiche. Er muß den Millionär wegschaffen. Man wird ihn verdächtigen. Ein Kommissar wird kommen, nach Eukalyptus riechen, Fragen stellen und ihn überführen. Er wird mit seinen Fragen den unschuldigen Blasius ins Gefängnis bringen. Das ist ungerecht. Aber den Kommissaren geht es bloß um ihre Quote. Blasius brauchte das Geld, er hatte den Millionär gekannt, das reichte. Sogar getroffen, das war zuviel. Nein, nein, er wollte nicht ins Kittchen. Die Fragen stießen ihn. Man kann dort nicht erfinden. Nein. Die Leiche mußte weg. Ohne Leiche auch kein Mord, und ohne Mord kein Mörder, ohne Mörder kein Gericht, kein Urteilsspruch, kein nichts. Blasius zitterte. Salzloch, altes Haus, was ist? Das Blut pochte an seine Schläfen, seine Ohren schwollen an. Aber sein Hirn hatte Ideen, erfand, noch ehe er es sich versah, eine Leichen-Beseitigungsmaschinerie. Schon war der Millionär entfernt, der Supermarkt um 75 Kilo Hackfleisch reicher.

War es das, was Schablonski meinte, wenn er von Weiterleben sprach? Den Konsumenten jedenfalls fiel er nicht auf, höchstens als Beigeschmack. Nur Scholastika Meier hatte Grund zum Ärgern. Sie schluckte ein Essiggurkerl, nahm den Kopfhörer ab, in dem gerade Angelo Bicchio seinen Welthit *Lei, Lei, Leichen sterben nie* sang, und rieb sich die Augen. Da hatte doch tatsächlich so ein Schwein in das Regal gekotzt. Der Verkäuferin wurde gleich schlecht. Sie dachte wegen dem Speiberling, doch gab es auch noch einen anderen Grund. Da verschlug es sogar Engelbert Bichler die Sprache. Dabei war bloß die Batterie am Ende.)

7

DER WIND roch nach Dachschindeln, und das Abenteuer war in die laue, etwas feuchte Luft gemischt. Mückenfarben. Ferdinand war stolz wie der Sultan von Oman. Wellensittichbrust. Beladen mit Lächeln und Gebärden war sein Gesicht – und mit Laune. Auf die Zeitungsartikel war er gespannt wie ein Nabel in einem aufgeblähten Bauch. Böselkraut freute sich weniger. Zeitungen las er nicht. Und daß das Abenteuer gut ausgehen mußte, erschien ihm nur billig. Sonst hieße es ja Ausverkauf. Böselkraut war unglücklich. Seine Züge waren hart wie die auf dem Kopf von einer Münze. Die Hundeschieberbande war zwar überführt, aber von Knödel fehlte noch immer jede Spur. Hatte sich sein Hund tatsächlich eine neue Unterkunft gesucht? Hundamental! Hunde besitzen Hundrechte, aber das ist ein Hundumschlag und hundherausgesagt ist es hundverschämt. Ein paar Tränen stürzten sich aus Böselkrauts Gesicht. Er heulte in seine Armbeuge hinein.

– Jetzt laß den Kopf nicht hängen, versuchte Ferdinand zu trösten.

– Sind dir vielleicht dein Hund und gleichzeitig dein bester Freund davongelaufen?

– Dafür hast du jetzt doch mich.

– Knabe! Du bist nur einer und noch nicht einmal ein Hund. Böselkrauts Stimmung blieb verwässert. Seine Augen musterten abschätzig den kleinen Jungen. Er sah noch immer einem Bundeskanzler gleich, einem Federschachtelfänger.

– Weißt du was?

– Das weiß ich nicht.

– Wir können uns jetzt ein Taxi leisten.

– Das können wir? Woher sollte Böselkraut auch wissen, was Ferdinand schon wieder meinte. Er staunte, als er die Laufmaschen sah, die aufgefädelt wie Blumentöpfe auf Fensterstöcken standen. Was für ein Staunen gab es erst, als sich der Bauch des Taxis aufklappen ließ, so daß es plötzlich Flügel hatte. Oh. Ein paniertes Huhn? Oder was? Und innen war es mit Sitzbank gefüllt. Sie nahmen darauf Platz. Etwas eng vielleicht, aber erweicht. Die Flügel wurden zugeklappt. Es roch nach ranzigen Zeitwörtern. Dann saß da noch ein Unbekannter, der an Hebeln, Knöpfen herumhantierte und ein großes Brezel vor sich hielt. Ob man das essen kann?

– Was machen Sie denn da? Das ist unser Taxi, fuhr ihn Böselkraut an.

– Das ist der Fahrer, beruhigte Ferdinand. Der gehört dazu.

(Der Taxler hieß übrigens Gustav Schacherer und war der Bruder des Limonadenverkäufers. Beide liebten Bodybuilding und verdienten sich gelegentlich als Leibwächter ein kleines Körberlgeld. Daß einer von ihnen bald Vater werden sollte, ahnten beide nicht.)

– Aha. Trotzdem hätten wir mehr Platz, wenn wir alleine wären. Noch nicht einmal die Füße kann man ausstrecken. Wissen ist von der geraden Linie abgeleitet. Wohlbehagen auch. Der Winkel fördert bloß die Demut und den Schlaf.

– Sie sind eben zu groß, meinte der Fahrer aus einem Automatenschlitz von Mund. Die Adern in seinem Hals standen vor wie Seile. Aufgedreht. Meine Fresse.

– Wie können sie zu groß sein, war Böselkraut verärgert. Sie sind doch heute nicht gewachsen, meine Füße, gestern auch nicht. Sie sind häßlich, seicht und wirklich sehr von gestern, aber wachsen tun sie nicht mehr. Da begann jemand zu schnarchen. Der Motor. Und die ganze Umgebung begann an Böselkraut vorbeizudüsen. Nur Ferdinand und der Fahrer schienen unbewegt.

(Auch Traudi war über Schablonskis Abstinenz entsetzt. Ihre Nase schien sich täglich zu verlängern, wollte ihn schon suchen. Die Südtirolerin hatte Knie und Krumpöck im Verdacht. Umbringen kann ein jeder. Bestimmt haben diese beiden Knoblauchfahnen den armen Schablonski aus dem Weg gezwiebelt. Ihre Nasenspitze zitterte vor Wut. Zittern kann ein jeder. Was wird denn jetzt aus der Figur. Kleine Busen und Wolkerlspeck hat eine jede. Was sagt das Meer? Es wird ganz traurig sein, eingehen vielleicht sogar. Die Traudi trauerte. Das arme Meer. Ihre Hoffnung aber war versickert.)

– Himmel! Das ist ja eine Teufelsmaschine, ein Höllengerät, war Böselkraut entsetzt. Vor Schreck hielt er beide Hände vors Gesicht. Seine Empfindsamkeit war butterweich, sein Kreislauf eine Gouvernante. An die Wand will es sich malen. Nicht mit mir!

– Daran gewöhnst du dich, beruhigte Ferdinand, dem Autofahren großen Spaß machte. Sieh doch all die Neunen auf dem Kilometerzähler. Jetzt springen sie ins nächste Tausend.

– Wie soll ich mich an so etwas gewöhnen, blinzelte Böselkraut durch die Ritzen seiner Finger. Bäume, Possenreißer und Autos kamen in Windeseile auf sie zu. Bliesen und fauchten. Nur der Geschicklichkeit des Fahrers war es zu danken, daß ein Zusammenstoß jeweils im letzten Moment verhindert werden konnte. Böselkrauts

Atem galoppierte. Daran will ich mich gar nicht gewöhnen, war er sich sicher und verschränkte trotzig seine Arme. Was soll man davon haben, wenn alles einstürzt? Zu. Ohne Pause. So muß sich der Wind fühlen, wenn er über die Landschaft reist. Unruhe lag in der Luft. Der Fahrer pfiff ein Liedchen, sprach mit einem Kästchen.

Ferdinand hatte großen Spaß daran, seine Hand aus dem Fenster zu halten. Hui, war das lustig. Der Dreikäsehoch quietschte aus allen Löchern. Seine Stimme überschlug sich, roch nach Quargel. Da wurde Böselkraut neugierig. Er streckte ebenfalls zaghaft seine Hand in Richtung Fenster, fingerte hinaus. Hui und Engelbert! Sie kam zurück, wie wenn sie sich verbrannt hätte. Das war gar nicht lustig. Das war Humperdinck.

(An dieser Stelle fiel Engelbert Bichler ein neuer Schlager ein: *Bummstrara, Bummstrara, hoppala, wir habens in der Prostata.*)

– Eigenartig, wie kräftig dieser Fahrtwind drücken kann, wo er doch nur Luft ist? Da fiel Böselkraut erst auf, daß ihm pausenlos der Boden unter den Füßen weggezogen wurde? Auch die Häuser rannten vorbei wie mit Hundertmeilenstiefel. Böselkraut überlegte. Wie wird mir? Böselkraut dachte nach. Ihm wurde so merkwürdig. Da war ihm furchtbar schlecht. In seinem Kopf dröhnte ein Börsenkrach, sein Bauch wollte eine Firma gründen, und seine Füße meldeten Konkurs an, mußten sofort aussteigen. Alles drehte sich. *Anhalten* stammelte sein Mund. *Stop* schrie Ferdinand, und das Taxi hielt. Der Schnarchkünstler von Motor war wieder aufgewacht. Ferdinand drückte dem Fahrer noch einen Geldschein in die Hand und bedankte sich. Das war wirklich die Höhe. Als Böselkraut wieder festen Boden unter den Füßen hatte, war immer noch alles bewegt. Die Bäume und Häuser rannten nach wie vor und wollten sich erst langsam wieder setzen.

– Wollt ihr endlich still sein, Scheusale, hatte Böselkraut die Nase voll. Diesem Unfug mußte man ein Ende machen. Schluß!

Langsam beruhigte sich alles.

(Knie und Krumpöck überlegten, verquirrlten die Möglichkeiten, schlugen Schlagobers zu Schaum, nein Butter. Sie hatten Eberhard Heizenbichler im Verdacht. Ihrer Ansicht nach tut der zwar scheinheilig, hat es aber faustdick. Sicher hat er Schablonski beiläufig erwürgt, spricht von Katechismus, will aber ein Fitneßstudio eröffnen, diese fette Sau. Wenn sie erst Parteivorsitzende sind, werden sie alle Fitneßstudios verbieten. Die Kirche aber auch. Bestimmt war es der Eberhard. Grinst wie ein Grenzdebiler und gibt das Geld dem Papst, der Seifensieder, Vollidiot. Alle Eberhards verbieten, ausradieren. Wenn sie erst an der Macht sind, wird das passieren. Weg mit ihm.)

– Jetzt freue ich mich aber auf daheim, konnte es Ferdinand kaum erwarten, seiner Mutter alles zu erzählen. Was wird sie erst sagen, wenn er ihr stolz die Geldscheine unter die Nase reibt. Geld riecht nach Behaglichkeit und Lob.

– Ich freue mich auch auf meine Hängematte, bekam Böselkraut Klarheit in den Kopf. Vielleicht kommt mich ja Fräulein Adrett Wedel besuchen.

– Wer? Ferdinand sah streng über die Kanten seiner Brille. So sah er wie ein Fragezeichen aus.

– Na, die Prinzessin von Reinland.

Ferdinand blies ein Lächeln in die Luft, aber hinter

seiner Brille und den Sommersprossen war der kleine Pfiffikus verschnupft. Ganz richtig im Kopf ist sein Freund mit den Hosenträgern nicht. Bis obenhin mit Schrullen angefüllt. Ein Anarchist.

(Baby, zergingen die Buchstaben auf der Zunge. Das kann ja nur von oben kommen, ein Kind des Herrn kann es nur sein, ein Kind von Bicchio, war Scholastika Meier überglücklich. Eine Immaculata mußte sie sein, eine Unbefleckte. Sie wird ein Baby haben, eins von Engelbert. Wenn der Doktor bloß nicht lügt. Ein Baby. Ein Bicchio für sie. Angelo wird sie es nennen, und sollte es ein Mädchen werden Beatrix, nein, das klingt wie eine Handcreme, mit der man sich die vom Abwasch rauhen Finger einschmiert. Bettina? Nein, das ist zu ordinär. Petra? Alle Petras, die sie kennt, sind blöd. Angelika, das klingt wie Hendlarsch. Und Angela? Wie ein kaputtes Kniegelenk. Na, ihr wird schon etwas einfallen.)

Wieder begrüßte Böselkraut die Häuser, und wieder sagte er den ihm bekannten Bäumen *Guten Tag.* Auch die Hilfeschreie waren noch an ihrem angestammten Platz. So schritten sie einher wie das Verhängnis in Person.

– Mit wem sprichst du denn schon wieder?

– Ich wünsche nur den Häusern, Bäumen und Hilfeschreien einen guten Tag. Die Tauben und die Katze begrüße ich jetzt nicht, die grüßen nämlich nie zurück.

– Wo sind denn hier Hilfeschreie? Ferdinand nahm seine Brille ab und putzte ihre Gläser. Als ob es an ihnen läge, daß er nichts hörte. Den kleinen Finger steckte er ins Ohr und schüttelte. Sein ganzer Kopf vibrierte.

Böselkraut wunderte sich, daß sein sonst so kluger Freund noch nicht einmal die Hundesprache konnte und überlegte. Sein Gehirnkasten rasselte wie ein Glücksspielautomat. Er streckte die Hand vor, und sein befeuchteter Finger prüfte die Windrichtung. Gedanken fielen aus den Augen, etwas dachte er darüber, natürlich, nein, die Brauen waren dort, wo die Frisur beginnt, denn eine Seite war schon trocken, das bedeutete soviel, soviel wie jetzt, oje, sein Denken hatte sich verknotet, die Schreie kamen von, jetzt, jetzt hatte der Satz noch seinen Weg verloren, sich verlaufen, dabei war alles klar.

– Natürlich, stieß er hervor, die Hilfeschreie kommen von Knödel. Daher waren sie ihm so bekannt. Eiapopeia, Ostersonntag! Also lief ein Schuß Böselkraut mit hoch angewinkelten Beinen und hohlem Rücken wie ein ausgeblasenes Ei zu einem Kanalgitter und brüllte ihm ins Ohr.

– Knödel? Hörst du mich? Wohnst du jetzt da unten? Bist du durch den Rost gefallen, das soziale Nest?

– Keine Fragen, hilf mir lieber, brüllte eine Stimme retour. Sie hörte sich unendlich vornehm und verweichlicht an.

– Wie bist du da hineingekommen?

– Heb endlich den Deckel. Oder soll ich noch zwei Wochen warten? Das klang sehr verhätschelt. Böselkraut gab sich Mühe und hob das Kanalgitter in die Höhe. Ein Kinderspiel, nein, ein schwarzer Hund mit Pfeife und Sherlock-Holmes-Kappe stieg heraus. Er machte ein sehr unfreundliches Gesicht.

– Sollen wir Hunde euch nur Freude sein? Reicht nicht der Blick, das Wedeln, der schmelzende Gesang? Und er schüttelte sich und schüttelte sich und schüttelte sich und schüttelte sich, bis ihm aller Mißmut aus dem Fell gesprungen war, aller Staub. Knödel stand vor ihnen. Wie eine Knolle drollig. Bis über beide Ohren strahlte Böselkraut: Und ich dachte schon, du hättest dir einen neuen Arbeitsplatz gesucht. Ferdinand staunte wie eine aufgespannte Wäschekluppe. Er rührte sich nicht von der Stelle, aber seine Gedanken rotierten, Wörter drehten sich reihum.

– Blödsinn, sagte Knödel. Ich war einer Hundeschieberbande auf der Spur, die Hunde fängt, um sie an Zahnarztpatienten zu verscherbeln. Ich habe sie schon fast gehabt, dann kam mir deine Blumenerde in die Quere.

– Wieso?

– Weil ich wegen dieser Blumenerde nicht sehen konnte, daß der Kanaldeckel nicht an seinem Platz war. Sonst wäre ich da nie hineingefallen. Nie.

– Das war Pech.

– Ach was, das war eine Falle. Aber jetzt zahle ich es den Hundefängern heim. Ich weiß alles. Knödel hatte sich ein infantiles Lächeln aufgesetzt. Ich gehe gleich zur Polizei, zeige sie an und kassiere die Belohnung, schließlich bin ich ein Meisterhundedetektiv. Ich belle die Zunge einer Rasse, deren Mentalität in der Maxime gipfelt: Markieren geht über studieren. Ich bin ein Egoist. Was geht mich Gemeinschaft an? Moral? Hauptsache, man entschädigt mich. Ich bin hier der Star.

So ein Aufschneider, dachte Ferdinand, der plötzlich alles verstand.

– Da wirst du leider kein Glück haben, grinste Böselkraut und ließ sich stolz seine Hosenträger an die Brust schnalzen.

– Wieso? Was heißt das? Ist jetzt Sprache zwischen uns?

– Weil die Belohnung bereits wir kassierten.

– Ihr, runzelte Knödel seine Stirn und wedelte unruhig mit dem Schweif. Du, der rote Fleck und der Bürgermeister? Knödel war etwas kurzsichtig.

– Das ist Ferdinand. Böselkraut machte Ferdinand mit Knödel und Knödel mit Ferdinand bekannt. Beide gaben sich freundschaftlich die Hand.

– Grüß Gott.

– Nein selber.

(Eberhard Heizenbichler war überzeugt, daß Schablonski von Tassilo, seinem Nachfolger im Wachtelstelzer, in einem der beiden Hinterzimmer hingerichtet worden ist. Mit einem Pilzragout vergiftet, einem Amanita phalloides von grünem Knollenblätterpilz, das Blut, die Innereien abgestellt. Eberhard hatte den Beweis. Jemand, der gegen biertrinkende Holzmönche nichts einzuwenden hat, ist von Grund auf miserabel. Der Geist ist ausgegossen über alles Fleisch. Durch nichts wird diese Gegenwart gebrochen. Nur der göttliche Sämann weiß unser Geschick, und weiß es nicht nur, sondern will es auch. Er mutet es uns zu.

Schade, denn was hätte sich der Bischof über diese Spende wohl gefreut. 70 Millionen. Auf den Tag noch wäre er heiliggesprochen worden. Einen Stimmritzenkrampf bekommen. Der heilige Eberhard aus Schwanenstadt. Das Weizenkorn. Da hätten Engel in seiner Glatze Sanktus spiegeln können. Und auch Ebreichsdorf hätte ihm zu Ehren gleich ein Volksfest sanktioniert. Platzkonzerte, Schuhplattler, die Goldhaubengruppe aus Linz, Peitschenschnalzer und der in Phrasen breschende Bürgermeister, die ehemalige Diskothek in eine Kapelle umzubauen. Dann würde man Wallfahrern kleine Eberharts aus Gips andrehen, Fläschchen mit dem Wasser, das er ließ. Flacons mit seinen Winden. Aber so? So könnte es bestenfalls einen heiligen Tassilo Feuerzangenbowle aus Wimsbach-Neydharting geben. Bei diesem jüdischen Namen wird sich der Heilige Stuhl jedoch kaum dazu erbarmen, da kann er spenden, was er will, das Triple-Arschgesicht. Da kann er noch so viele Schwammerl finden – und wenn sie zehn Mal aussehen wie die heilige Maria von Talham-Ham.

Tassilo seinerseits hatte Casanova Deflorian Schweinigl im Visier. Bei dem, was der Kinderbilder in seinem Portemonnaie rumschleppt – wie eine Ameisenkönigin hat sich der vermehrt. Hoffentlich feiern die nie Vatertag, da wären beide Hinterzimmer auf Wochen ausgebucht, müßten sich die Gratulanten wie Schichtarbeiter den Tag zerteilen. Unabsehbar. Und über kurz oder lang suchen diese Bastarde sicher auch noch alle Pilze weg. Weil Geld werden sie keins haben, wenn der Vater im Gefängnis sitzt. Warum auch zwinkert er die ganze Zeit? Wozu die Augenbrauen?

Casanova selbst bezichtigte den Zauberer. Jemand, der Pupperln nachläuft, sie verführt, dem ist alles zuzutrauen. Dabei, behauptet dieser, hat ihn Caroline Huscher heimgedreht. Soviel verletzten Stolz verträgt sie nämlich nicht. Sie hat herausgefunden, daß der Blinzler mit Schablonski im Verhältnis stand und hat aus Eifersucht den Nebenbuhler tiefgekühlt. Kein Wunder bei jemandem, der sich Eierleins Signatur auf den Unterrock stickt, zwei Kochlöffel zu Söhnen hat. Kriminologische Erfahrung außerdem, bei dem, was die gelesen hat.

Sie selber freilich denkt, ihr Mann hat es getan, um sein Geschäft zu retten. 70 Millionen. Zudem will er der Rabenbratl noch ein Denkmal bauen, ein Tatsch Mahal für Kummernus. Scharff persönlich hat Notburga Nothnagl im Verdacht, die beschuldigt Aphrodite Moser-Zupfer, welche ihrerseits ein Vollbad nimmt und an Heimita Dodolak denkt. Die aber ist tot.)

– Und wer ist dieser rote Fleck? Knödel zeigte auf das Mädchen, das etwas abseits stand. Etwas rot, etwas zerzaust und das Kleid ein wenig zerknittert. Ja, wer ist das eigentlich? Adrett Wedel? Bernadette? Die gute Fee?

– Ach, das ist bloß Maxi, sagte Ferdinand. Die geht mit mir zur Schule – samt ihrem Bisquitgeruch.

– Kannst du das noch nicht alleine?

– Hallo Kanzler.

– Die ist aber süß, pfiff Knödel. Ich glaube, die steht auf dich.

– Aber wo denn? Außerdem muß es dann heißen: Die steht auf dir.

– Hallo Maxi. Ferdinand wurde rot. Röter als ihr Kleid. Um sich zu entspannen, deklamierte er leise, daß es keiner hören konnte: Ich attentatete, du attentatetest, er attentatete, wir attentüteten, ihr attentütetest, sie?

– Und ihr wollt also die Belohnung kassiert haben?

– Wollen wir, strich Böselkraut wie ein guter Onkel Ferdinand den Kopf. Und Ferdinand vergaß seine Suppeneinlags-Schattentaten und erzählte Knödel die Geschichte. Maxi hörte zu.

– So eine Unverschämtheit, war Knödel sauer. Alles wegen dieser Blumenerde. Wozu brauchst du die denn überhaupt?

– Oh, ich dachte, daß ich etwas zunehmen sollte, lächelte Böselkraut, dem jetzt auch das Würstel wieder eingefallen war.

– Hier, das habe ich dir aufgespart.

– Danke, verschlang es Knödel mit einem Satz. Er schmatzte und rülpste. Aber wer hat eigentlich die Polizei gerufen? Dafür interessierte sich auch Ferdinand. Wer? Sie attentüteten.

Plötzlich erklang Musik, die sich anhörte, als ob es Bonbons regnete. Als ob das Leben außerordentlich wäre. Tee und Kuchen.

– Das sind wir gewesen, tauchten Adrett Wedel und Prinz Krümel auf. Weil wir Böselkraut unsere Vermählung danken, hatte er einen Gefallen gut.

– Das ist aber nett, machten alle große Augen. Blicke des Einverständnisses flogen herum.

– Aber noch viel netter ist, sagten die Prinzessin und der Prinz, daß wir euch alle zu unserer Hochzeitsfeier einladen. Das gibt ein großes Fest. Und für Böselkraut sind einige ganz spezielle Gäste geladen, nämlich Fräulein Anette, die Fleischfliege.

– Bernadette!

– Glanz, der Weberknecht.

– Hans!

– Und Deodorant, der Wellensittich.

– Theodor!

Sogar Mister Heiderich, der Goldfisch, wartet schon auf dem Fest der sauberen Schlamperei. Selbst Willi, der Kleinhäusler, hat zugesagt.

– Das wird sicher sehr gemütlich, freuten sich alle.

Freut euch bloß nicht zu früh, dachte sich Böselkraut, der die Verhältnisse bereits kannte, und fing furchtbar an zu lachen. Er lachte so lange, bis sich auch die anderen nicht mehr halten konnten. Ferdinand gluckste, Knödel hielt sich den Bauch, und die Prinzessin bekam Wasser in den Augen. Der Prinz röchelte. Maxi jodelte, ihr Lolli war zerschleckt. Das ist wirklich ein schönes Ende. Das Lachen befreite den Geist aus der Sklaverei des Denkens. Böselkraut wußte nicht, warum die anderen lachten, aber er lachte, weil ihm eingefallen war, daß alles bereits von Anfang an festgestanden hatte. Das ist lustig, dachte er. Wurde aber auch Zeit. Man kann also auch in König Aufsaug lustige Geschichten erleben. Und er rieb sich Glückstränen aus den Augen.

(Plötzlich. Die Perforation der Marken paßte zueinander, fügte wie Zahnradzähne sich, bewegte etwas, ging gleich los. Da fiel dem Polizeiwachtmeister sein Traum heraus, ging es kaugummitomatig in ihm her. Erst nur ein Zipfel, dann der ganze Hund. Vor Freude küßten seine ordinären dicken Lippen gleich die Luft, die sich wie eine Matratze vorkam, in die ein schwerer fester Körper sinkt. Cyrano Gickser war zurück und hat gleich allen einen Streich gespielt, als Böselkraut verkleidet blöd gestellt, ein Manifest der Unwahrscheinlichkeit gelebt. Als man ihm näherkam, war er plötzlich ein bekannter Philosoph, der grinste. Da war Musik zu hören, ein Trauerzug zu sehen, nein, Leichen waren es, die da marschierten, die Hundefänger Knie und Krumpöck, die sich einbildeten, Politiker zu sein, der Bruder war dabei, sogar der Zahnarzt Schweinigl, seine ganzen Kinder. Aufgebahrt hatte man einen Millionär. Peitschenknaller traten auf, es gab ein Platzkonzert. In einem Wirtshaus wurde eine Sulz mit Kinderfleisch serviert, die alle hungrig aßen. Nur eine wegen Geheimprostitution verhaftete Schönheit klagte. Der Polizist ging näher zu ihr hin, weil er sie trösten wollte, da erkannte er seine Schuhverkäuferin, die weniger schluchzte, vielmehr Parolen für Justus Eierlein heruntersagte. Sie teilte sich und war nun auch die Fleischerin. Beide teilten sich wieder und ergaben ein Fräulein Meier von Verkäuferin und den Kirchendiener Eberhard. Da zerrte ihn der Bruder weg, und gemeinsam mit seiner Frau war man unversehens auf der Flucht. Scharff schrie: Aber ich bin doch Polizist. Ich fliehe nie, ich flüchte nichts! Da kamen sie in einer Villa im Elsaß an. Jemand reichte kandierte Früchte, Weine, Bratenfett. Zwiebel wollte er dazu. Zwiebel? Der Hausherr lag auf einem Diwan, rauchte und war fett. Er wurde immer mehr zu einem Hund, gleichzeitig fett und fetter, fetterer, platzte und war fort. Als sich der Rauch verflogen hatte, war der Nachbarsbub zu sehen, Klemens Kletzenbichler, der den Zauberlehrling runtersagte. Aber was war das für ein Text? Irgend etwas stimmte daran nicht, oder hieß es jetzt: Ein Millionär hatte sich einen Streich erlaubt, nämlich einen Freund bewogen, sich für ihn auszugeben, einem Erfinder etwas von einer Stiftung vorzulügen, die Patente unterstützt. Zum Dank dafür bekäme er Millionen, manche Strecke, bekommen aber hat er nur den Tod. Als Zauberer und Mädchenschänder hat man ihn zuerst erwürgt, dann auch noch tiefgekühlt, ohne daß es aufgefallen ist, weil sich der findig findende Erfinder schuldig fühlte und die Leiche gleich verschwinden ließ, das Opfer amtlich im Gefängnis saß, als Karol Alois registriert. Dort aber war ein anderer für ihn, der Millionär nämlich, der Mörder Lonski Küchenschab, oder so ähnlich, der nun endlich konnte, was er wollte, nämlich niederschreiben, jedes, alles, was hier endet, weils die Wahrheit ist. Der Junge stockte und war weg. Dafür lag jetzt was am Boden, Sperma, nein, ein Heftl wars. Jetzt war Musik zu hören, ein neuer Hit von Bicchio, der in einem monotonen Schunkelton verlief. Ein Blasen fast, ein Mückenschwarm, wie wild schrie Publikum hinein. Aufstehen. Faulpelz. Limonade. Was sich heutzutage als Musik versteht? Widerlich. Es wurde lauter, ärger, unerträglicher. Hände hielten die Ohren zu, die Augen gingen auf.)

Peter Hammerschlag
Die Wüste ist aus gelbem Mehl
Groteskgedichte.
Herausgegeben von Friedrich Achleitner und Monika Kiegler-Griensteidl
Mit einem Nachwort von Friedrich Achleitner.
1997. 144 Seiten

Bis 1935 prägte Hammerschlag das Programm des »Lieben Augustin«, die wenigen verbleibenden Jahre bis zum »Anschluß« schrieb er für andere Wiener Kabarettbühnen, etwa für die »Stachelbeere« und die »Literatur am Naschmarkt«. Seine Kunst und sein großes Talent waren die Lust am Sinnlosen und an der Groteske. Das Politische war nicht Teil seiner Ausdrucksweise, genausowenig wie jede andere Art der Ernsthaftigkeit. Aus den banalen Begebenheiten und mit seinem Talent, einen Reim zu finden, wo kein anderer mehr einen entdeckt, schuf Hammerschlag komische, absurde, anzügliche, boshafte Gedichte, die seinen unbändigen Spaß an der Sprache verraten.

Eva Menasse, *profil*

Wäre Peter Hammerschlag zwei oder drei Jahrzehnte früher zur Welt gekommen, hätte ihm seine originelle Begabung in der deutschen Grotesklyrik sicher einen Platz zwischen Christian Morgenstern und Joachim Ringelnatz gesichert.

Oliver Bentz, *Wiener Zeitung*

An Peter Hammerschlag erinnert eine Auswahl seiner Gedichte, die unter dem Titel »Die Wüste ist aus gelbem Mehl« das Werk nach dem Ablauf eines Boxkampfes organisiert. In fünf Runden brilliert Peter Hammerschlag als Verächter androgyner »Sportgirls«, als Erotomane, als Liebhaber kindlicher Spässe und als Satiriker des Zeitgeistes der zwanziger Jahre.

Paul Jandl, *Neue Zürcher Zeitung*